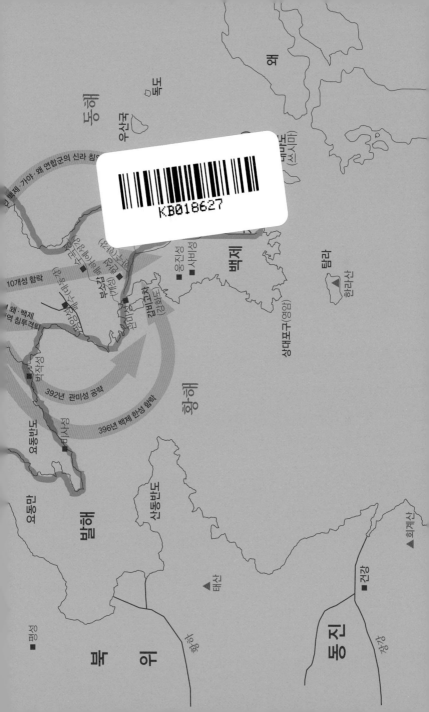

광개토태왕

담덕

2

광개토태왕 담덕 2

초판 1쇄 발행 | 2022년 7월 7일
초판 2쇄 발행 | 2022년 8월 3일

지은이 엄광용
발행인 한명선

책임편집 김세권 **마케팅** 김예진
관리 박미실 **디자인** 모리스

주소 서울시 종로구 평창길 329(우편번호 03003)
문의전화 02-394-1037(편집) 02-394-1047(마케팅)
팩스 02-394-1029
전자우편 saeum98@hanmail.net
블로그 blog.naver.com/saeumpub
페이스북 facebook.com/saeumbooks
인스타그램 instagram.com/saeumbooks

발행처 (주)새움출판사
출판등록 1998년 8월 28일(제10-1633호)

엄광용 역사소설

담덕

광개토태왕

2

천손신화

새흥

제1권 순풍과 역풍

제2권 **천손신화**天孫神話

제1장

흙비 내리는 평양성

1

국내성을 떠난 고구려 원군은 평양성 서북쪽의 보통천 둔덕 길을 따라 내려오다가 일단 진군을 멈추었다. 백제군이 보통천 앞 개활지 야산에 진을 치고 있다는 척후병의 보고를 받고 긴급히 전략을 짜기 위해서였다.

고구려 원군은 백제군의 진채에서 20여 리 떨어진 곳에 진을 치고, 평양성 주변 요로에 더 많은 척후병을 내보내 적정을 살펴보게 했다.

칠성문 쪽에 나갔던 척후병이 와서 보고했다.

"칠성문 작은 숲길에 적병의 매복이 있는 듯합니다. 함부로 가까이 다가서기 위험할 정도로 살기가 느껴졌으며, 산새들 울음소리도 들리지 않았습니다. 백제군이 매복하고 있다는 증거입니다."

척후병의 보고에는 일리가 있었다. 병서에도 산새 울음소리가 들리지 않고 너무 조용한 곳엔 적이 매복해 있을 가능성이 높다고 했다. 사람들이 숨어 있는 곳에 산새들이 접근할 리 없기 때문이었다.

"하하, 핫! 놈들에게 두 번 다시는 속지 않을 것이다."

대왕 사유(고국원왕)가 큰 소리로 웃더니, 이를 부드득 갈아붙였다. 지난 수곡성(신계) 전투 때 백제의 복병에게 일방적으로 당한 것을 생각하자 분노가 다시 부글부글 끓어올랐던 것이다.

수곡성 전투에서 삼군대장군을 맡았던 계루부 수장 고계가 이번에도 대장군이 되어 고구려 원군을 이끌고 있었는데, 그는 어명을 받들고 곧 제장들을 불러 대책을 논의했다.

"적은 우리 원군과 평양성을 지키는 군사들 사이에 끼어 있는 형국이오. 문제는 우리 원군이 백제군을 치고 성안의 평양성 군사가 응전을 하는 양동작전으로 가야 할지, 아니면 원군이 적진을 뚫고 성안으로 들어가 태자 전하가 이끌고 올 제2차 원군이 당도할 때까지 농성을 해야 할지 결정을 보아야 할 것이외다. 우선 제장들은 어떤 생각을 갖고 있는지 말해 보시오."

작전 회의는 오래도록 계속되었다. 산길을 타고 칠성문 쪽으로 대군을 이동시켜 일단 평양성으로 들어가자는 쪽과, 백제의 주력군과 당당하게 맞서 싸우자는 쪽으로 의견이 갈렸다.

이때 동부의 책성에서 철갑기병 5백 기를 이끌고 온 해평이 목소리를 높였다.

"철갑기병을 이끌고 산길로 우회한다는 것은 있을 수 없는 일입니다. 만약 적의 매복이 있다면 비좁은 산길에서 철갑기병은 무용지물이 될 수밖에 없기 때문입니다. 철갑기병을 앞세워 정면 돌파로 적의 주력군을 들이치면, 서쪽의 성문을 통해 평양성으로 들어가는 것이 그리 어렵지 않습니다. 첫 전투에서 우리 고구려 철갑기병의 위력을 보여주어야 적들이 당황하여 군세가 어지러워질 것입니다."

대왕 사유 옆에 서 있던 추수가 해평의 말을 맞받아쳤다.

"싸움은 기백만 가지고 하는 것이 아닙니다. 확실하게 이길 수 있다는 판단이 설 때 공격을 해도 승패는 반반의 확률입니다. 그러나 우리 고구려군은 적의 주력부대에 비해 수적으로 많이 모자랍니다. 그러므로 정면대결은 그만큼 위험이 뒤따른다는 말입니다. 일단 날랜 군사를 평양성으로 들여보내 우리 원군이 백제 주력군을 칠 때 호응토록 하는 것이 좋을 듯싶습니다. 그러면 앞뒤로 공격을 받게 된 적들은 갈팡질팡할 것이고, 이를 기회로 서쪽 성문을 열고 나온 평양성 군사들과 우리 원군이 합세하여 적들을 패수(대동강)로 몰아넣어 수장시킬 수 있을 것입니다."

추수의 말이 끝나기 무섭게 들이대는 해평의 반격 또한 날카로웠다.

"그 무슨 허약한 소립니까? 지금 적들의 오만은 극에 달해 있습니다. 지난 수곡성 전투에서 이겼다고 승리감에 도취되어 있는 백잔들이 불과 석 달도 되지 않아 평양성으로 쳐들어오지 않았습니까? 오만해진 적일수록 일격에 들이쳐서 따끔한 맛을 보여주어야 그야말로 혼쭐이 나서 도망치기 바쁠 것입니다."

추수와 해평의 대립된 의견을 조용히 듣고 있던 대왕 사유가 문득 손을 들어 그들을 제지하고 나섰다.

"두 청년 장수의 기백과 지략이 다 마음에 드는군. 칠성문 쪽에 적이 매복하고 있다는 것이 확실해진 이상, 우리는 오직 서쪽 성문을 택할 수밖에 없다. 두 장수는 정면대결이냐, 평양성의 군사와 협동작전이냐로 의견이 엇갈리고 있다. 그러나 평양성의 군사를 끌어내는 것은 곤란하다. 칠성문 쪽의 산길에 적의 일부가 매복해 있으므로, 평양성의 군사들은 그쪽을 막는 데 우선 힘을 기울여야 할 것이다. 이번 전투에서는 청년 장수 해평의 기백을 믿어보기로 하자. 적군에게 우리 고구려 철갑기병의 위력을 한번 보여주는 것도 괜찮지 않겠는가?"

대왕이 해평의 손을 들어주자, 나머지 장수들도 그 의견에 따르기로 했다.

그날 대왕 사유는 소를 잡고 술동이를 돌려 고구려 군사들을 배불리 먹이라고 명했다. 이미 날씨는 늦가을에서 초겨울로 가는 길목이라 밤이 되면 기온이 내려갔다. 이슬도 내리자마자 얼어붙어 서리로 변했다. 그러나 군사들은 술과 고기로 배를 든든하게 채웠으므로, 바람이 슬슬 새어드는 군막에서 잠을 자는데도 크게 추위를 느끼지 않았다.

다음 날 아침, 고구려 원군은 백제군 본진과의 전투 준비를 서둘렀다. 먼저 해평이 이끌고 온 책성의 철갑기병과 국내성을 지키던 기병을 합친 7백 기의 기마부대가 선봉군으로 나섰다.

바로 그 뒤에 대장군 고계와 연나라에서 망명한 장군 동수의 아들 동관이 지휘하는 고구려군 본대가 좌군과 우군으로 나누어 배치되었으며, 본대 바로 뒤에는 대왕 사유가 이끄는 중군이 기치를 높게 세우고 뒤따랐다. 추수는 바로 대왕의 곁에 바짝 붙어서 호위부대를 이끌었다.

후군은 군량미와 마초를 실은 보급부대로, 중군에서 멀찍이 거리를 둔 채 뒤따르고 있었다. 장기전이 될 경우 평양성 내의 군량미가 부족할 것에 대비하여, 고구려 원군은 적어도 두 달 이상 성안에서 농성할 수 있는 군량미를 국내성에서부터 수레에 가득 싣고 왔던 것이다. 수레를 끄는 소들만 해도 수백 두를 헤아렸고, 건초를 실은 마차도 1백 대가 넘었다.

고구려 원군이 백제군의 진채를 향해 진군할 때 패수 지류의 들판에는 온통 하얀 서리꽃이 피어 있었다. 그러나 동녘으로부터 해가 솟아오르자, 그 서리꽃들은 잠깐 사이 물로 변해 땅으로 떨어져 내렸다. 들판의 나무와 풀들은 어느 사이 물에 젖어 짙은 갈색을 띠고 있었다.

진군을 시작한 지 얼마 지나지 않아, 고구려 원군은 마침내 보통천 앞 들판에서 백제군과 맞닥뜨렸다. 멀리 평양성을 등진 채 들판을 가득 메운 백제의 주력군 2만은 과연 한눈에 보기에도 대병력임을 실감케 했다.

높은 언덕에서 바라보면 백제군의 황색 기치들이 날카롭게 하늘을 찌르고 있는 가운데, 그 뒤로 보통천의 물줄기가 곡선을 그리며 유장하게 이어지고 있었다. 그리고 그 너머의 평양성 높은 성벽에서는 붉은 깃발들이 조용히 펄럭이고 있는 게 보였다. 고구려 원군은 일단 백제 대군을 들이쳐 혈로를 뚫어야만 했고, 다시 보통천을 건너 서쪽의 선요문과 다경문 두 문을 통해 평양성으로 입성하지 않으면 안 되었다.

손잡이가 긴 기병창과 언월도로 무장한 고구려 철갑기병은 그 기세가 자못 날카로웠다. 고구려 선봉군을 지휘하는 청년 장수 해평이 말 위에서 장창을 하늘 높이 치켜들고 외쳤다.

"우리 고구려의 철갑기병들은 속도전에 능하다. 적의 중앙을 그대로 꿰뚫고 들어가 둘로 갈라놓은 다음, 부대를 좌우로 나누어 다시 갈라진 적들을 들이쳐 우리 본대가 평양성으로 들어갈 길을 확보해야 한다. 숨 쉴 틈을 주지 말고 단숨에 들이쳐라. 적들을 모두 수장시켜 물고기 밥이 되게 하자. 다들 알겠는가?"

철갑기병들은 제각기 무장한 기병창과 언월도, 그리고 붉은 기치를 하늘 높이 치켜올리며 소리쳤다.

와, 와, 와!

이히히, 힝!

기병들의 함성과 말 울음소리가 새파랗게 얼어붙은 하늘의 공기를 뒤흔들어 놓았다. 이에 맞선 백제군의 함성도 공기 중에서 부딪치며 들판을 가득 메웠다.

"자, 돌격이다! 내 뒤를 바짝 따르라!"

해평이 소리치며 말에 박차를 가하자, 뒤따르는 철갑기병들도 함성을 질러대며 말의 속력을 높였다.

청년 장수 해평은 말보다 행동으로 패기를 보여주었다. 그는 적장을 향해 말을 걸거나 욕설을 퍼붓지도 않았다. 가장 앞서 말을 몰아 적진으로 돌격해 들어갔다. 백제군의 화살이 까맣게 하늘을 덮었지만, 고구려 철갑기병은 말에게도 철갑을 입힌 데다. 기병들이 말과 한 몸이 된 듯 납작 엎드렸으므로 화살도 비껴나가 땅에 떨어졌다.

앞장선 해평의 말이 어찌나 빨리 달리는지, 뒤따르는 고구려 철갑기병들이 그를 머리로 하여 마치 새의 날개처럼 좌우로 퍼져 나가면서 삼각 구도를 형성했다. 그 기세야말로 높은 하늘의 독수리가 먹이를 채기 위해 활짝 폈던 날개를 접으며 무서운 속도로 내리꽂히는 듯했다. 미처 피하지 못한 백제 본진은 고구려 철갑기병의 말발굽에 밟히거나 창칼에 도륙이 났고, 가운데서부터 도끼날에 통나무가 쪼개지듯 좌우로 쫙 갈라져 나갔다.

철갑기병의 뒤를 따르던 고구려 본대는 이때를 놓치지 않았다. 대장군 고계는 본대를 향해 소리쳤다.

"부대는 좌우로 갈라져 적군을 강물 속으로 밀어 넣어라. 절대 공격 속도를 늦추지 마라!"

고계의 명령이 떨어지기 무섭게 청년 장수 동관은 좌군을 맞아 보통천의 북쪽으로 밀리는 백제군을 공격했다. 그리고 미리 작전을 짠 대로 고계 자신은 우군을 맡아 보통천과 패수가 합류하는 쪽으로 달아나는 백제군을 추격했다.

이때 백제의 대장군 목라근자는 고구려군의 공격을 미리 예상하고 있었다는 듯 부대를 둘로 나누어, 될 수 있는 대로 접근전을 피하면서 후퇴를 거듭했다. 그리하여 북쪽으로 갈라져 나간 백제군은 보통천을 건너 칠성문 쪽에 매복하고 있던 태자수의 군대와 합류했고, 목라근자는 남쪽으로 갈라져 나온 백제군을 이끌고 대왕 구와 함께 패수 북변의 강둑을 따라 서쪽으로 후퇴했다.

작전상의 후퇴지만, 바짝 추격하는 고구려군과 후퇴하면서 뒤떨어진 후미의 백제군 사이에는 많은 사상자가 발생할 수밖에 없었다. 주로 공격하는 쪽보다 쫓기는 쪽이 불리해, 백제군의 손실이 생각보다 더 컸다.

그러나 목라근자는 후퇴할 때 백제군의 사상자가 많이 발생할 것이라는 예상까지 이미 해두고 있었다. 너무 빨리 군사를 후퇴시킬 경우 고구려군이 작전을 눈치챌 것까지 감안하고 있었으므로. 어쩔 수 없이 발생하는 사상자는 고구려군으로 하여금 그런 의심을 갖지 않게 하는 데 큰 공훈을 세우고 있는 셈이기도 했다. 백제의 대장군 목라근자로선 군사를 잃는 아픔을 그런 마음으로 자위할 수밖에 없었다.

한편, 고구려 선봉대인 철갑기병은 쐐기처럼 백제군의 중앙을 뚫은 다음 좌우로 갈라져 숨 돌릴 사이도 없이 달아나는 적들을 추격했다. 그러자 그 가운데 텅 빈 벌판이 생겼고, 대왕 사유가 이끄는 고구려 중군은 그 덕분에 피 한 방울 흘리지 않고 무사히 보통천을 건너 서쪽의 선요문과 다경문 양쪽으로 갈라져 평양성으로 들어갈 수 있었다.

보통천의 수심은 낮아서, 깊은 곳이라고 해야 허리 정도밖에 차지 않았다. 뒤따라온 보급부대인 후군까지 안전하게 입성한 후, 대왕 사유는 징을 울려 백제군을 추격하던 좌우의 고구려군을 성안으로 불러들였다.

평양성 문루에서 징이 울리자, 보통천 앞 들판에서 싸우던 고구려군은 추격하던 발길을 멈추었다. 그리고는 곧 보통천을 건너 평양성으로 향했다. 이로써 일단 고구려 원군은 큰 피해를 입지 않고 무사히 평양성에 입성하는 데 성공했다.

"과연 고구려 철갑기병이로다!"

대왕 사유는 호쾌하게 웃었다. 그는 철갑기병을 이끌고 선제 공격하여 백제군의 기세를 단번에 꺾어놓은 청년 장수 해평의 공을 크게 치하했다.

"황공하옵니다. 폐하!"

해평의 입이 쩍, 하고 벌어졌다. 난생처음 출전한 전투에서 대승을 거두었으니 어깨가 절로 으쓱해질 수밖에 없었다.

높은 성루에서 보통천 앞 들판을 내려다보며 대왕 사유 또한 매우 흡족하여 벌어진 입을 다물지 못했다. 보통천에는 백제군의 죽은 시체들로 가득했고, 강물도 검붉은 핏빛으로 짙게 물들어 있었다.

2

백제 대장군 목라근자는 군사를 재정비하여 평양성에서 30리 떨어진 야트막한 언덕 뒤의 벌판에 본진을 주둔시켰다. 그날로 칠성문 쪽에 매복해 있던 태자 수의 군사들도 본대에 합류했다.

목라근자는 평양성을 관찰할 수 있는 언덕과 산허리에 감시병을 내보내 고구려군의 움직임을 낱낱이 보고하라고 일렀다. 그리고 나서 군사들로 하여금 배에서 돛을 매달 때 쓰던, 삼으로 꼰 밧줄을 구해 오게 했다. 그 밧줄을 다시 겹쳐서 길게 이었는데, 그 길이가 한꺼번에 수백 명이 매달릴 수 있을 만큼 길었다. 그런 굵은 밧줄을 세 개나 만들도록 했다. 모자라는 것은 새로 밧줄을 꼬아서 충당했다.

"장군! 이 밧줄로 무엇을 하려는 것입니까?"

태자 수가 목라근자에게 물었다.

"군사들의 힘을 기르기 위해 줄다리기 시합을 시키려는 겁니다."

목라근자는 표정 하나 변하지 않고 진지하게 대답했다.

"허헛, 참! 힘을 기르는 것은 좋으나, 적을 코앞에 두고 갑자기 줄다리기 시합이라뇨?"

약간 비꼬는 듯한 태자 수의 말투에 목라근자는 그저 말없이 빙그레 웃기만 했다.

"군사들에게 단결하는 힘을 길러주기 위해서는 줄다리기 시합만 한 것이 없지요."

"하지만 이곳은 전장입니다. 한가하게 줄다리기 시합을 하고 있을 때가 아니지 않습니까? 어떻게 하면 하루빨리 평양성을 탈취할 것인가. 그 작전을 짜야 할 때에 줄다리기 시합이라뇨? 이거야, 원!"

이제 태자 수는 답답하다는 듯. 그러면서 한편으로는 목라근자를 믿지 못하겠다는 투로 은근히 질책을 했다. 그도 그럴 것이 지난 전투에서 백제군이 고구려군에게 일방적으로 당한 데 대하여, 그는 전적으로 목라근자의 작전이 잘못되었다고 여기고 있었다. 더구나 매복을 이유로 자신을 칠성문 쪽의 깊은 산속에 엎드려 있게 한 것을 도무지 이해할 수 없었다.

"태자 전하! 지난 전투는 단발로 끝난 게 아닙니다. 그 작전은 지금도 계속되고 있으며, 이 줄다리기 시합도 그 일환입니다. 그러나 아직은 이 줄다리기 시합의 효용에 대해 발설하기가 곤란합니다. 때가 되면 아시게 될 겁니다. 그때까지 기다려 주십시오."

목라근자는 곧 군사들을 청백 양쪽으로 백 명씩 조를 나누어 줄다리기 시합을 시켰다. 만약의 경우 고구려 군사들이 쳐들어올 것에 대비하여 군사들 중 반은 평양성이 보이는 언덕 아래 매복하여 경계를 철저히 서도록 하고, 나머지 군사들에게는 줄다리기 시합을 시켰던 것이다.

패수 중류의 들판에는 때아닌 백제군이 줄다리기를 하면서 외치는 소리만이 하늘 높이 치솟았다.

"이영차! 이영차!"

처음에 백제 군사들은 그저 장난삼아 하는 것이라 여겨 줄다리기를 하면서 낄낄거리며 웃고 떠들어댔다.

"이거, 이러다가 고구려 놈들이 쳐들어오면 어쩌자는 거지?"

이렇게 농담을 하는 졸개들도 있었다.

"이놈들! 웃고 떠들 일이 아니다. 만약 줄다리기에서 지는 편은 단단히 기합 받을 각오를 하라."

목라근자는 눈을 부라리며 군사들을 향해 크게 호통을 쳤다.

줄다리기에서 이기는 조는 술과 안주를 상으로 내리고, 지는 조는 강물에 처넣어 다시 그들끼리 패를 나누어 물속에서 줄다리기 시합을 하도록 했다. 초겨울로 접어든 날씨에 강물은 살을 저밀 듯이 추웠다. 그러자 군사들은 점차 정신을 바짝 차렸다. 물속에 들어가 벌을 받지 않으려면 상대편을 이기는 수밖에 없었던 것이다. 처음에는 말 그대로 장난 같은 시합인 줄 알았는데, 어느새 엄격한 군사훈련이 되어 가고 있었던 것이다.

이렇게 목라근자는 백제군으로 하여금 조를 나누어 하루 종일 돌아가면서 줄다리기 시합을 하도록 독려하였고, 밤이 되면 밧줄에 기름을 잔뜩 먹여 더욱 줄이 튼튼해지도록 만들었다. 다음 날이 되면 경계를 서던 군사들과 줄다리기 시합을 하던 군사들이 임무 교대를 했다.

한편, 평양성의 고구려 진영에서는 백제군의 동태를 살피기 위해 여러 차례 척후병을 내보냈는데, 그들이 와서 하는 보고가 다 똑같았다.

"적들이 줄다리기 시합을 하고 있습니다."

고구려 대왕 사유는 도무지 백제군이 무슨 속셈으로 그런 장난을 하는지 이해할 수 없었다. 장수들을 불러 그에 대한 대책을 논의했으나 모두들 의아스런 표정만 짓고 있었다.

"군사들의 단합심을 기르기 위한 군사조련 방법의 하나겠지요. 목라근자라는 자는 가야 지역을 병탄한 남도 출신의 대표적인 백제 장군입니다. 원래 줄다리기는 남도를 비롯하여 저 바다 건너 유구국(일본 오키나와) 같은 곳에서 유행하던 것으로, 벼농사를 짓는 지역에서 농부들의 단합심을 기르기 위해 명절 때마다 하는 민속놀이지요. 그 놀이가 변하여 남도의 어떤 지역에서는 고싸움으로, 또 다른 어떤 지역에서는 동채싸움으로 변했다고 합니다. 동채싸움은 일명 차전놀이라고도 하지요. 적장 목라근자도 아마 남도의 민속놀이를 군사훈련에 활용하고 있는 것 같사옵니다."

대장군 고계의 말이었다.

"아무래도 적들의 흉계가 아닌가 생각됩니다. 우리 고구려군을 성 밖으로 유인하기 위한 작전 같사옵니다."

대왕 옆에 서 있던 추수가 나섰다.

"폐하! 지난 전투에서 보았듯이 적장 목라근자라는 자는 겁쟁이임에 틀림없습니다. 적군은 우리 고구려군의 철갑기병에게 겁을 먹고 제대로 싸워보지도 못한 채 달아나기 바빴습니다. 대장군의 말씀대로 목라근자는 오합지졸들에게 단합심을 심어주기 위해 줄다리기라는 민속놀이를 생각해 낸 것 같습니다. 저들이 민속놀이나 하고 있을 때 우리가 기습작전을 편다면 적을 섬멸하기 그리 어렵지 않을 것입니다."

지난 전투에서 공을 세워 우쭐해진 해평의 목소리는 매우 자신감에 차 있었다.

"흐음, 기습작전이라? 저들이 우리의 기습을 염두에 두지 않고 저렇게 여유를 부리는 것은 아닐 텐데……."

대왕 사유는 신중을 기하는 모습이었다.

"그러하옵니다, 폐하! 지난 전투에서 적들이 제대로 싸워보지도 않고 후퇴를 한 것부터가 심히 의심스러운 일이었습니다. 뭔가 노림수가 있을 것이옵니다. 마땅히 경계해야 할 줄로 아옵니다."

추수가 마음속에만 갖고 있던 생각을 조심스럽게 털어놓았다.

"뭐요? 지난 전투에서 적들이 일부러 져준 척한 것이란 얘기요?"

발끈 화를 내며 추수를 다그친 것은 해평이었다.

"당시 우리 중군은 높은 언덕에서 아군과 적군이 어떻게 싸우는지 그 양상을 한눈에 볼 수 있었습니다. 적들은 우리 철갑기병이 중앙으로 쐐기처럼 파고들자 마치 길을 비켜주듯 좌우로 쫙 갈라졌습니다. 이는 적장이 미리 휘하 군사들에게 명령을 내려놓지 않으면 그런 일사불란한 행동을 취하기 어렵다는 얘깁니다."

"철갑기병이 길을 터주지 않았다면 어찌 우리의 중군과 후군이 안전하게 입성할 수 있었겠소? 함부로 철갑기병의 공을 깎아내리려 하지 마시오."

해평은 추수를 향해 노골적인 불쾌감을 드러냈다.

"어허! 젊은 장수들끼리 왜들 이러시오? 우리 군의 분열을 자초하지 마시오. 저들이 노리는 것이 바로 우리 고구려군이 사분오열되는 것임을 왜 모르시오?"

대장군 고계가 준엄하게 추수와 해평을 꾸짖었다.

"대장군 말씀이 맞습니다. 두 장수 모두 일리가 있는 말씀입니다만, 의견 다툼으로 사이가 벌어지는 것은 우리 고구려군의 사기에 지장을 줄 수도 있습니다."

젊은 장수 동관도 거들었다.

이때 추수는 자신이 한발 물러설 때라고 생각했다. 출전하기 전날 왕자비가 해평과 다투지 말라고 당부하던 말을 문득 떠올렸던 것이다.

그러나 해평은 분을 삭일 수가 없는 듯 고리눈으로 추수를 꼬나보았다.

바로 그때 척후병이 달려와 알렸다.

"백제군이 쳐들어오고 있습니다."

그것으로 일단 작전회의는 어떤 결론도 내지 못한 채 중단되었다.

고구려 장수들이 대장군의 군막에서 나와 일제히 성루로 올라가 보니, 백제군이 멀리 패수 북쪽 강줄기를 타고 들어와 너른 들판에 진용을 갖추기 시작했다. 1만 병력은 되어 보였다.

백제군은 서두르지 않고 대열을 갖춰 천천히 평양성 외성의 성벽 쪽으로 다가들었다. 서쪽 성문으로 접근하려면 보통천을 건너야 하는데, 바로 그 건너편 들판에서 백제군은 도열을 한 채 고구려군의 동태만 살피고 있었다. 화살의 사거리 밖에 적군이 있었으므로, 고구려군은 그들이 어떤 움직임을 보일지 예의 주시만 할 뿐 이렇다 할 대거리는 하지 않았다.

조용하던 들판이 갈댓잎 스치는 소리와 함께 어수선해지는 듯하더니, 마침내 바람이 서북쪽에서 동남쪽으로 불기 시작했다. 이른바 겨울에서 봄까지 불어오는 서북풍이었다. 이때를 기다렸다는 듯 백제 태자 수가 말 위에서 소리쳤다.

"화살에 불을 붙여 강궁을 쏘아라."

그러자 궁수들이 일제히 보통천 앞까지 달려가 쇠뇌^弩에 불화살을 당겨 쏘아댔다. 화살의 사거리로는 조금 먼 거리였지만, 바람의 영향으로 화살이 성안까지 수월하게 날아들었다.

기름 먹인 솜방망이를 매단 화살은 불빛으로 긴 포물선을 그으며 날아가 평양성 안팎 곳곳에 떨어졌다. 불화살은 군막은 물론이고, 건초가 들어 있는 창고로도 날아들었다. 그러자 고구려 군사들은 다급히 그곳으로 달려가 불을 끄기에 여념이 없었다.

성벽을 지키던 고구려 군사들도 백제군을 향해 일제히 화살을 쏘았으나, 역풍 탓으로 대부분 보통천을 넘지 못한 채 떨어져 버렸다.

"괘씸한 놈들! 대체 저놈들을 어찌하면 좋겠소?"

서문의 높은 문루 위에서 그 광경을 지켜보던 대왕 사유가 어금니를 깨물었다.

"폐하! 소장이 개마무사들을 끌고 나가 일거에 무찌르겠나이다."

해평이 나섰다.

"적들이 공성전을 벌이지 않고 불화살을 쏘아 우리의 약을 올리는 것은 유인작전이 분명합니다. 성문을 열고 나가 저들을 치는 것은 신중하게 생각할 문제입니다."

대왕이 명령을 내리기 전에, 먼저 대장군 고계가 선수를 치고 나섰다.

"하지만 저 고약한 놈들을 그냥 눈 뜨고 볼 수만은 없질 않소? 그렇다면 무슨 대책이 있어야 할 것 아니오? 대장군, 뜸만 들이지 말고 어서 대책을 말해 보시오."

분을 참지 못한 대왕의 조급증이 말이 되어 입 밖으로 먼저 튀어나왔다.

"……철갑기병을 끌고 나가 싸우되, 적들이 후퇴할 경우 절대 추격은 하지 말고 철수하는 것도 한 방법이긴 합니다."

한동안 침묵을 지키던 고계가 마침내 입을 열었다.

"그게 좋겠군! 해평 장군은 철갑기병을 이끌고 나가 저 불화살을 날리는 놈들부터 마구 짓밟아 주게!"

대왕의 명이 떨어지자, 해평은 곧 철갑기병을 이끌고 서문을 통해 성 밖으로 나갔다.

보통천의 폭은 그리 넓지 않고 수심도 낮았다. 고구려 철갑기병은 순식간에 그 물을 건너 백제군을 들이쳤다.

그러자 백제군은 화살을 날려 철갑기병과 맞서는 척하다가 일제히 후퇴하기 시작했다.

백제군은 보병이었고 고구려 철갑기병은 말을 타고 있었으므로, 그 빠르기에 있어서는 비교가 되지 않았다. 성루에 올라간 고구려 군사들이 큰 북을 울려대며 철갑기병들의 공격을 고무시켰다. 북소리에 가락을 맞추기라도 하듯 말들은 경쾌하게 네 다리를 놀리며 도망치는 백제군들을 추격했다.

"사정 두지 말고 적들을 짓밟아라!"

해평은 바짝 백제군의 후미를 파고들며 환두대도를 휘둘러 좌우의 적들을 베어 넘겼다.

그때 평양성에서 철군하라는 징소리가 울렸다.

"공격을 멈추어라!"

성질 같아서는 계속 백제군을 추격하고 싶었지만, 해평은 군령을 어길 수 없어 결국 철갑기병의 공격을 멈추어야만 했다. 그는 이도저도 아니고 그저 미적지근한 대장군 고계의 전략이 마음에 들지 않았다. 그러나 이미 약속한 바가 있어, 철갑기병들에게 철군을 명했다.

고구려 철갑기병이 말 머리를 돌려 철수하기 시작하자, 후퇴하던 백제군이 다시 등을 돌려 공격을 해왔다.

"저 자식들이 누굴 놀리나?"

해평은 다시 되돌아서서 백제군을 치고 싶었으나, 계속 울려대는 징소리는 철군을 서두르라고 강요하고 있었다. 그러니 다시 공격해 오는 백제군에게 겁만 주면서 아쉬운 마음으로 철군을 할 수밖에 없었다.

3

백제군은 연일 평양성 서문 앞 너른 들판에 나와 고구려군과 대치했다. 이제는 군사를 나누어 후방에서 줄다리기 시합도

하지 않았다. 백제의 모든 병력이 패수 지류 앞으로 몰려 나와 시위를 하고 있었다.

그랬다. 그것은 일종의 시위였다. 정면으로 평양성 공격을 하지 않으면서 고구려군에게 약을 올리고 괴롭혔다. 잠시 방심이라도 하는 틈이 보이면 가까이 접근해 쇠뇌를 이용하여 불화살을 쏘았고, 발석거發石車로 사람 머리통만 한 돌들을 성안으로 날려 보냈다.

그때마다 고구려군은 화살을 쏘아 응전했으나, 백제군은 방패로 막아 무용지물로 만들었다. 결국 고구려군이 쏜 화살의 효력은 거의 없었고, 오히려 백제군이 그것을 거둬들여 전력을 강화시켜 주는 꼴이 되고 말았다.

고구려 진영에서는 연일 장수들이 모여 작전회의를 열었다. 그러나 묘안은 도출되지 않았다. 태자 구부가 이끄는 제2차 원군이 도착할 때까지 기다려 백제군을 협공하자는 쪽과, 언제 올지 모르는 원군을 기다릴 필요 없이 성문을 열고 나가 전면전을 벌이자는 쪽으로 의견이 갈렸다.

처음에는 대왕 사유도 대장군 고계와 추수의 의견대로 태자가 이끄는 제2차 원군이 올 때까지 기다려보기로 했다. 그러나 백제군이 연일 시위를 하며 고구려군을 괴롭히자 마음이 바뀌어 전면전을 벌이자는 해평의 주장을 받아들이는 쪽으로 기울어졌다.

그러던 어느 날 백제군이 발석거로 쏘아 올린 돌덩이가 다경문의 문루로 날아들어 기와지붕이 박살나자, 대왕 사유의 고질병이 도졌다. 도무지 조급증이 일어나 제2차 원군이 오기만을 참고 기다릴 수가 없었다. 하마터면 문루에서 적정을 살피던 그의 머리 위로 돌덩이가 떨어질 뻔했던 것이다.

"이제는 더 이상 두고 볼 수 없다. 내일 우리는 전면전을 벌인다. 이곳 평양성의 기병 3백을 보태 총 1천의 철갑기병으로 적의 기선을 제압하고, 보병 1만의 병력이 쫓기는 적을 추격해 적들이 다시는 평양성을 넘보지 못하도록 아예 수족을 끊어놓을 것이다. 제장들은 어찌 생각하는가?"

대왕은 장수들 앞에서 일갈했다.

"폐하! 어찌 폐하의 명을 거역하겠나이까? 허나 내일의 전투는 소장 고계가 이끌겠사옵니다. 폐하께서는 이곳 평양성을 지키시옵소서."

대장군 고계도 더 이상 버틸 인내력을 상실했다. 내심 적의 계략에 휘말릴지도 모른다는 우려가 없지 않았으나, 만약 그가 먼저 치고 나가지 않으면 대왕이 성질을 못 참고 군사를 이끌고 나갈 우려가 있었다. 사실은 그것이 더욱 겁나서 먼저 선수를 치기로 한 것이었다.

"대장군의 충심을 모르는 바 아니나, 지금 짐이 나서지 않으면 우리 고구려군의 사기가 어찌 되겠는가? 짐이 반드시 백잔 세력을 꺾어 전날의 포한을 갚으리라. 백잔왕 구와 그 아들 수가 죽는 것을 이 두 눈으로 똑똑히 보아야만 하겠다."

대왕은 얼굴까지 벌겋게 달아올라 있었다. 그의 응어리진 분심이 그대로 얼굴에 붉은 기운으로 표출되어 있었던 것이다.

"폐하! 고정하시옵소서. 소장이 반드시 백잔왕 구와 그 아들 수의 목을 베어 바치겠나이다."

고계는 대왕의 분심이 어떠하다는 것을 알기에 우선 그것을 가라앉히는 것이 급선무라고 생각했다.

"그대는 지금까지 농성만을 주장해 오지 않았는가? 이제 와서 생각이 바뀌었는가?"

대왕의 분노는 극에 달했다.

"이제 소장도 적들의 작태를 마냥 두고만 볼 수 없다고 판단했습니다. 허나 폐하께서는 출전하시기보다 이 성을 지키셔야 하옵니다."

"대장군! 차후 짐에게 더 이상 성을 지키라고 말한다면 이 칼로 그대의 목을 베리라. 그 누구도 짐의 출전을 막지 말라."

대왕은 허리에 차고 있던 환두대도까지 빼어 들고 외쳤다.

이제는 그 누구도 대왕의 출전을 더 이상 말릴 수가 없었다. 곁에 있던 추수도 전면전만은 안 된다고 다시 제의하고 싶었으나, 대왕의 마음을 돌리기에는 이미 늦었다고 판단했다.

다음 날에도 일찌감치 백제군은 보통천 앞 개활지를 가득 메우고 있었다.

드디어 해평은 고구려 철갑기병 1천을 이끌고 다경문을 나섰다. 뒤를 이어 보병들이 벌떼처럼 쏟아져 나와 철갑기병의 뒤를 따랐다.

고구려 군사들은 곧 보통천을 건넜고, 개활지 한가운데서 백제 대군과 맞섰다. 백제군도 기병을 앞세우고 있어, 치열한 공방전이 예상되었다. 양군 다 기병을 가운데 두고 좌우측에 보병을 배치하고 있었다.

먼저 고구려와 백제의 기병이 접전을 벌였다. 양군의 군마들은 서로 얽혔고, 기병들 사이에선 피아를 구분하기 어려울 정도로 어지러운 싸움이 이어졌다. 이렇게 기병들이 가운데서 맞서고 있을 때, 양군의 보병들 역시 좌우에서 공방전을 벌였다.

고구려 대왕 사유는 말을 타고 다경문을 나와 언덕 위에 섰다. 그리고는 보통천을 앞에 두고 일단 양군의 전투 장면을 관망하고 있었다. 성질 같아서는 그도 백제군과의 전면전에 나서고 싶었지만, 대장군 고계가 적극 만류하는 바람에 후미에서 관전만 하기로 했다.

추수는 호위무사들과 함께 대왕 옆에 바짝 붙어 서서 혹시 날아올지도 모르는 화살을 막기 위해 방패를 단단히 틀어쥐고 있었다.

"흐음, 만만치 않은 싸움이 될 것 같군!"

대왕은 양군 모두 서로 조금도 밀리지 않는 팽팽한 싸움이 지속되자 입술을 앙다물었다.

고구려군의 경우 기병이 백제군보다 배는 많았다. 반면에 보병의 숫자는 훨씬 적어 그 반대라고 할 수 있었다. 그래서 고구려 철갑기병은 백제 기병을 떠밀고 앞으로 나가는 형국이었으나, 그 양측에 포진한 보병은 백제군에게 점차 밀리기 시작했다.

대왕 사유는 해평이 이끄는 고구려 철갑기병을 믿었다. 일단 기병이 선수를 빼앗으면 백제군이 제아무리 보병이 많다 하더라도 그 기세에 제압당해 결국 후퇴하게 될 것이라고 판단했던 것이다.

바로 그때, 백제군 후방에서 퇴각을 알리는 징소리가 울렸다. 그러자 그것을 신호로 백제 기병들은 말 머리를 돌려 달아나기 시작했고, 고구려군과 백병전을 벌이던 백제 보병들도 허둥대며 산지사방으로 흩어졌다.

해평은 이때를 놓치지 않았다.

"총공격하라! 단 한 놈도 살려 보내지 말라!"

해평은 앞장서서 말에 박차를 가하며 백제 기병들의 뒤를 쫓았다. 고구려 철갑기병들도 그 뒤를 따라 백제 기병들을 맹추격했다.

들판은 치닫는 말발굽 소리와 함께 뿌연 먼지로 가득했다. 그런 가운데 창칼 부딪는 소리, 군사들의 함성과 비명이 뒤섞여 전장은 금세 아수라장이 되어버렸다.

"그러면 그렇지. 이 기회를 놓칠 수 없다!"

대왕은 자신의 예측이 맞아떨어졌다고 판단되자, 갑자기 말에 채찍을 가했다.

"폐하! 개천을 건너시면 위험합니다!"

결국 추수도 대왕의 뒤를 쫓아 급히 보통천을 건너지 않을 수 없었다. 개천을 건너 얼마 달리지 않아서, 그는 곧 대왕의 말을 따라잡을 수 있었다. 추수를 비롯한 호위무사들이 대왕을 둘러쌌다.

"폐하! 너무 적 가까이 가시면 안 됩니다. 지금 적이 후퇴하는 것은 속임수일지도 모릅니다."

추수가 대왕의 말고삐를 움켜쥐며 소리쳤다.

"오늘은 짐이 기어코 백잔(백제의 비칭)왕 구의 목이 달아나는 것을 두 눈으로 똑똑히 보고 말리라! 백잔 따위가 감히 우리 고구려를 얕보다니!"

대왕은 이를 부드득, 갈아붙였다. 그의 한은 깊었다. 그는 30년 가까운 세월 동안 연나라에게 당한 모욕감을 참아야 했고, 그런 고구려를 얕잡아보고 침공한 백제 대왕 구(근초고왕)로 인하여 분노가 극에 달해 있었다.

연나라는 그렇다 치더라도 핏줄이 같은 형제국이나 다름없는 백제에게마저 업신여김을 당하는 것이 대왕의 울화를 더욱 부채질했던 것이다. 그래서 연나라에게 당한 치욕까지 백제에게 풀고 말겠다는 욕심이 그의 폐부에서 부글부글 끓어올랐다.

옆에서 추수가 말고삐를 단단히 붙잡고 있지 않았다면, 대왕 사유는 직접 칼을 빼어 들고 적진으로 들어가 설욕전을 펼쳤을지도 모른다. 그래야만 분한 마음이 조금이라도 가라앉을 것 같았다.

한편, 전속력으로 말을 몰아 백제의 기병을 추격한 고구려 철갑기병은 백제의 보병들조차 따돌리고 적진 깊숙이 짓쳐들어갔다. 그런데 막 고개 하나를 넘어섰을 때였다.

둥, 둥, 둥!

징소리가 사라지고 갑자기 패수의 갈대숲과 야산의 숲속에서 북소리가 울렸다. 그것을 신호로 그 양편에서 백제의 복병이 들고일어나며 줄을 잡아당기기 시작했다.

며칠 전 백제군이 열심히 줄다리기 시합을 하던 그 세 개의 밧줄이 고갯길 너머의 땅속에 파묻혀 있다가 북소리를 신호로 팽팽하게 당겨졌던 것이다. 백제 복병들이 양편에서 잡아당기는 밧줄이 들어 올려진 것은 고구려 철갑기병의 선두가 막 그곳을 빠져나갈 때였다.

서른 발자국 정도씩 사이를 두고 세 개의 밧줄이 차례로 팽팽하게 당겨졌다. 그러자 전속력으로 달리던 고구려 철갑기병들은 말의 다리나 몸통이 밧줄에 걸려 중심을 잡지 못하고 공중에서 그대로 곤두박질치고 말았다.

맨 앞에서 달리던 해평은 뒤편에서 아군이 아우성치는 소리에 말고삐를 당겼다. 고구려 철갑기병들이 그대로 땅바닥에 엎어지면서, 그 뒤에서 달려오던 아군의 말발굽 아래 말이며 기병들이 마구 짓밟히는 사태가 벌어졌다.

연이어 뒤에서 멋도 모르고 달려오던 철갑기병까지 밧줄에 걸려 넘어지면서, 이미 넘어진 기병들의 몸 위로 말발굽이 무참하게 밟고 지나갔다. 아수라장이었다. 지옥이 따로 없었다. 말의 울음소리와 기병들의 비명이 하늘 가득 울려 퍼졌다.

둥, 둥, 둥!

계속 울려대는 북소리를 신호로 도망치던 백제의 기병들이 말 머리를 돌려 이미 고개를 넘어온 선두의 고구려 철갑기병들을 공격하기 시작했다.

"모두 후퇴하라!"

해평은 다급하게 소리쳤다.

그러나 고갯마루에 쌓인 고구려 기병들과 말들의 시체 더미가 가로막아 바로 후퇴할 수도 없었다. 혈로를 뚫으려면 강변 쪽보다는 산등성이 쪽이 더 유리해 보였다.

해평은 산등성이로 급히 말을 몰았다. 일부 고구려 철갑기병이 그의 뒤를 따랐다. 그러나 산등성이에서도 백제의 복병들이 일어나 일대 백병전이 벌어졌다.

언덕 너머 백병전이 벌어지던 보통천 들판에서도 양상은 마찬가지였다. 고개 쪽에서 북소리가 울리는 것을 신호로 사방으로 흩어져 달아나던 백제의 보병들이 몸을 돌려 고구려 보병들을 공격하기 시작했다.

"이것이 대체 어찌된 일인가?"

대왕 사유는 갑작스런 사태 변화에 적이 당황하지 않을 수 없었다.

"폐하! 어서 성안으로 피하셔야 하옵니다."

추수가 대왕의 고삐를 잡아채 말 머리를 돌리려고 했다.

"안 된다. 이렇게 물러설 수는 없는 것이야."

대왕의 목소리가 갑자기 격해졌다. 너무 흥분한 데다 억울한 나머지 울분이 피울음으로 변해 터져 나오고 있었던 것이다.

그때 서북쪽의 들판으로부터 한 떼의 군마들이 먼지를 자욱하게 일으키며 전속력으로 질주해 왔다.

"아니, 저건 또 무엇인가? 혹시 태자가 이끌고 온 우리 원군은 아닌가?"

대왕 사유는 마음만 다급하여 그런 기대를 걸어보았다.

"폐하! 어서 피하셔야 하옵니다. 저들은 백제의 기병들입니다. 먼지 속이라 잘 보이지 않지만 말 등에 꽂혀 있는 것은 황색 기치가 분명하옵니다."

추수는 백제의 보병보다 서북쪽에서 달려오는 기병들이 더

빨리 당도할 것이라 판단하고 다급하게 외쳤다.

"저들은 내가 맡을 테니, 너희들은 폐하를 모시고 어서 성안으로 피신토록 하라!"

추수는 대왕을 둘러싼 호위무사들에게 급히 이르고, 곧바로 백제의 기병들이 짓쳐들어오는 방향으로 말 머리를 돌렸다. 그러나 이미 백제 기병들이 말 위에서 활을 쏘기 시작했고, 하늘로 새카맣게 날아오는 화살 때문에 도무지 눈을 뜰 수 없을 정도였다. 칼로 날아오는 화살을 쳐내는 데도 한계가 있었다.

대왕을 보호하기 위해 추수는 방패로 화살을 막고 칼로 쳐내다가, 그만 자신의 왼쪽 눈이 불에 덴 듯 뜨끔해지는 것을 느꼈다. 적의 화살이 눈에 박혀 부르르 떨리고 있었다.

추수는 오른손으로 화살을 쑥 잡아 뺐다. 붉은 핏덩이와 함께 눈알이 툭 빠져나와 땅바닥에 데굴데굴 굴렀다. 급한 김에 그는 자신의 말 잔등에 꽂혀 있던 적색 깃발을 찢어 피가 솟구치는 왼쪽 눈을 싸맸다.

바로 그때 추수의 뒤에서 대왕을 지키던 호위무사들이 외치는 소리가 들려왔다.

"아앗! 폐하께서 화살을 맞으셨다!"

추수가 뒤를 돌아보니 대왕 사유가 가슴에 화살을 맞고는 말 위에서 떨어지고 있었다. 그것을 본 호위무사들이 달려들어 얼른 대왕을 받쳤다.

"이놈들아! 어서 폐하를 말에 태워 성안으로 모셔라. 그리고 나머지 병력은 나를 따르라."

이렇게 소리치며 추수는 더 이상 돌아볼 여유도 없이 달려드는 백제의 기병들을 향해 말을 몰았다. 대왕을 성안으로 피신시키는 기십 명을 뺀 나머지 호위무사 병력 십여 명이 추수의 뒤를 따랐다.

추수는 대왕이 성안으로 안전하게 피할 수 있도록 최대한 시간을 벌어야만 한다고 생각했다. 왼쪽 눈에서 계속 흘러내리는 피가 뺨을 타고 내려가 목을 적시고 갑옷 안으로 스며들었다. 그러나 그는 아픔을 느낄 여유조차 없이 적과 싸워야 했다. 적은 야차처럼 달려들었다.

백제의 기병을 이끌고 전속력으로 달려오는 장수는 태자 수였다.

"고구려왕 사유는 어디 있느냐? 백제 태자 수가 왔다!"

추수가 앞을 가로막자 가까이 다가온 태자 수가 소리쳤다.

"네가 바로 백잔의 태자 수로구나! 잘 만났다. 오늘이 네 제삿날인 줄이나 알아라."

추수는 환두대도로, 백제 태자 수는 장창으로 맞섰다. 추수를 따라온 고구려 호위무사들도 백제 기병들과 맞서 일대 혈전을 벌였다.

"적들을 철저히 막아라! 절대 이곳을 통과하지 못하게 사수하라."

추수는 정신없이 소리치며 백제 태자 수의 앞길을 가로막았
다.

"애꾸눈이 아니냐! 한쪽 눈알을 잃은 놈이 어디 앞이나 제대
로 보이겠느냐?"

태자 수가 먼저 장창을 찔러 왔다.

추수는 창을 칼로 쳐내며 태자 수의 말 가까이 바짝 다가들
었다. 그러나 태자 수 역시 빠르게 말고삐를 잡아채 추수와 일
정 거리를 유지했다.

일단 추수는 최대한 시간을 벌어야 한다는 생각에 태자 수
를 끝까지 물고 늘어지기로 했다. 적의 화살에 한쪽 눈을 잃어
매우 불리했지만, 그는 이미 죽음을 각오하고 있었다.

추수의 칼과 백제 태자 수의 장창이 십여 회 불꽃을 일으켰
다. 두 사람의 무술 실력은 서로 만만치 않아 쉽게 결판이 날
것 같지 않았다.

"고구려에도 훌륭한 장수가 있었군! 바빠 죽겠는데 애꾸눈
이 내 발목을 잡는구나. 네 솜씨가 아까워 살려주마. 너와 더
싸우다간 사유를 놓치고 말겠다."

수십 합을 싸워도 승부가 나지 않자, 백제 태자 수는 추수를
떼어버리고 고구려 대왕 사유를 찾기 위해 급히 말 머리를 돌
려 평양성을 바라보고 달렸다.

"에잇, 비겁한 놈! 게 서지 못할까?"

추수는 태자 수의 말을 추격했다.

그러나 태자 수는 이미 백제 기병들 속으로 사라지고 없었다.

추수가 태자 수와 맞서는 사이 고구려 호위무사들 대부분은 백제 기병들의 창칼에 이미 도륙이 나버렸다. 그래서 적들은 거침없이 고구려 대왕 사유의 뒤를 추격할 수 있었다.

마음이 다급해진 추수는 백제의 기병들과 거의 한 덩어리가 되어 달렸다. 그는 닥치는 대로 칼을 휘둘러 적의 기병들을 베어 넘겼다. 수십 명의 적이 그의 칼에 머리 없는 몸뚱어리가 되어 말 등에서 떨어졌다.

백제의 기병들을 쫓아 말을 달리다 보니 추수는 어느새 패수 언덕까지 당도해 있었다. 바로 발밑은 절벽이었다. 경황없이 칼을 휘두르는 동안 그가 추격하던 백제 기병의 후미도 놓치고 말았던 것이다.

"이럴 수가?"

추수는 급히 말 머리를 돌렸다.

그런데 그때 어디선가 화살이 날아와 그의 가슴에 꽂혔다. 그는 말 등에서 떨어지면서 그대로 절벽 아래 강물로 곤두박질치고 말았다.

4

백제군은 고구려군을 상대로 대승을 거두었다. 이는 모두 목라근자의 줄다리기 전략 덕분이었다.

다음 날, 승전을 자축하는 자리에서 백제 대왕 구는 술잔을 높이 들어 대장군 목라근자의 승전을 축하해 마지않았다.

"줄다리기 전략이라! 역시 대장군의 신출귀몰한 작전은 그 누구도 따를 수 없을 것이오."

대왕 구가 승전의 축배를 들며 소리 높여 외쳤다.

"장군이 군사들에게 줄다리기 시합을 시킬 때는 그저 협동심을 길러주기 위한 근력 훈련 정도로 알았습니다. 사실 전투력이 강한 고구려의 철갑기병은 근심거리 중 하나였는데, 장군께서 줄다리기 전략으로 일거에 제압을 해주셨습니다. 다만, 이번 전투에서 고구려왕 사유를 사로잡지 못한 것이 한입니다. 우리 백제 기병들이 거의 추격을 했는데, 그만 사유가 고구려 군사들의 호위를 받아 성문 안으로 사라진 후 문을 굳게 닫는 바람에 간발의 차로 절호의 기회를 놓쳤습니다."

태자 수는 탁자를 손바닥으로 치며 매우 안타까워했다.

"그것으로 됐다. 그만큼 혼찌검을 내주었으면 고구려왕 사유도 감히 우리 백제군을 가벼이 여기지 못할 것이다. 다만, 태자 구부가 이끌고 올 고구려 제2차 원군이 문제다. 고구려 서북방 변경에서 전투 경험을 많이 쌓은 군대일 터인데, 그들과 맞서 어떻게 전투를 해야 할지 그 대책부터 논의하는 게 좋을 것 같다."

백제 대왕 구가 고구려 제2차 원군에 대해 걱정하는 것은 어쩌면 당연한 노릇이었다. 소문에 의하면 고구려 서북방 요새에서 2만 병력을 모집해 태자 구부가 이끌고 온다고 했다. 고구려 변방의 요새를 지키던 정예병들이라는 점도 그렇고, 태자 구부의 인물 됨됨이도 만만치 않다고 소문이 나 있었던 것이다. 부왕인 사유와 달리 태자 구부는 진중하면서도 지혜를 가진 인물로 정평이 나 있다는 것을, 세작들의 입을 통해 익히 들은 바 있었다.

그 소문은 사실이었다. 이미 고구려 태자 구부는 불혹의 나이였고, 그동안 부왕 밑에서 착실하게 군왕이 갖추어야 할 덕목을 쌓아왔다. 오히려 대왕 사유가 외교적인 문제로 갈등할 때 태자 구부가 슬기를 발휘하여 바람직한 쪽으로 유도하는 일도 많았던 것이다. 이번 전진의 부견에게 사신을 보내는 일만 해도 태자가 적극 나서서 주선한 것임을 백제 대왕 구도 잘 알고 있었다.

"이번엔 전과 달리 고구려 제2차 원군이 평양성으로 입성하기 전에 철저히 차단해야만 합니다. 그 방책은 미리 마련해 놓았으니, 폐하께서는 크게 염려하지 않으셔도 될 것입니다."

이렇게 말하고 나선 것은 목라근자였다.

"오오, 대장군께서 벌써 작전을 짜놓았다니 적이 안심이 되는구려!"

대왕 구는 목라근자를 바라보며 만면에 웃음을 머금었다.

바로 그때였다. 평양성의 고구려군 동태를 살피러 갔던 초병이 급히 막사로 들어와 군례를 올리며 보고했다.

"평양성 성문 꼭대기에 흰 깃발이 걸렸습니다. 성루를 지키는 병사들의 움직임으로 봐서 항복한다는 뜻은 아닌 것 같고, 아무래도 고구려왕이 사망한 것 같사옵니다."

"무엇이?"

대왕 구는 누구보다 놀란 표정을 지었다.

"어쩐지 어제 고구려 호위병들의 부축을 받아 사유가 도망치는 꼴이 심상찮아 보였습니다. 독화살을 맞은 게 틀림없사옵니다."

태자 수가 기쁜 나머지 입을 다물지 못한 채 흥분해서 말했다.

"독화살? 대체 누가 독화살을 쏘았단 말이더냐?"

대왕 구가 심각한 표정으로 물었다.

"고구려왕이 죽어야 이 전쟁도 끝날 것 같아 우리 기병들 몇몇에게 독화살을 준비하라 일렀습니다."

"어허! 이런 낭패가 있나? 아무리 승리에 눈이 어둡다 해도 독화살로 적을 죽이겠다는 것은 인류에 어긋나는 짓이다. 이번 전쟁에서 다 이겨놓은 것을 태자가 망쳤구나."

대왕 구는 화가 났지만 대놓고 태자 수를 나무랄 수도 없어서, 그저 자신의 가슴을 두드리며 한탄만 거듭했다.

분위기가 이렇게 돌아가자 승리의 기쁨에 도취해 있던 백제 장수들은 모두들 침통해지지 않을 수 없었다.

"폐하!"

바로 그때, 평양성 북쪽에 나가 고구려 제2차 원군이 언제 오는지 길목을 지키고 있던 초병이 다급하게 들이닥쳤다.

"무엇이냐? 어서 말하라!"

신경이 바짝 곤두선 대왕 구는 격한 목소리로 외쳤다.

"고구려 제2차 원군이 압록강을 건너 평양성을 향해 질주해 오고 있습니다. 빠를 경우 내일 저녁쯤 이곳에 이르게 될 것이옵니다."

"흐음, 그렇게 빨리?"

"작전을 서둘러야겠군!"

태자 수와 대장군 목라근자의 입에서 동시에 튀어나온 말이었다.

그때 대왕 구가 어수선한 분위기에 일침을 놓았다.

"흥분하지 말고 조용히들 하시오. 지금 전쟁을 논할 때가 아니란 말이오."

"예? 이번처럼 절호의 기회는 없습니다. 태자 구부의 원군까지 초전에 박살을 내면 고구려는 다시 회생하기 어려울 것입니다."

태가 수가 나섰다.

"태자는 자중하라! 아무리 우리 백제와 고구려가 적대적 관계에 있다 하더라도 인륜에 어긋나는 일은 삼가야 하느니라. 만약 고구려왕의 홍거薨去가 사실이라면, 태자 구부는 상제가 된다. 상제에게는 예의를 다 갖춰야 하거늘, 그를 상대해 싸우겠다고 덤비는 패악을 저지를 수야 없지 않겠느냐? 그러고서 어디 군자국이라 할 수 있겠느냐?"

대왕 구의 말에 도도하기만 하던 태자 수는 고개를 푹 꺾었다. 겉으로 인륜을 내세웠지만, 그는 대왕의 죽음으로 격앙된 고구려군의 물불 가리지 않고 덤벼들 기세 또한 우려하고 있었다. 이런 때일수록 경거망동은 금물임을 그는 모르지 않았다.

"폐하! 그러면 우리 백제군은 어떻게 하는 것이 좋겠사옵니까?"

목라근자가 진중하게 물었다.

"일단 우리 백제군은 은인자중하는 자세로 이곳을 지키고, 고구려 제2차 원군이 아무런 방해도 받지 않고 평양성으로 입성할 수 있도록 길을 열어주어야 할 것이오. 그런 연후 고구려군의 태도를 보고 다시 우리의 입장을 정리토록 합시다."

대왕 구는 서둘러 제장들과의 회의를 마쳤다.

한편, 압록강을 건너 진군해 오던 태자 구부의 원군은 도중에 평양성에서 달려온 파발마를 통해 대왕 사유가 훙거했다는 소식을 전해 들었다.

비보를 접하고 태자 구부는 눈앞이 캄캄해졌다. 전부터 마음속으로 우려하고 있던 일이 기어코 현실로 나타났던 것이다.

"아아! 하늘이 끝내 우리를 돕지 않는구나!"

태자 구부는 말 위에서 하늘을 쳐다보며, 자신도 모르는 사이에 원망의 말을 내뱉었다. 그러나 애꿎은 하늘에 대고 한탄만 하고 있을 때가 아니었다.

태자 구부는 전군을 향해 소리쳤다.

"지금부터 전속력으로 달린다! 밤을 새워 달려 내일 정오에는 평양성에 도착해야 한다."

태자 구부는 말에 박차를 가했다. 도중에 백제의 복병이 기습할지도 모른다는 생각이 들긴 했지만, 그런 것을 따질 계제가 아니었다. 그래서 밤에도 횃불을 켜들고 강행군으로 길을 줄였다. 그는 밤길을 달리면서 터져 나오려는 울음을 안으로 삼켰다.

'침착해야 한다.'

이제야말로 고구려의 운명이 자신의 두 어깨에 달려 있음을 태자 구부는 깊이 깨닫고 있었다.

마침내 다음 날 정오가 되기 전에 태자 구부는 고구려 제2차 원군 2만을 이끌고 평양성에 입성했다. 그는 부왕의 시신 앞에 엎드려 한동안 일어날 줄 몰랐다. 평양성까지 달려오면서 밤새도록 안으로 울음을 삼켜서일까. 통렬한 감정은 소리가 되어 나오지도 않았다.

"왕좌는 단 한시도 비워둘 수 없사옵니다. 어서 위에 오르소서. 그리고 차후의 대책을 논하소서."

대장군 고계가 엎드려 있는 태자 구부 앞에 와서 고했다.

태자 구부는 그때서야 고개를 들었다. 그는 눈물이 가득한 눈길로 고계를 바라보았다.

"음, 그것이 순서라면 마땅히 그래야지요."

태자 구부는 어금니를 꽉 깨물었다.

상중이라서 간략하게 왕위 계승식을 가졌다. 이제부터 구부는 더 이상 태자가 아니라 고구려의 새로운 대왕이었다.

"폐하! 어리석은 신들에게 지침을 하달해 주소서. 먼저 선왕 폐하를 안전하게 뫼시지 못한 저희들을 엄한 벌로 치죄하소서."

대장군 고계가 대왕 구부 앞에 엎드려 피가 나도록 머리를 찧었다. 실제로 이마에서 피가 흘렀다.

"어찌 그대들의 잘못이겠소? 일어나 고개를 드시오."

대왕 구부는 어느새 마음의 평정을 찾은 듯, 목소리가 낮게 가라앉아 있었다.

"폐하! 상중이지만, 적들이 바로 코앞에 있사옵니다. 폐하께서 손수 제2차 원군도 이끌고 오셨으니, 우선 선왕 폐하의 원수를 갚기 위해서라도 적들을 짓쳐들어가 도륙해야 할 것이옵니다."

대장군 고계는 가슴 저 밑바닥에서 끓어오르는 분을 참지 못하고 너무 흥분한 나머지 몸까지 흔들며 절통하게 외쳐댔다.

"장군의 말씀대로 지금은 상중이오. 상중에 피를 보는 전쟁을 한다는 것은 아니 될 말이오. 그러므로 지금은 부왕의 장례를 치르는 것이 우선일 것이오."

"폐하! 제장들 이하 우리 모든 고구려 군사들은 지금 죽을 각오가 되어 있습니다. 내일이라도 당장 적을 쳐서 저 패수의 강물 속에 백잔의 무리들을 수장시켜야 하옵니다."

평소 침착한 태도를 견지하던 고계였지만, 그의 목소리는 매우 격앙되어 있었다.

"장군이 참으시오. 지금은 참는 것이 이기는 것이오. 먼저 우리 자신을 이겨내야 적도 이길 수 있소."

대왕 구부는 고계에게 시선을 향하고 있었지만, 방금 한 말은 바로 자기 자신에게도 해당되는 것이었다.

"폐하! 다시 한번 주청 드리옵니다. 저 중원에서 옛날 상나라가 패권을 잡고 있을 당시, 주나라 무왕이 포악무도한 주왕을 치러 간 고사를 잊으셨나이까? 서백창이 죽자 그의 아들 무왕은 부왕의 장례도 치르지 않는 채 나무로 만든 위패를 앞세우고 사상보 태공망과 함께 주왕을 처단하기 위해 군사를 일으켰사옵니다. 지금 성 밖에 진을 치고 있는 백잔왕 구의 목을 치고 와서 선왕의 장례를 모셔도 늦지 않을 것이옵니다. 그것이 선왕의 원수를 갚는 유일한 길이라 사료되옵니다."

"장군의 충성은 익히 알 만하오. 그러나 짐은 선왕의 장례가 우선이라 생각하오. 해서, 백제왕 구에게 당분간 휴전하자고 제의를 하려고 하오."

대왕 구부의 말이 막 끝날 때였다.

서쪽의 성문을 지키던 수문장이 헐레벌떡 뛰어 들어와 아뢰었다.

"폐하! 백제왕의 서찰이옵니다. 백제 병사가 말 뒤에 흰 기를 꽂고 다경문 앞에 당도해 이 서찰을 화살로 쏘아 보냈사옵니다."

수문장이 대왕 구부에게 서찰을 바쳤다.

대왕 구부는 서찰을 펼쳐 읽어보았다.

'고구려 대왕의 훙거를 매우 애석하게 생각합니다. 환난을 자초한 책임은 전적으로 우리 백제군에게 있습니다. 백배사죄하는 마음으로 철군합니다. 황망중이겠지만 장례를 잘 모시길 바라는 바입니다.'

백제 대왕 구의 서찰 내용은 간략했다.

부왕의 뒤를 이어 왕위에 오른 대왕 구부는 그 서찰을 읽고 가만히 고개를 주억거렸다.

"백제군이 퇴각한다 하오. 우리도 어서 부왕의 장례 절차를 밟도록 하십시다."

대왕 구부의 명에 아무도 이의를 다는 신하들은 없었다.

실제로 대왕 구부가 신하들과 함께 서쪽의 다경문 성루로 나가 보니, 백제군이 패수를 건너 철군하고 있었다.

그날 밤부터 평양성에는 폭풍우가 치면서 먹구름이 몰려들었고, 성루 곳곳에 흰 깃발의 조기가 걸린 가운데 사흘을 내리 흙비가 내렸다. 서북풍이 부는 봄철에 황사먼지와 함께 내리는 흙비가 초겨울 하늘을 뒤덮는 것은 분명 이상 현상임에 틀림없었다.

고구려 대왕 사유는 평양성에서 그리 멀지 않은 고국원에 묻혔다. 그가 바로 고구려 제16대 고국원왕이었다.

제2장

서북풍

1

이른 봄날, 서북쪽에서 동남쪽으로 찬바람이 휘몰아쳐 오고 있었다. 겨울부터 봄까지 불어오는, 이른바 서북풍이었다. 저 멀리 서역의 황량한 사막에서 일어난 모래바람이 중원을 휩쓸었고, 천산산맥을 넘어온 차가운 공기까지 한데 어우러지면서 화북지방은 황사로 인해 하늘과 땅을 구분하기조차 어려울 지경이었다.

누런 먼지가 황량한 들판을 자우룩하게 뒤덮었으며, 그때마다 쉬르르르 모래바람 소리를 내는 백양나무의 연노란 새 이파리들이 체머리를 흔들었다. 원래 백양나무는 그 밑동이 허연 데다 가지며 이파리까지 먼지로 얼룩져 싯누런 회색빛을 띠고 있었다. 바람이 세차게 불어 날씨마저 스산하게 느껴지자,

사람들은 계절의 수레바퀴가 봄에서 다시 겨울로 역행하는 것 같은 착각에 빠지기도 했다.

사람들 사이에서도 서역 바람이 풍미하고 있었다. 사막을 건너온 서역 상인들이 전진의 수도 장안으로 몰려들어 시장 바닥에 떠들썩한 난전을 벌여놓고 있었다.

사람들의 눈길을 끌기 위해, 각종 비단을 켜켜로 쌓아놓은 피륙 점포들이 즐비한 앞마당에서는 놀이판이 한창 벌어지고 있었다. 누더기 도포자락을 걸치고 머리에 삿갓을 쓴 사내 하나가 상가를 기웃거리더니, 어느 틈에 군중들에 섞여 온갖 재주를 부리는 곤두놀이에 흠뻑 빠져 있었다. 그의 왼쪽 팔소매 안으로 쇠로 된 갈고리의 의수義手가 얼핏 내비쳤다.

곤두놀이가 끝나자 놀이마당에서는 한창 칼 재주를 부리는 색목인 사내가 나와 무술 시범을 보였다. 그 사내는 봉술에서부터 창과 칼 쓰는 법까지 다재다능한 기술들을 자랑했다. 무술이라기보다는 기예에 가까운 동작들이었는데, 그는 뭐라고 큰 소리로 떠들어대며 손을 들어 군중들을 선동했다.

그때 군중 속에서 한 사내가 뛰쳐나가 봉을 든 사내와 대련을 했다. 두 사람 다 봉을 잡고 시합을 하는데, 그것이 극적 효과를 내기 위해 한패끼리 미리 짜고 하는 것인지 즉흥적으로 군중에서 나온 사내와 맞붙는 것인지는 알 수 없었다.

구경꾼들은 진지하게 두 사람의 시합을 관전하고 있었다. 여기저기서 응원의 목소리도 들려왔다. 그러자 더욱 많은 사람들이 몰려들었다.

삿갓 쓴 사내도 유심히 두 사람의 대련 장면을 관찰하고 있었다. 군중 속에서 자원한 사내는 색목인의 상대가 될 수 없었다. 처음에 색목인은 밀리는 척하다가 상대의 실수를 틈타 간단하게 봉을 쳐서 떨어뜨렸다. 군중들의 박수소리가 요란했다.

색목인은 더욱 기고만장해져서 군중들에게 대고 소리쳤다. 자기와 겨룰 자신이 있는 사람이 있으면 나와 보라는 손짓을 해댔으므로, 말은 못 알아들어도 그 뜻은 충분히 짐작할 수 있었다.

삿갓 쓴 사내가 군중의 틈을 비집고 놀이마당으로 들어섰다. 왼쪽 갈고리 의수는 무기를 잡을 수 없었지만, 그의 오른손에는 나무로 된 지팡이가 하나 들려져 있었다. 색목인 사내가 들고 있는 봉보다 길이는 짧았지만, 오래도록 사용해 온 듯 지팡이는 반들반들 길이 들어 매우 단단해 보였다.

색목인은 상대의 꾀죄죄한 모습을 보고 한동안 껄껄대고 웃었다. 누가 보더라도 삿갓 쓴 사내의 자세는 매우 어설펐다. 그도 그럴 것이, 지팡이는 색목인을 겨냥하지 않고 그저 땅을 향해 비스듬히 내려진 상태였다. 그러나 두 눈에서 나는 광채만은 상대의 눈을 꿰뚫을 듯 매우 강렬했다.

그 눈빛을 마주한 색목인은 처음과 달리 봉을 들어 공격 자세를 취했다. 그는 짐짓 손바닥에 침을 퉤퉤 뱉는 시늉을 하며 봉의 손잡이를 단단히 그러쥐더니 삿갓 쓴 사내의 주위를 빙빙 돌았다.

한편 삿갓 쓴 사내는 최대한 동작을 아끼려는 듯, 색목인의 봉에 지팡이의 방향만 맞추면서 한자리에서 왼발을 고정시키고 오른발만 움직여 천천히 맴돌았다. 그 순간 번개가 치듯 색목인이 공격을 가해 왔지만, 사내는 옆구리 사이로 상대의 봉이 지나가도록 슬쩍 지팡이로 쳐냈다. 헛손질을 한 색목인이 가까이 다가오자, 그는 오른발을 살짝 들어 올려 말이 뒷발질을 하듯 상대의 오금을 걷어찼다.

"흐엇!"

색목인은 쓰러질 듯하다가 겨우 자세를 바로잡았다. 그러나 그가 미처 안정된 자세를 취하기도 전에 바람처럼 돌아선 사내가 지팡이를 뻗어왔다. 뒤로 허리를 잔뜩 꺾으며 겨우 지팡이를 쳐낸 색목인은 몇 걸음 주춤거리며 물러선 뒤에야 가까스로 몸의 균형을 유지했다.

지팡이는 짧고 봉은 길었다. 그러나 무기의 짧고 긴 것이 승리의 관건은 되지 못했다. 무술에 능한 자라면 그 정도는 알고도 남음이 있었다. 짧은 것과 긴 것은 그 나름대로 각기 단점과 장점을 갖고 있었다. 짧은 것은 공격이 용이하지 않지만 방어에 유리했다. 반대로 긴 것은 상대와 좀 더 거리를 두고 멀리서 공격하기는 좋으나, 가까이에서 방어를 할 때 자유롭지 못한 것이 흠이었다.

삿갓 쓴 사내는 짧은 지팡이의 단점을 이용해 봉의 공격을 유도했다. 그리고 상대가 공격을 가해 올 때 짧은 지팡이의 장점을 최대한 활용해, 방어와 동시에 공격을 가하는 전략을 취했다.

싸움은 길지 않았다. 색목인이 봉을 일직선으로 뻗으며 몸을 날려 공격을 가해 오자, 사내는 몸을 잽싸게 비틀어 자신의 가슴 앞으로 봉이 지나가게 하면서 지팡이로 상대의 어깨를 가격했다.

색목인은 그 순간 팔에 찌르르, 하는 통증을 느꼈다. 마치 번개를 맞은 듯 어깨와 팔이 무감각한 상태가 되었다. 그는 지팡이 공격을 받자마자 그만 봉을 떨어뜨리며 쓰러지고 말았다.

삿갓 쓴 사내는 천천히 색목인에게 다가가 손을 잡아 일으켜 세웠다. 그 순간, 관중들의 환호가 터져 나왔다.

어느새 황혼 무렵으로 접어들어 군중들이 놀이마당에서 하나둘 흩어졌다. 그때 군중 속에서 색목인과 삿갓 쓴 사내의 대련을 유심히 눈여겨보던 상인 차림의 사내가 마당 가운데로 나왔다. 그러고는 쓰러졌던 색목인의 팔과 어깨를 주물러 통증이 가시도록 해주고는 막 자리를 뜨려던 삿갓 쓴 사내 앞으로 다가왔다.

"그대는 혹시 고구려인이 아니시오?"

그 상인은 한족의 옷차림새를 하고 있었는데, 고구려 말을 쓰고 있었다.

"그렇소만. 당신도 고구려인?"

삿갓 쓴 사내는 반가운 표정으로 상인을 바라보았다.

그러자 상인은 삿갓 쓴 사내의 손을 잡았다.

"나는 고구려 유민인데 이곳 장안에서 서역인들을 상대로 장사를 하는 손장무라 하오."

"나는 조환이라 하오."

삿갓 쓴 사내가 자신을 소개했다. 조환, 그는 바로 이름을 바꾼 동부욕살 하대곤의 호위무사 두충이었던 것이다.

"무술 솜씨가 대단하군요. 마침 저녁때도 되었고, 우리 고국 사람끼리 이렇게 만났으니 오늘 밤 회포 한번 풀어봅시다."

손장무는 호쾌하게 웃으며, 조환을 장안의 객점이 즐비한 거리로 안내했다.

2

밤이 되면서 장안의 객점 거리는 꽃처럼 화사하게 피어났다. 술과 음식을 파는 집들이 즐비하게 늘어선 거리 양쪽에는 오색 인조견으로 만든 울긋불긋한 등롱이 골목의 어둠을 하늘

위로 날려 보내고 있었다.

등롱의 불빛은 엷은 인조견의 미세한 조직을 뚫고 은은하게 배어 나왔는데, 천에 따라 불빛도 색깔을 달리하여 마치 무지개를 연상시켰다. 대개 그렇게 등불이 화려한 집들은 술과 음식만 파는 것이 아니라 색주가의 성격이 짙어서, 먼 데서 온 상인들이 즐겨 여자를 사서 객고를 풀기도 했다.

손장무는 그런 객점 중에서 2층으로 된 크고 화려한 집으로 조환을 안내했다. 그들이 들어서자 여주인이 뛰어나와 반갑게 맞았다. 반색을 하는 여주인의 표정으로 보아 그곳은 손장무의 단골집인 모양이었다.

객점 여주인과 손장무가 뭐라고 떠들어대는데, 한족들끼리 쓰는 말이라 조환은 도무지 알아들을 수가 없었다. 그때까지도 그는 현지의 일상어조차 익히지 못한 상태였다.

여주인은 손장무에게 뭐라고 귓속말을 하면서 두 사람을 2층의 조용한 객실로 안내했다.

"마침 오늘 1층에는 중요한 손님들이 오기로 돼 있다고 하는군요."

손장무가 여주인의 귓속말 내용을 조환에게 전했다.

조환은 조용히 머리만 끄덕이며 손장무가 내어주는 의자에 가서 앉았다.

곧 한 상 가득 음식이 들어오고 두 사람은 허기진 배부터 채웠다. 기름진 음식에 술이 빠질 수 없었다. 손장무가 술을 따르며 말했다.

"이건 죽엽청주라고, 십여 가지 한약재로 만든 백주요."

조환은 손장무가 따라주는 술을 한 잔 받아 단숨에 들이켰다. 술은 부드럽게 넘어가는데, 목구멍이 뜨거울 정도로 독한 술이었다.

"커, 향기가 좋소. 독주로군!"

조환은 손장무가 따라주는 대로 연거푸 세 잔을 마셨다.

"호걸들은 독주를 좋아하지요. 대형께서도 무사이시니 말술을 마다하지 않겠지요?"

손장무가 조환의 술 마시는 모습을 바라보다가 껄껄대고 웃었다.

"주면 마다하지는 않습니다."

조환은 술뿐만 아니라 음식도 허겁지겁 입안으로 쓸어 넣기에 바빴다. 그가 누군가의 관심을 끌기 위해 무술 시합을 한 작전은 어느 정도 맞아떨어진 셈이었다. 결과적으로 그의 무술 솜씨에 바로 손장무가 걸려들었던 것이다.

말이 통하는 고구려 땅에서는 그래도 숙식 해결에 큰 무리가 없었다. 그러나 요동을 지나 중원 땅으로 들어서면서부터 말이 달라 의사소통을 할 수 없게 되자, 거의 거지꼴로 구걸하지 않으면 숙식 해결이 쉽지 않았다. 그렇게 조환은 유리걸식하면서 한 달 이상 중원 땅을 더듬으며 장안까지 왔던 것이다.

말이 없었다면 길을 줄이기도 쉽지 않았다. 고구려 땅에서부터 말을 타고 달려왔는데, 도중에 지친 데다 제대로 먹이지를 못해 쓰러지고 말았다. 그는 산중에서 며칠간 헤매던 끝에 쓰러진 말을 잡아 허기진 배를 채우기도 했다.

낮에 장터마당에서 서역인들의 기예를 구경하다 봉술을 선보이던 자가 대련할 사람을 찾을 때 선뜻 나선 것은, 조환 나름대로 숙식을 해결하기 위한 전략이었다. 때마침 손장무가 알은체를 해주었고 그래서 모처럼 기름지고 화려한 음식을 접할 수 있게 된 것이었다. 더군다나 장안에서 말이 통하는 고구려 유민을 만나다니, 그야말로 행운이 아닐 수 없었다.

어느 정도 허기진 배를 채우고 나자, 손장무가 기다렸다는 듯이 조환에게 물었다.

"대형께서 장안에 오신 것은 무슨 곡절이 있을 듯싶으오."

조환은 술잔을 비운 뒤 다시 빈 잔을 내밀었다. 손장무가 따라주는 술을 받아놓고 나서 조환은 왜 자신이 고구려에서 장안까지 왔는지 그 사연을 털어놓기 시작했다.

그날, 수곡성 전투에서 두충은 강물로 떨어질 때 끝까지 의식을 놓지 않았다. 그러나 강물 속으로 몸이 잠기면서 잠시 의식을 잃었다 깨어났다. 살아야 한다는 강한 의지로 그는 팔 다리를 부지런히 움직여 수면 위로 겨우 얼굴을 내밀었다. 팔 하나를 잃었으므로, 오른쪽 팔과 두 다리로 헤엄을 쳤다. 그렇게 물살을 타고 강 하구로 떠내려가다가 깜빡 의식을 잃었는데, 깨어나 보니 패하(예성강)에서 뱃사공 노릇을 하는 노인의 초막이었다.

사공은 의식을 되찾은 두충에게, 이미 그곳은 전쟁터에서 한참 벗어난 지역이니 안심해도 좋다고 말했다. 사공 덕분에 목숨을 건진 그는 한 달 이상 그 초막에서 병간호를 받고 나서야 겨우 몸을 움직일 수 있었다.

두충은 생명의 은인에게 보답할 길이 없어서 사공의 일을 도와주었다. 비록 한 손이지만 노 젓는 일부터 시작해 무거운 짐도 들어주고 땔나무도 해오는 등, 머슴들이나 하는 허드렛일까지도 마다하지 않았다.

그렇게 두충이 초막에서 두 달을 더 보낸 후 사공과 헤어져 국내성을 돌아오니 다시 전쟁이 났다고 했다. 백제군이 평양성으로 쳐들어와 대왕 사유가 군사들을 이끌고 원정을 떠났다는 것이다. 그는 괴승 석정을 찾아보기 위해 국내성으로 들어갔던 것인데, 이미 그때는 대사자 우신과 함께 사신단이 되어 전진의 도성인 장안으로 출발한 뒤였다.

소문으로 그 소식을 들은 두충은 잠시 망설이지 않을 수 없었다. 성치 않은 몸으로 다시 전쟁터로 갈 수도 없는 노릇이고,

책성으로 돌아가자니 군사를 다 잃은 패장으로서 동부욕살 하대곤을 대하기가 심히 부끄러웠다. 그는 책성을 떠날 때 하대곤과의 약속대로 전쟁터에 두충을 버리고 조환으로 거듭 태어나 대사자 우신의 집을 찾아가야 한다는 것을 잊지 않고 있었다. 그러나 우신도 사신단의 정사가 되어 전진으로 떠나고 없었다.

아무 생각 없이 며칠 동안 장터마당을 떠돌며 유리걸식하던 두충은, 문득 소매만 덜렁거리는 자신의 왼팔을 내려다보았다. 한숨이 저절로 나왔다. 바람이 불 때마다 소매가 덜렁거리는 것이 보기 싫었다.

두충은 생각 끝에 대장간을 찾아갔다. 한 달 동안 풀무질을 해주기로 약속하고 왼팔에 붙일 쇠갈고리를 만들어달라고 부탁했다. 다행히도 왼손은 팔꿈치 아래에서 잘려 나갔기 때문에, 쇠갈고리에 가죽을 달아 단단히 묶자 팔을 오므리고 펴는 데 자유로웠다.

"그때부터 이름도 두충에서 조환으로 바꾸고, 무작정 석정 스님을 만나기 위해 장안으로 오게 된 것이지요."

조환은 다시 술잔을 입으로 가져갔다.

"불원천리 달려와 만나고자 한 석정이란 스님은 뵈었습니까?"

"아직 만나지 못했습니다. 사신들이 묵는 곳이 어딘지도 모르고, 또 그 사이 고구려로 돌아갔을 수도 있고. 도무지 말이 통해야 누구에게 물어볼 수 있질 않겠소?"

조환은 막막하기만 한 자신의 처지를 한탄했다.

그러는 가운데 술자리를 무르익어 갔고, 조환은 손장무에게 자신이 전날 석정과 거래를 한 이야기를 털어놓았다. 거래는 주고받는 것이 상례이므로, 비단을 국상에게 주고 석정이 태자를 만날 수 있도록 해준 데 대한 대가를 받기 위해 장안까지 달려왔다는 말도 했다.

"거래는 장사꾼만 하는 줄 알았더니 무사와 스님도 거래의 법칙을 제법 알고 있습니다그려!"

"사실은 장사를 배우기 위해 장안에 왔습니다. 처음 초피 장사꾼 행색을 하고 국내성 장터에서 석정 스님을 만났을 때, 크게 장사할 수 있는 길을 열어주겠다고 했습니다. 시생도 이젠 무사가 아닙니다. 외팔이 신세가 됐으니 장수 노릇도 쉽지 않고, 장사하는 길이 있다면 평생을 바칠 각오가 돼 있습니다. 대상大商들에게도 무사가 필요하지 않겠습니까?"

바로 그때 갑자기 밖이 소란스러워졌다. 손장무는 의자에서 벌떡 일어나 문을 살짝 열고 1층을 내려다보다가 다시 제자리로 돌아와 앉았다.

"중요한 손님이 온다더니…… 서역 상호들인 것 같은데, 낭자군들이로구먼!"

"……?"

"한 무리의 낭자군이 들이닥쳐 1층을 장악했는데, 아무래도 서역 어딘가의 귀족 집안 딸이 이곳 장안까지 행상을 나선 모양이오. 비단 휘장을 친 화려한 가마에서 젊은 여인이 내리는 걸 보았소."

"낭자군요? 거 볼만하겠군!"

호기심이 생긴 조환도 의자에서 일어나 문틈으로 밖을 살펴보았다. 가마에서 내린 젊은 여인은 물론이고, 호위하는 낭자군들도 모두 머리에 붉은색 망사 천을 두르고 있었다. 그들은 코와 눈이 유난히 컸으며, 얼굴빛은 햇볕에 그을린 듯 까무잡잡했다. 그들 중 유독 흰 얼굴은 귀족의 딸인 듯한 젊은 여인이었다.

바로 그때였다. 갑자기 2층 객실 여기저기서 쏟아져 나온 검은 복면의 사내들이 회랑에서 1층으로 뛰어내리며 기습적으로 낭자군을 공격했다. 순간 여자들의 앙칼진 비명소리가 들려왔고, 낭자군도 칼을 빼어 들고 복면 사내들과 맞섰다. 1층은 한바탕 칼싸움이 어지럽게 벌어져 그야말로 아수라장이 되고 말았다.

"진짜 볼만한 구경거리가 생겼군!"

조환은 문틈에서 눈을 떼지 않은 채 중얼거렸다.

"무슨 사단이 일어난 모양이군요?"

손장무도 다시 문 쪽으로 달려왔다.

두 사람은 아예 문을 활짝 열어젖히고 1층에서 벌어지고 있는 활극을 구경했다. 싸움의 양상을 보니 검은 복면을 쓴 무리들은 가마 곁에 서 있는 여인을 목표로 하여 덤비고 있었고, 낭자군은 여인을 보호하기 위해 방어를 하는 형국이었다.

가마에서 내린 여인은 팔짱을 낀 채 싸움의 현장을 예의 주시하고 있었다. 웬만하면 놀라서 두려움에 떨 법한 상황인데도 아주 여유 만만한 태도였다. 어쩌다 검은 복면이 낭자군의 방어벽을 뚫고 뛰어드는 경우도 있었는데, 그때마다 여인은 가벼운 손짓과 발길질로 상대의 급소를 가격해 쓰러뜨렸다.

"저 낭자군은 어디서 온 상단 같소?"

조환은 싸움 현장에서 눈길을 떼지 않은 채 손장무에게 물었다. 그는 어느 사이 삿갓을 쓰고 지팡이까지 챙겨 들고 있었다.

"괜히 끼어들지 마십시오. 아마도 복면들이 저 가마를 타고 온 여인을 납치하려는 듯싶소이다. 장안 바닥에서 활개를 치고 다니는 걸 보면 배경이 든든한 놈들일 거외다."

처음엔 검은 복면 패거리들과 낭자군의 싸움이 백중세였다. 그러나 차츰 낭자군이 밀리기 시작하더니, 하나둘 칼을 맞고 쓰러졌다. 가마를 타고 온 여인도 마침내 칼을 빼어들고 검은 복면의 사내들과 겨루었으나, 한꺼번에 두세 명을 상대하기가 버거워 보였다.

이때 조환이 2층 난간에서 훌쩍 뛰어내려 가마를 타고 온 여인 앞을 가로막고 복면 사내들과 맞섰다. 예기치 않았던 그의 등장으로 싸움판에서는 일대 혼란이 일어났다. 그러나 당황한 쪽은 검은 복면들 편이었다.

어느 사이 조환의 지팡이는 칼로 변해 있었다. 지팡이가 실은 칼집이었던 것이다. 그가 왼쪽 겨드랑이 사이에 지팡이를 끼워 쇠갈고리로 고정한 채 오른손으로 지팡이 손잡이를 빼내자, 거기서 날선 칼날이 빠져나왔다.

조환의 칼끝은 검은 복면의 사내들을 겨냥하고 날카롭게 파고들었다. 낭자군 중에서는 복면 사내들의 칼을 맞고 쓰러져 신음하는 자가 속출했다. 이제 두 명의 낭자만 남아 복면 사내들을 상대하고 있었다. 복면 사내들도 낭자군의 칼에 상처를 입고 쓰러져 다섯 명밖에 남지 않았다.

두 명의 낭자군을 상대로 싸우는 복면의 사내들을 뺀 나머지 세 명의 사내가 조환을 둘러쌌다. 그가 싸움에 가담하는 바람에 자유롭게 된 여인은 다시 팔짱을 낀 채 관전하는 자세로 돌아갔다. 그런데 어느 사이 그 가까이에 손장무가 서 있었다. 여차하면 그도 여인을 보호하면서 복면의 사내들과 대적할 자세를 취하고 있었던 것이다.

검은 복면의 사내 세 명과 맞선 조환은 호흡을 골랐다. 발의 보폭과 호흡을 조절하면서 세 사내의 가운데 서서 빙빙 돌며 방어 자세를 취했다. 한꺼번에 세 명을 감당하려면 최대한 동작을 줄이면서 상대의 급소를 노리는 것이 최선이었다.

뒤쪽에서 옷깃을 스치는 바람소리가 들리는 듯싶었다. 조환은 옆으로 슬쩍 몸을 피하며 오른쪽 사내를 향해 칼을 뻗는 척하다가, 뒤에서 기습적으로 달려들며 헛손질하는 상대의 어깨를 향해 칼을 내리그었다.

"어흑!"

어깨에 칼을 맞은 사내가 앞으로 거꾸러졌다.

다시 조환이 몸을 돌려 왼쪽 사내에게 칼끝을 향할 때, 객점 밖이 시끄러워지더니 한 무리의 무사들이 들이닥쳤다. 그때서야 검은 복면들은 일제히 객점 정원의 담장을 타넘어 사라졌다. 부상당해 쓰러져 있던 검은 복면의 사내들도 두 다리가 멀쩡한 자들은 동료들 뒤를 따라 급히 도망쳤다. 뒤늦게 싸움판 현장에 당도한 무사들 몇몇이 그들을 쫓아갔고, 나머지 무사들은 삿갓을 쓴 조환을 향해 떼를 지어 공격을 가해 왔다.

그때 가마를 타고 온 여인이 날카롭게 뭐라고 외치며 손으로 무사들의 행동을 저지했다. 같은 편이니 칼을 거두라는 소리 같았다.

무사들이 주춤 물러나 여인을 향해 예를 갖추자, 그때서야 조환도 긴장을 풀고 조용히 칼을 거두어 칼집에 꽂았다. 그러자 날선 칼은 사라지고, 그것은 곧 나무 지팡이로 바뀌었다.

3

다음 날 조환이 객점에서 느지막이 눈을 떴을 때, 손장무가 뜻밖에도 석정의 소식을 가지고 돌아왔다. 지난밤 늦게 객점에서 나간 그는 고구려에서 온 사신단 소식을 백방으로 알아본 모양이었다.

"이미 한 달 전에 고구려 사신단은 돌아갔답니다. 사신단 중 정사인 대사자 우신은 고구려 대왕의 전사 소식을 접하고 급히 귀국했고, 석정 스님은 강남의 동진으로 떠났다고 합니다."

손장무의 말에 조환은 놀라지 않을 수 없었다.

"고구려 대왕이 전사를 하다니요?"

"평양성 전투에서 백제군의 화살에 맞았답니다. 화살촉에 독이 묻어 있었다고 하더군요."

"아아, 대왕 폐하께서 승하하시다니?"

조환은 그때 문득 동부욕살 하대곤의 얼굴을 떠올리고 있었다.

'그렇다면 구부 태자가 왕위를 이었을까?'

마음속으로 이렇게 되뇌면서 조환은, 그때 하대곤의 심정은 어떠했을까를 유추하고 있었다.

하대곤과 해평만 알 뿐 누구에게도 알려지지 않은 비밀이지만, 조환은 두 사람이 역모를 꿈꾸고 있다는 사실을 이미 눈치 채고 있었다. 기실 그가 대상으로 나서겠다고 결심한 것도 그 때문이었다. 즉 그들이 역모에 성공하여 해평이 고구려 대왕이 되면, 그때 자신이 대상으로서 재화를 모아 국가 재정에 큰 보탬이 되도록 하겠다는 것이었다. 그리고 다른 한편으로는, 만약 역모에 실패할 경우 자신을 살릴 수 있는 길은 그들로부터 멀리 벗어나는 길밖에 없다고 생각했다. 그가 왼팔을 잃은 후 책성으로 돌아가지 않고 석정을 찾아 장안으로 온 것도 내심 그러한 이유 때문이었다.

'좋은 기회를 놓쳤군!'

조환은 하대곤과 해평의 입장을 생각하며 마음속으로 그렇게 뇌까렸다.

"고구려 대왕의 승하 소식에 충격을 받으신 모양이군요? 사실은 나도 그 소식을 접하고 대왕의 운명에 대해 잠시 생각해보았습니다. 비운의 대왕 아닙니까? 젊은 시절 연나라 모용황에게 패하여 부왕의 시신을 빼앗기고 태후와 왕후까지 볼모로 잡혀 가는 수모를 겪은 대왕이, 종국에는 백제군의 독화살에 맞아 승하하시다니…… 나도 감회가 남다를 수밖에요."

"사형께서도 남다른 곡절이 있으신 모양이군요?"

조환이 가만히 손장무의 얼굴을 바라보았다.

"있지요. 모용황에게 고구려가 패했을 때, 나의 부모도 포로가 되어 연나라로 끌려가는 신세가 되었으니까요. 나는 그 이후 연나라 도성 용성에서 태어났습니다. 아직 한 번도 고구려 땅을 밟아보지는 못했지만, 부모님으로부터 귀가 닳도록 고국에 대한 이야기를 들었지요."

"그럼, 부모님은 아직 살아 계십니까?"

"아니요. 연나라 놈들의 등쌀에 못 이겨 두 분 다 돌아가셨지요. 내가 열두 살 때의 일입니다. 아버님이 먼저 돌아가시고 다음 해에 어머님마저 세상을 떠나신 후, 나는 단신으로 연나라를 벗어나 이곳 장안으로 왔지요. 연나라 귀족 집안에서 노예 생활을 했으므로, 도망치다 잡히면 죽음을 면치 못합니다. 그래서 멀리 도망친다고 온 곳이 바로 이곳입니다. 여기서 은인을 만났는데, 지금까지 나를 보살펴 준 진 대인 어른이지요."

그러면서 손장무는 자신을 거두어준 진 대인이 장안에서 비단을 취급하는 대상으로 유명하다고 말했다.

"실은 내가 만나고자 하는 석정 스님도 모용황이 고구려를 침공했을 때 연나라 용성으로 끌려간 유민입니다. 그때가 열 살 안팎일 때였다니까, 사형보다 십여 세 위가 되겠군요."

조환은 다시금 석정을 떠올리지 않을 수 없었다.

"그래요?"

"헌데 석정 스님이 강남의 동진으로 갔다는 것이 사실이오?"

"그렇습니다. 진 대인을 통해 들은 정보인데, 확실할 겁니다.

소문에 의하면 전부터 알던 천축(인도)의 승려를 만나러 갔다고 하더이다.”

손장무가 이야기 중에 천축 승려를 거론하자, 조환도 석정이 강남으로 간 것을 확신할 수 있었다. 전에 그가 서역으로 가다가 사막에서 쓰러진 것을 젊은 천축승이 구해 주었다는 사연을 들은 적이 있었기 때문이다.

그날 저녁에는 객점 1층에서 낭자군을 대동하고 온 여인이 특별히 연회 자리를 마련했다. 조환과 손장무는 그들을 위기에서 구해 준 생명의 은인이라 하여 초대를 받았다.

손장무가 전해 주는 이야기에 의하면, 낭자군이 호위하는 그 여인은 화전(허톈)의 귀족 집안 딸이었다. 이 지역은 우전국 서쪽의 군사적 요충지이자 동서 교류의 중간 기착지로서 옥의 산지로 유명하다고 했다. ‘우전’은 바로 서장(티베트)의 말로 ‘옥이 많이 나는 곳’이란 뜻이었다.

화전의 귀족 딸은 옥을 거래하는 상단을 이끌던 아버지의 뒤를 이어 장삿길에 나선 것이라고 했다. 외동딸이었는데, 아버지가 병으로 자리에 눕자 그 상단을 이어받아 옥을 거래하는 대상이 되었다. 그런데 이번에 장안의 옥공예 전문점에 재료를 공급하는 상단의 대인을 만나기 위해 첫 출행을 했다가, 졸지에 검은 복면의 괴한들에게 습격을 당했다는 것이다.

“화전 옥 상단의 연회가 끝나면 바로 숙소를 우리 상단으로 옮기도록 합시다. 대형에 대한 이야기를 하자 진 대인께서 흔쾌히 승낙하셨습니다."

"이런 고마울 데가……."

손장무의 말에 조환은 그저 감읍할 따름이었다. 그도 그럴 것이 조환은 사실상 손장무가 아니면 다시 비렁뱅이 신세가 될 수밖에 없었다.

화전 옥 상단의 저녁 연회에서 조환과 손장무는 특별 손님으로 대우받아 가마를 타고 온 여인 옆에 앉았다. 다행히도 낭자군 중에서 크게 다친 사람은 많지 않았다. 급소를 맞아 중상을 입은 낭자들은 치료를 받느라 연회에 나오지 못했지만, 약간의 자상을 입은 낭자들은 모두 참석해 있었다.

손장무는 화전의 옥 상단과 어느 정도 말이 통했다. 그는 옥 상단들이 서로 주고받는 말을 조환에게 통역까지 해줄 정도였다.

"화전에서 옥 거래 상단을 이끌고 있는 카라자나입니다. 우리 상단을 위기에서 구해 주셔서 정말 감사드립니다. 우리 생명의 은인이에요."

여인이 조환을 향해 까딱 머리를 숙였다.

"대형! 저 여인의 이름은 카라자나인데, 생명의 은인에게 꼭 선물을 해야 한다고 하는구려! 그것이 화전의 풍습이랍니다."

손장무의 통역으로 여인의 말을 알아들은 조환도, 고개를 숙여 인사를 대신했다.

"화전 백옥하에서 나는 옥을 가공해 만든 염주입니다. 두 분께 하나씩 선물로 드리지요."

카라자나는 조환과 손장무에게 옥으로 된 염주 하나씩을 건넸다.

"이렇게 귀한 것을……. 이것을 받아도 될지 모르겠네."

조환은 백옥으로 된 염주를 받아 들고 불빛에 비춰 보았다. 그 빛깔이 아주 영롱했다.

"목숨보다 귀한 게 어디 있겠어요? 그러니 목숨에 비하면 그건 아무것도 아니죠."

카라자나는 자신의 목을 손가락으로 가리켰다.

조환은 손장무의 통역을 통해 화전이 타클라마칸사막 남쪽에 있는 옥의 산지라는 것을 알았다. 곤륜산맥에서 발원하는 백옥하와 흑옥하가 동서로 흐르는데, 두 물줄기가 만나 녹옥하가 된다고 했다.

강 이름에 구슬 옥玉 자가 들어가 있는 것은, 그 강에서 옥이 생산되기 때문이었다. 해마다 5~6월이면 강물이 크게 불어나 각양각색의 옥돌이 물결에 휩쓸려 산 계곡에서 굴러내려 오는데, 그것들이 오랜 기간을 거쳐 하류까지 도달하면 아주 동글동글하고 반들반들 윤이 나는 귀한 옥으로 변한다고 했다.

화전 사람들은 이 옥을 채취하여 대상들에게 팔아 큰돈을 벌어들인다는 것이었다. 보통 7~8월이면 불었던 물이 빠져 모래와 자갈로 된 강바닥이 드러나는데, 이때 옥을 채취한다고 했다. 호미나 곡괭이로 강변 바닥을 파다 보면 옥이 발견되는데, 화전 사람들은 일확천금의 꿈을 안고 옥을 캔다는 것이었다.

옥을 강변에서 캐낸다는 말에, 조환은 그런 별천지가 있는가 싶었다.

"강가에서 사금을 얻는 것과 같은 거로군!"

조환이 혼잣소리로 중얼거렸다.

"말하자면 그런 셈이지요. 이곳 장안에서는 예로부터 황제의 옥새용으로 쓸 옥을 구하기 위해 특별히 화전에 사신을 파견하기도 했답니다."

손장무는 카라자나의 이야기를 그때그때 통역해 주면서, 조환이 특히 옥에 대해 큰 관심을 갖고 있다는 것을 눈치로 알았다.

카라자나는 이제 자신의 조상에 대한 이야기를 들려주기 시작했다.

그러니까 백여 년 전인 후한後漢 시대 때였고 한다. 화전의 왕은 한나라에서 나는 비단이 어떻게 만들어지는지 몹시 궁금했다. 주로 화전의 대상들은 한나라에서 비단을 구입해다가 대진국(로마)에 비싼 값에 파는 중계무역을 했다. 그러나 그들이 아무리 비단 만드는 방법을 알고 싶어 해도 한나라에서는 누구도 그것을 가르쳐주지 않았다. 뿐만 아니라 서역으로 통하는 관문인 양관과 옥문관에서 철저하게 검문을 하기 때문에, 잠종이나 뽕나무 한 뿌리도 가져갈 수 없었다.

이때 화전의 왕은 한 가지 꾀를 내었다. 그는 한나라 황제에게 사신을 보내 황실의 여자와 결혼하고 싶다고 정식으로 청혼을 했다. 일종의 정략결혼이었다.

한나라 황실에서는 비단을 대진국까지 수출하는 중간 교역지로서 화전을 중요하게 생각하고 있었다. 더구나 옥의 산지인 화전과 관계를 돈독히 한다는 것은 한나라로서도 원하는 바였다. 그래서 한나라에서는 황족 일가 중 먼 친척이 되는 공주 한 명을 골라 화전국 왕에게 시집을 보내기로 했다.

일단 황제의 명이 떨어지면 당사자인 공주는 본인이 원치 않더라도 시집을 갈 수밖에 없었다. 그것은 누구도 거역할 수 없는 운명과도 같은 것이었다. 황제의 명이 떨어져 고민하고 있는 공주에게 화전의 사신이 몰래 찾아와, 비단을 짜는 데 필요한 잠종과 뽕나무 씨를 숨겨 가지고 오지 않으면 평생 괴로움을 당할 것이라고 엄포를 주었다.

공주는 남몰래 비단 짜는 법을 배우고 잠종과 뽕나무 씨를 모자에 숨겨 가지고 화전 왕에게 시집을 갔다. 이렇게 하여 화전에서도 비로소 비단을 생산할 수 있게 되었다.

그때 잠종을 숨겨서 화전 왕에게 시집간 한나라 공주가 바로 카라자나의 외가로 먼 조상이 된다고 했다. 즉, 카라자나의 어머니가 그 왕후의 증손녀라는 것이었다.

화전 왕실과 인척 관계가 된 카라자나의 아버지는, 왕실의 도움을 받아 옥을 수출하는 대상이 되었다. 그는 왕실로부터 옥의 무역권을 받아 동서로 독점 수출을 하여 상당한 부를 축적했다. 근간에 병이 들어 기동을 하지 못하게 되자, 외동딸인 카라자나가 휘하에 낭자군을 길러 옥을 거래하는 상단으로 나서게 되었다는 것이다.

"재미있는 얘기로군! 그런데 어제저녁 복면을 쓰고 나타난 무리들은 왜 카라자나를 납치하려고 한 것일까요?"

조환은 아까부터 궁금하던 것을 묻지 않을 수 없었다.

"아마도 카라자나를 납치해, 화전의 거부로 알려진 그의 아버지에게서 외동딸의 목숨 값으로 큰돈을 받아내려 했던 모양입니다. 그들은 장안과 서역을 오가며 상단을 습격해 먹고사는 도적떼 중 한 무리임에 틀림없습니다. 아니면 그 도적떼들로부터 거금을 받기로 약속하고 카라자나를 납치해 그들에게 팔아넘기려 했을 수도 있고. 때마침 카라자나와 거래를 하고 있는 장안의 옥 거래 상단에서 무사들을 보내주어 막판에 위기를 모면한 것이지요. 허나 그들이 오기 전에 카라자나가 납치될 뻔했던 것을 대형이 구해 주었으니, 생명의 은인으로 여기는 것은 어쩜 당연한 노릇이지요."

손장무가 카라자나에게서 전해 듣고 조환에게 들려준 이야기였다.

이때 카라자나는 손장무가 자신의 이야기를 생명의 은인 조환에게 들려주고 있는 것을 눈치로 알고 있었다. 조환이 고개를 끄덕이며 간혹 카라나자를 쳐다볼 때 두 사람의 눈길이 마주쳤고, 말은 통하지 않았지만 서로 웃음으로 의사 표현을 하였다.

4

장안의 대표적인 사찰인 대흥선사는 규모면에서도 가장 큰 불교 도량이었다. 향 피우는 연기가 경내를 푸른 안개처럼 덮고 있는 가운데, 부처님 오신 날을 앞두고 공중에 내걸린 연등들이 갖가지 형태와 색깔로 하늘을 수놓고 있었다.

연등 사이로 간간이 내비치는 햇빛에 머리가 유난히 반들거리는 두 승려가 경내를 천천히 거닐고 있었다.

"강남에 다녀온 일은 어찌 되었습니까?"

대흥선사에 머물고 있던 승려 순도가 석정을 돌아보았다.

"아도 스님을 만나 약속을 받아냈습니다. 동진에 불교를 전파한 뒤 내후년 무렵에 고구려로 전도의 발길을 돌리겠다고 했습니다. 순도 스님 말씀을 드렸더니 쾌히 승낙하셨습니다."

"잘됐군요. 빈도 혼자서는 고구려에 불교를 전하는 데 벅차다는 생각을 했었지요. 아도 스님이 그렇게 약속한 것은 오래전 석정 스님과의 인연 때문이겠지요."

순도는 뒷짐을 진 채 공중에 매달린 연등들을 올려다보았다.

"아무리 사사로운 인연이 있다고 하나, 스승과 제자의 인연만 하겠습니까?"

석정도 연등을 올려다보며 너털웃음을 지었다. 순도와 아도는 천축에서 온 승려로 스승과 제자 사이였다.

"우리도 부처님 오신 날 행사가 마무리되는 대로 떠날 채비를 하십시다. 이미 황제 폐하께서 윤허를 내리신 일이 아닙니까? 강남에 다녀오느라 피로가 겹쳤을 터이니 며칠 편히 쉬세요."

순도는 요사채로 발걸음을 옮겼다.

석정은 순도의 등에 대고 합장을 했다. 그러고 나서 막 돌아서려는데, 아까부터 나무 밑 그늘에서 두 승려를 유심히 지켜보고 있던 사내가 다가와 허리를 꾸뻑 숙였다.

"석정 스님, 저를 알아보시겠습니까?"

"아니, 두충 장군이 아니시오? 살아 계셨군! 그런데 여기 장안까지는 어떻게?"

사내는 조환이었다. 그는 손장무로부터 석정이 돌아왔다는 소식을 전해 듣고 대흥선사 경내를 서성이며 석정이 나타나기만을 기다리고 있었던 것이다.

　"머리를 깎으셔서 처음에는 석정 스님을 못 알아뵈었습니다. 이제 제대로 스님 노릇을 하실 모양입니다?"

　"핫핫핫! 스님 노릇이라니? 내가 언제는 스님 아니었던 적이 있었소이까? 헌데, 팔이……?"

　그때서야 석정은 조환의 왼팔이 덜렁거리고, 소매 끝에 쇠갈고리가 매달린 것을 본 모양이었다.

　"그렇게 됐습니다. 팔 한 짝 주고 목숨을 살렸지요."

　"나무관세음보살! 살신殺身을 했으니, 이제 성인成仁을 하는 길만 남았구려! 그래 무엇으로 인仁을 이루려고 하시오?"

　석정은 여전히 쾌활했다.

　"재화를 쌓아 인을 이루려고 합니다."

　조환도 얼굴 가득 미소를 띠었다.

　"재화라? 그랬지요, 장군의 상에는 장사꾼의 기질이 있지요. 우리가 거래를 했었던가? 핫핫! 자, 이러고 있을 게 아니라 빈도가 머무는 요사채로 가서 차나 마시며 그간 겪은 곡절이나 들어보십시다."

　조환은 요사채의 방 안에 들어서서 좌정하기 바쁘게 석정에게 큰 절을 세 번 올렸다.

"석정 스님, 이제야 제대로 인사를 올립니다. 조환이라 합니다."

황급히 맞절을 하고 나서 석정이 물었다.

"조환이라니? 그사이 이름을 또 바꾸셨소? 빈도를 처음 만났을 때는 조충이라더니, 나중에 알고 보니 장군의 이름이 두충이더군. 이젠 또 누구를 속이려고 조환으로 이름을 바꾼 것이오?"

"허허허! 그렇게 되었습니다. 이젠 장군도 아니고, 서역 상인들과 거래를 트고 재화를 벌어 보려 하니 장사꾼 조환으로 불러주십시오."

"자, 천천히 차를 들면서 그간 얘기나 들어봅시다."

석정이 조환에게 차를 따라주었다.

"석정 스님께는 이런 차보다 곡차가 어울릴 듯싶은데?"

"허헛! 조 대인께서 빈도를 파계시키려고 그러시오? 그동안 오래도록 파계승으로 살았으면 되었지, 더 무슨 욕심을 내겠소?"

"조 대인이라뇨?"

"앞으로 장사를 하신다니 그리 부르는 것이외다. 미래의 조 대인 아니겠소?"

"그냥 조 행수라고 불러주시면 그런 광영이 다시없을 것입니다."

"그리하지요. 그래, 조 행수께선 앞으로 어떤 장사를 해보고 싶으시오? 아니, 그보다 먼저 이곳 장안까지 오게 된 사연이나 들어봅시다."

조환은 그동안 겪은 일들을 소상하게 들려주었다.

"이곳 장안에서 고구려 유민인 손장무와, 그가 속한 상단의 진 대인을 알게 된 것은 행운이지요. 지금 진 대인의 식객으로 있습니다."

조환은 길게 이야기를 한 끝에 자신의 거처를 알려주었다.

"바로 저 물건이 요술 지팡이로군!"

석정은 조환이 요사채 방문 앞에 걸쳐놓은 지팡이를 가리켰다.

"저 지팡이 덕에 장안에 와서도 호사를 누립니다."

"핫핫, 하! 나도 이곳에서 소문으로 들어 진 대인이 누구인지 알고 있소만, 장안에서 몇 손가락 안에 꼽히는 대상단을 꾸리고 있다지요? 진 대인이 식객으로 받아준 것은 그대의 무술 솜씨 때문 아니겠소? 이곳 장안에서 서역을 오가는 길은 험하기도 하지만, 도처에 비적들도 많아 상단들을 꽤나 괴롭히고 있다 들었소이다. 상단을 꾸릴 때 무술에 능한 자들로 가려 뽑는 것도 그 이유 때문이고⋯⋯. 어쨌든 거래는 거래! 장삿길에 나서면 빈도가 도와드리겠다고 전에 약조한 바가 있는데, 그래 무엇을 도와드리면 좋겠소?"

석정이 물었다.

"고구려 말을 잘하는 진나라 역관을 소개해 주실 수 있겠는 지요? 주로 나라를 대표하는 사신단을 통해 공무역을 하고 있 는 것으로 알고 있습니다. 시생은 사무역을 통해 재화를 만들 어 고구려를 부강한 나라로 만들고 싶습니다."

"허어, 그래요?"

"이건 진심입니다. 이곳 장안에 와서 보니 고구려 문피紋皮가 고가로 팔리고 있더군요. 고구려와 전진 사이의 거래를 공무역 이 아닌 사무역으로 하고 싶습니다."

"문피라면 표범 가죽을 말하는 것이오?"

"호랑이 가죽까지 포함해 그렇게 부르지요. 초피는 담비 가 죽이구요. 태백산(백두산) 언저리에 사는 말갈족 사냥꾼들이 문피와 초피를 많이들 모아놓고 있지요."

석정이 고개를 끄덕이며 잠시 생각하는 눈치더니 다시 물었 다.

"아까 대사자 우신을 아신다고 하셨지요?"

"전에 대사자 어른 댁에서 뵌 적이 있습니다. 스님께서 이번 에 귀국하시면 대사자 어른과 고구려 문피의 교역이 사무역으 로도 가능한지 좀 알아봐 주십시오."

"그러리다. 그럼 우선 빈도가 이곳 장안에서 도울 일은 진나 라 역관을 소개하는 일이라는 건데, 그건 그리 어렵지 않은 일이오. 대사자를 알고 있고, 더구나 진 대인이 이끄는 상단에 소속된 마당이니 역관도 절대 무시할 수 없을 테고 말이오."

석정은 흔쾌하게 조환의 청을 들어주었다.

"일단 시생은 스님 말씀처럼 진 대인 상단에서 서역과 거래하며 상술을 익힐 생각입니다. 그러는 한편 이곳 장안에서 고구려와의 교역도 주선하여, 서역에서 가져온 물화까지 시생의 손으로 직접 고국에 전달토록 하겠습니다. 옥은 고구려에서도 귀중한 보석이 아니겠습니다. 화전의 옥을 거래하는 여상단을 알게 되었으니, 그 정도는 크게 어려운 일이 아닐 것입니다."

그러면서 조환은 주머니에서 옥으로 만든 염주를 꺼냈다.

"아니 그건?"

석정은 조환의 얼굴과 그의 손에 들린 옥 염주를 번갈아 바라보았다.

"옥으로 만든 염주입니다. 화전 옥 거래 여상단을 이끄는 카라자나라는 대인이 시생에게 생명의 은인이라며 준 선물입니다. 이것을 스님께 드리겠습니다. 시생보다 스님께 꼭 필요한 것 같아서 그간 몸에 소중하게 간직하고 있었습니다."

"허어! 벌써 카라자나라는 여상단 대인과 통성명을 한 사이라니, 좋은 인연이 될 것이외다. 그리고 이 옥 염주는 조 행수께도 소중한 선물이니 그대로 간직하도록 하시오. 빈도는 받은 것으로 해두리다."

"아닙니다. 시생은 앞으로 화전과 옥 거래를 하게 되면 손쉽게 구할 수 있는 물건이니, 이 옥 염주는 스님께 드리도록 하겠습니다. 더 이상 사양하시면 시생의 손이 부끄러워집니다."

조환은 그러면서 석정의 손에 억지로 옥 염주를 쥐어주었다.

어디선가 이름 모를 새들이 지저귀는 소리가 들려왔다. 대흥선사 주변은 버드나무가 무성한 숲을 이루어 갖가지 새들에게 좋은 서식처를 제공하고 있었다. 새의 지저귐이 귀에 즐거운 가운데, 오후의 느슨한 햇살을 받은 숲속의 시간이 한껏 게으름을 피우고 있었다. 길게 누운 나무 그림자는 도무지 일어날 줄 몰랐다.

5

후한 이후 중원은 위·촉·오 삼국과 서진西晉 시대를 거쳐 서북방의 흉노·갈·선비·저·강의 이른바 5호들이 잇달아 정권을 수립하면서 크고 작은 수많은 나라들이 흥망성쇠를 거듭하는 혼란의 시대로 접어들었다.

흉노와 갈과 선비는 북방에, 저는 서방에, 강은 저보다 조금 서북쪽에 위치한 세력이었다. 이들 모두는 중원을 장악하려고 호시탐탐 노리고 있었다. 그중에서도 전진은 중원 서쪽에서 발흥한 저족이 세운 나라로, 한 왕조의 도성인 장안을 장악하여 가장 큰 세력을 형성했다. 후한 말기에 저족의 추장 아귀와 양천만이 위나라의 조조에 반기를 들고 군사를 일으켰다. 그러나 그들의 주류 세력이 하후연에게 패하여 서남쪽으로 달아나 결국 촉나라로 망명했다.

이렇게 되자 남아 있던 저족의 일부는 모두 조조에게 항복하지 않을 수 없었다. 이후 저족은 한족과 더불어 살면서 차츰 동화되어 갔다. 그러다가 한족 정권이 쇠퇴하면서 저족 수령인 부건이 351년에 장안으로 공격해 들어가 전진을 건국하고, 스스로를 대진천왕大秦天王이라 했다. 이때 나라를 세우는 데 공이 컸던 부건의 동생 부웅은 최고 권력을 쥔 승상이 되어 형을 곁에서 도왔다.

부건이 죽고 뒤를 이어 그의 아들 부생이 제위에 올랐으나, 타고나기를 성질이 매우 포악하여 신하들을 파리 목숨처럼 함부로 죽였다. 나날이 그 정도가 심해지더니 나중에는 나라가 위태로울 지경에까지 이르렀다.

이때 승상 부웅에게는 부법과 부견 두 아들이 있었다. 그중 특히 둘째 아들 부견이 영특하고 지혜로워 신하와 백성들로부터 매우 두터운 신망을 얻고 있었다. 자리보전에 위기를 느낀 부생은 사촌인 두 형제를 죽이기로 마음먹었다. 그러나 밤 말은 쥐가 듣는 법이었다. 어느 날 부생이 술을 마시고 만취 상태에서 지껄인 것을, 시중들던 시녀가 우연히 듣고 곧바로 부법과 부견 형제에게 가서 고자질했다. 이때 이들 형제는 선수를 쳐서 함께 군사를 일으켜 부생을 제거했다.

부견은 먼저 형 부법에게 제위에 오르라고 권했다. 그러나 부법은 평소부터 동생이 자신보다 더 지혜롭고 백성들의 신망도 두터워 군주로서 손색이 없다고 판단, 제위에 오르는 것을 극구 사양했다. 신하들도 적극 부견을 추대하므로, 그는 기꺼이 제위를 물려받았다. 그의 나이 스무 살 때였다.

제위에 오른 부견은 외치보다 우선 내치에 힘썼다. 태학太學을 정비하여 학문 장려에 힘쓰고, 백성들로 하여금 농경에 주력토록 하여 국고를 튼튼히 하는 기반을 마련했다. 이때 전연前燕이 동북방에서 세력을 일으켜 고구려를 크게 위협하더니, 점차 중원까지도 넘보게 되었다.

그러자 부견은 군사를 일으켜 전연을 쳐서 멸망시킴으로써 화북을 통일했다. 바야흐로 그는 강남으로 밀려나 자리 잡은 동진까지도 공략하려고 다방면으로 세작을 보내 정보 수집에 열을 올리고 있었다.

석정이 강남을 다녀온 것은 그즈음이었다. 외형적으로는 석정 스스로가 아도를 만나기 위해서라고 했지만, 순도의 의견을 따른 것이었다. 순도는 이미 고구려에 불교를 전파하라는 부견의 명을 받아놓고 있었다. 그런데 그는 동진에 가 있는 제자 아도까지도 고구려로 불러들이고 싶었다.

사월 초파일 행사가 끝난 후, 석정은 순도를 따라 황궁으로 들어가 부견을 알현했다. 양편에 신하들이 시립해 있는 가운데로 한참을 걸어 들어가서야 용상 앞에 이르렀다.

　제위에 오른 지 15년이지만, 부견은 그 경륜에 비해 젊어 보였다. 이번에 두 번째로 부견을 알현하는 석정은, 그의 눈빛에서 만만찮은 기상을 엿볼 수 있었다. 첫 번째 볼 때는 고구려 사신단을 이끌고 온 정사 우신과 함께였으므로 특별히 말을 나눌 기회가 없었다. 부견도 그때 대면의 기억은 없는 모양이었다.

　"고구려 사신단과 함께 왔던 승려라고 들었소만?"

　부견의 목소리가 카랑카랑했다.

　"예, 폐하! 소승 석정이라 하옵니다."

　"짐은 고구려왕이 백제와의 전투에서 전사했다는 소식을 접하고 심히 안타까움을 금할 길이 없었소. 고인의 명복을 비는 짐의 뜻은 앞서 고구려 정사에게 전한 바 있소."

　"황공하옵니다, 폐하!"

　"고구려는 영토가 크고 역사도 깊다 들었소. 그런 고구려가 어찌 그에 훨씬 미치지 못하는 백제에게 패했다고 생각하시오?"

　뜻하지 않은 질문에 석정은 당황했지만, 곧 생각나는 대로 말했다.

　"강풍 앞에서는 크고 잎이 무성한 나무보다 작은 나무가 타격을 덜 받는 것처럼, 크다고 해서 유리하거나 강한 것만은 아닐 테지요. 고구려가 백제보다 영토가 크고 역사가 오랜 것은 사실이나, 그사이 국가 기강이 약해졌던 탓도 있었을 것이옵니다. 국가 기강은 군사력만으로 평가할 수 있는 문제가 아니옵고, 얼마나 백성들의 마음이 하나로 결집되어 있는지에 달려 있다고 봅니다. 그 구심점이 잠시 흩어져 있었던 게 아닐까 사료되옵니다."

"백성들의 마음이 하나로 결집되어 있지 못했다? 그렇다면 어찌하면 그 마음들을 하나로 모을 수 있겠소?"

석정의 말에 부견이 고개를 끄덕이며 관심을 갖고 물었다.

"폐하께서 이미 펼치고 계시니 소승이 달리 무슨 말을 더 드리겠나이까?"

"그래요? 그리 말하니 더 듣고 싶어지는구료."

"불교로써 백성들의 마음을 위안하고, 태학을 설립하고 경전을 습득케 하여 나라 정치를 이끌어갈 인재를 두루 키우는 것도 하나의 방법인 것이지요. 그래서 위로는 황제 폐하의 마음이 유능한 신하들을 통해 그대로 백성들에게까지 순일하게 전달될 때 비로소 나라가 평화로워지고, 이웃 나라가 감히 넘보지 못하는 강국이 되는 것 아니겠사옵니까? 이는 저 곤륜산의 물줄기가 흘러내려 수천 줄기의 샛강이 되고, 샛강과 샛강이 만나 장강이 되고, 마침내는 장강의 큰 물줄기가 망망대해로 나가 하나로 통일되는 것과 같은 이치라 생각되옵니다."

부견은 석정의 말에 고개를 끄덕였다.

"고구려에는 아직 불교가 정착되지 못했다고 들었는데, 대사께선 어떻게 불교에 입문할 수 있었소?"

"소승은 오래전 연나라가 고구려를 공격할 때 포로가 된 몸으로 용성에 끌려가 거류하고 있었사옵니다. 그러다가 용케 장안까지 오게 되었고, 천축승을 만나 불교에 입문하게 되었습니다. 바로 그 천축승이 얼마 전 강남에 가서 만난 아도란 승려이옵니다. 승려 아도는 천축에 있을 때 여기 순도 대사에게 수계를 받은 제자이기도 합니다."

석정은 옆에 있는 순도를 가리켰고, 그때서야 그가 입을 열었다.

"폐하! 부처님은 불국토의 세상을 만들어 나라가 두루 평화롭게 되기를 기원했사옵니다. 석정 대사도 고구려를 불국토의 세상으로 만들고자 하는 간절한 마음을 갖고 있사옵니다. 아울러 고구려도 태학을 설립하여 인재를 기를 필요가 있으니, 많은 유교 경전이 소용될 것이라 사료되옵니다."

"순도 대사의 특별 부탁도 있고 하니, 짐이 왕 승상을 소개하겠소. 태학을 장려하고 국가 기강을 바로잡는 일에는 왕 승상만 한 이가 없으니, 석정 대사는 고구려로 돌아가기 전에 충분히 살펴보고 가도록 하시오. 왕 승상이 좀 도와주시구료."

부견이 승상 왕맹을 바라보았다.

"폐하! 황공무지로소이다."

왕맹이 한발 앞으로 나서면서 두 손을 맞잡고 부견을 향해 예의를 갖춘 후, 다시 뒤로 물러났다.

이번에는 부견이 순도를 향해 눈길을 돌렸다.

"허면 순도 대사께선 언제 고구려로 떠날 참이시오? 그 날짜에 맞추어 사신단을 준비토록 명하겠소."

순도는 이미 부견의 명에 의해 고구려에 불교를 전파하기 위해 가기로 내정되어 있었던 것이다.

"부처님 오신 날 행사도 끝났고 하니, 사신단이 꾸려지는 대로 즉시 떠날 수 있사옵니다."

"그동안 범어 경전 역경사업을 하느라 수고가 많았소. 고구려에 가서도 불교를 널리 전파할 수 있도록 공력을 쏟아주시오. 고구려에도 이미 민간에 불교가 전승되어 재가불자들이 많다고 하나, 아직 국가적으로 공인을 받진 못한 것 같소. 이는 불경을 많이 보급하지 못한 것이 큰 이유라 할 수 있으니, 고구려에도 널리 불교가 유포되도록 역경사업에 힘써 주기를 당부하는 바이오. 고구려가 강국이 돼야 아국이 동북방에서 중원을 노리는 무리들을 경계할 수 있기 때문이오."

부견은 현명한 군주였다. 나라가 부강해지는 것을 군사력에 두지 않고 종교와 학문의 부흥에 두고 있었던 것이다. 특히 그는 일찍이 불교를 국교로 받아들여 돈황에 천불동과 석굴을 조성하는 대불사를 일으켰으며, 이를 통해 중원을 불국정토로 만들겠다는 야심을 갖고 있었다. 그래서 승려라면 특급 대우를 하고 있는 셈이었다.

특히 부견이 고구려 승려인 석정에게 남다른 관심을 갖고 있는 데는 내심 깊은 뜻이 숨어 있었다. 눈앞에 닥친 시급한 과제가 강남의 동진을 공략하여 중원 전체를 통일하는 것이므로, 고구려를 적으로 만들지 않고 우방으로 삼아야만 하는 필연적인 이유였다. 더구나 백제가 요서지역을 침탈하여 발해 연안의 해상권까지 장악해 고구려를 위협하고, 다른 한편으로는 강남의 동진과 교린 관계를 맺고자 노력하는 데 대하여 심히 우려하는 바가 없지 않았다. 따라서 고구려가 백제보다 강해져야 전진도 동진을 이길 수 있다는 논리가 성립되는 것이었다.

부견은 마지막으로 석정을 돌아보며 말했다.

"석정 대사! 고구려가 불교를 공인하여 불국토의 세상을 만든다면 우리로선 크게 환영할 일이오. 고구려가 강해져야 우리가 동북방을 근심하지 않게 될 테니 말이오. 고구려로 돌아가면 석정 대사도 역경사업에 힘써 주시길 바라겠소. 그런 의미에서 짐이 특별히 붓과 벼루를 선물하리다."

부견은 석정에게 호감을 느끼고는 헤어지면서 특별히 선성宣城에서 생산되는 선필宣笔과 검은 흡연석歙硯石에 용무늬를 새긴

벼루를 선물로 내주었다.

6

전진의 승상 왕맹은 부견의 명을 받아 석정에게 태학을 견학시켜 주었다. 태학은 황실과 귀족의 자제들을 교육시키는 기관으로 국가에서 관리하며, 전체 유생이 숙식을 제공받고 집중적으로 학문을 익히는 곳이었다.

장안성에서도 황궁과 가까우면서 울창하게 숲이 우거진 조용한 곳에 태학의 모든 시설이 갖추어져 있었다. 곳곳에 연못이나 꽃밭 등 정원도 잘 조성되어, 유생들이 학문을 닦는 데 정서적 안정을 가져다줄 수 있도록 배려하고 있었다.

숲속에서 뻐꾸기 소리가 한가롭게 들려왔다. 적요를 깨는 그 소리는 오히려 태학의 고즈넉한 분위기와 잘 맞아떨어졌다. 봄꽃도 허공에서 파문을 일으키며 바람결을 따라 시나브로 가녀린 이파리를 흩날리고 있었다.

유생들이 공부하는 교사校舍와 숙사宿舍, 도서원圖書院 등을 안내한 왕맹은 석정과 함께 연못이 있는 정원으로 나왔다.

"대사, 태학을 둘러본 소감이 어떠하시오?"

연못에 눈길을 주고 있던 왕맹이 석정을 돌아보았다.

"규모도 대단하고, 유생들의 학문 도야에 딱 알맞도록 시설이 아주 잘 정비되어 있군요. 특히 갖가지 경서들이 진열되어 있는 도서원은 대단합니다. 저 많은 경서들을 어떻게 다 마련했습니까?"

"필사처럼 가장 확실한 공부는 없지요. 경서의 필사는 유생들 누구나가 반드시 해내야 할 기본적인 과제입니다. 경서뿐만이 아닙니다. 각종 역사서와 중요 문서 등도 반드시 필사하여 보관해야 합니다. 저 장서들은 모두 태학의 유생들이 필사하여 책으로 묶은 것이지요."

"그렇군요."

석징은 이해가 되었다.

"유생들은 그 밖에 병서도 익히고 무술도 배우지요. 기본적으로 문무를 겸해야만 정사를 살필 수 있으니, 무술 또한 중요한 공부에 속합니다. 일종의 정신 훈련과 심신 단련으로는 무술만큼 좋은 것이 없으니까요."

왕맹은 경서를 통독한 문사이지만, 젊어서부터 병서도 즐겨 읽어 전진의 군대가 원정을 나갈 때 작전을 세우는 군사軍師 역할도 맡은 적이 있었다는 사실을 석정은 잘 알고 있었다. 왕맹에 대한 이야기는 장안에 널리 알려져 있었다.

어려서부터 왕맹은 매우 가난하게 살았다. 아버지가 삼태기나 키 같은 것을 만들어 가족의 생계를 겨우 꾸려 나갔는데, 어린 왕맹도 아버지가 만든 것을 가지고 거리의 시장으로 나가 팔지 않으면 안 될 정도였다.

어느 날인가 왕맹이 시장에 나가 삼태기를 팔고 있을 때의 일이었다. 그때 한 어른이 돈을 가지고 오지 않았다며, 자신을 따라오면 비싼 값에 삼태기를 사겠다고 했다.

왕맹이 따라가자 그 집에는 백발노인이 평상에 여러 사람들을 모아놓고 전쟁과 병법에 관한 이야기를 들려주고 있었다. 그를 데려간 사람으로부터 저간 사정 이야기를 들은 백발노인은, 그 자리에서 흔쾌히 열 배나 되는 가격에 삼태기를 샀다.

이때 뭔가 깊이 느낀 바가 있어 왕맹은 백발노인에게서 받은 백은으로 병법서를 사서 읽었다. 삼태기를 팔면서 틈틈이 병법서를 읽은 그는, 청년이 되었을 때 뜻한 바가 있어 화음산으로 백발노인을 찾아가 본격적인 학문을 익혔다.

입산수도를 끝낸 후 어지러운 세상을 구하겠다는 풍운의 뜻을 품고 하산한 왕맹은, 자신과 함께 세상을 논할 주군을 찾았다. 마침 그 무렵, 동진의 대사마 환온이 화북의 맹주 전진을 공격하기 위해 장강을 건너왔다. 그는 장안에서 그리 멀지 않은 패상에 군대를 주둔시키고 널리 인재를 구한다는 소문을 냈다.

그 소문을 접하고 왕맹은 허름한 옷차림으로 환온을 찾아갔다. 옷이 얼마나 낡았는지 이야기 중에 옷 위로 이가 기어 나올 정도였다. 그때 왕맹은 전혀 당황하지 않고 오히려 태연히 이를 잡아가며 환온과 중원의 어지러운 시국에 대하여 논했다.

"나는 천자의 명을 받아 10만 대군을 끌고 장안의 잔적들을 치러 왔소. 내가 인재를 구한다고 하면 대의를 갖고 있는 호걸들이 다투어 찾아올 줄 알았소. 그런데 그렇지 않은 이유를 선생은 혹시 아시겠소?"

환온은 거지꼴을 하고 찾아온 왕맹을 빗대서 한 말이었다. 왕맹은 태연히 대답했다.

"공은 장강을 건너 수천 리를 달려오셨지만 정작 장안을 코앞에 두고는 좀처럼 군대를 움직이지 않고 있으니, 천하의 호걸들이 공의 본심을 의심하는 것일 테지요."

왕맹의 말에 환온은 무릎을 쳤다.

"강남에는 그대와 견줄 인재가 없을 것 같소."

환온은 사실 장안을 공격할 자신감이 없어 망설이고 있었다. 그런데 왕맹이 한눈에 자신의 본심을 꿰뚫어 보았던 것이다. 환온은 왕맹과 이야기를 나누어본 다음 그를 군사 자문으로 받아들였다.

그러나 환온은 패상에 너무 오래 지체하고 있다가 전진의 승상 부웅의 공격을 받아 1만여 군사를 잃었다. 그는 결국 장안을 함락시키지 못하고 강남으로 철수할 수밖에 없었다.

이때 환온은 마차를 내주며 왕맹에게 동진으로 같이 가자고

제의했다. 그러나 왕맹은 환온의 청을 거절하고 다시 산중으로 들어갔다. 환온의 우유부단한 성격이 도무지 마음에 들지 않았던 것이다.

그로부터 얼마 지나지 않아 전진의 부건이 죽고, 그의 아들 부생이 즉위하였다. 새로 제위에 오른 부생은 백성들의 신망이 두터운 사촌 동생 부견을 두려워하여 그를 죽이려고 했다. 그 소문을 듣고 부견의 참모인 여파루가 자신의 친구인 왕맹을 추천했다.

왕맹을 만나본 부견은 첫 대면에서부터 평생지기처럼 마음이 닿았다. 몇 마디 시국에 대해 논하는 사이 두 사람은 곧바로 의기투합되었다.

"내 공을 만난 것이 마치 유비가 제갈공명을 만난 것과 다르지 않소."

부견은 왕맹과 손을 잡았다. 그리고 그는 왕맹의 지혜로, 자신을 죽이려고 음모를 꾸미던 부생을 선제공격하여 척살한 후 제위에 올랐다.

그때부터 왕맹은 중서시랑의 중책을 맡아 전진의 기틀을 다지는 데 전력을 다했다. 나라가 어지러워 도둑이 도처에서 극성을 부리자, 왕맹은 그들을 엄격한 법으로 다루어 가차 없이 처단했다. 그러자 일부 백성들 사이에서 너무 가혹하다는 불평이 쏟아졌지만, 부견은 왕맹을 전적으로 믿었다.

"왕맹은 관중管仲과 자산子産에 견줄 만한 인물이다."

부견은 왕맹을 한 해 동안 다섯 번이나 승진시킬 정도로 신임했다.

369년 동진의 환온이 연나라를 공격했을 때, 연나라는 호뢰(하남성 사수현) 서쪽 땅을 전진에게 떼어주겠다는 조건을 달아 구원병을 요청해 왔다. 이때 대부분의 신하들은, 전쟁이 끝나면 연나라가 약속을 지키지 않을 것이므로 속아선 안 된다고 극구 반대했다. 그러나 왕맹은 부견에게 다음과 같이 주청했다.

"연나라 군대가 강하긴 하나 동진의 환온 군대만은 못합니다. 만약 환온이 연나라를 공략해 산동을 거점으로 확보하는 날에는, 아국이 그들의 압력을 버텨내기 힘들게 됩니다. 이번에 반드시 연나라를 도와 환온의 군대를 격파해야 합니다. 아국이 구원병을 보내 환온의 군대를 물러가게 할 경우, 연나라는 다시 욕심이 생겨 호뢰 서쪽 땅을 떼어주겠다고 한 약속을 저버릴 것입니다. 이것은 아국에게 명분이 될 것이므로, 약속을 지키지 않는다는 이유로 연나라를 치면 쉽게 무너뜨릴 수 있을 것입니다."

부견은 왕맹의 계책을 높이 평가하여, 연나라에 구원병을 보내 환온의 군대를 격퇴시켰다.

왕맹의 말은 맞았다. 환온의 군대가 물러간 후에도 연나라는 전진과 약속한 호뢰 서쪽 땅을 내주지 않았고, 전진은 그 이유를 들어 곧바로 군사를 일으켰다. 그동안 연나라는 환온의 군대와 싸우느라 전력이 크게 약화되어, 끝내는 전진의 압박을 견디지 못하고 항복했다. 이때 환온의 군대를 크게 물리친 연나라의 명장 모용수마저도 부견에게 투항하고 말았다.

연나라를 멸망시킨 부견은 왕맹의 공을 크게 치하하여, 그를 전진 최고 지위인 승상으로 삼았다. 승상이 된 왕맹은 나라 안팎을 정비하는 데 힘썼다. 밖으로 군대를 개혁하고 안으로 유학을 장려하여 나라의 체제를 정비해 나갔다. 그는 또한 농민들에게 농사와 누에치기를 권장하는 한편, 상공업을 적극 육성하여 경제 발전을 이룩하는 데 심혈을 기울였다.

이러한 왕맹의 치적을 알고 있는 석정은 은근히 그를 우러러 보지 않을 수 없었다.

그때 문득 왕맹이 석정에게 뜻밖의 물음을 던졌다.

"고구려·백제·신라·가야 등 동방의 나라들은 모두 오랜 역사를 가지고 있더군요. 중원의 나라들은 2백 년 이상을 간 왕조가 아주 드뭅니다. 그런데 고구려만 하더라도 건국 이후 지금까지 4백 년이 넘는 장구한 역사를 가지고 있으니, 한 나라의 왕조가 그렇게 오래갈 수 있는 비결은 어디 있다고 보십니까?"

다소 난감한 질문에 석정은 잠시 생각하다가 말했다.

"고구려 이전에 부여가 있었고, 또 그 이전에 조선이라는 나라가 있었지요. 특히 조선은 아주 오랜 역사를 가진 나라였습니다. 조선은 나라를 열면서 홍익인간弘益人間을 이념으로 삼았습니다. 곧 '널리 인간을 이롭게 한다'는 뜻이지요. 그 정신의 바탕에는 전쟁이 아니라 평화를 지향하는 사상이 담겨 있습니다. 전쟁은 평화를 깨는 개념입니다. 불교에서도 불법으로 다스리는 평화로운 이상세계를 불국정토佛國淨土라고 하는데, 홍익인간의 개념 역시 그와 같은 것이라 생각합니다. 간혹 전쟁이 불가피할 때가 있기는 하겠지요. 하지만 자국의 이익을 위해 타국을 불행하게 만들려는 전쟁은 불국정토의 사상에 위배된다고 봅니다. 악덕 군주 밑에서 신음하는 백성을 구하기 위해 일어서는 것이 바로 불국정토의 사상에 입각한 전쟁이지요. 일례로, 걸주桀紂에 대한 상나라 탕임금이나 주나라 무왕의 봉기가 바로 그런 전쟁 아니었을까요? 조선의 홍익인간 정신도 그와 같아서, 전쟁보다는 평화의 시대를 염원하는 국가의 정체성이 누대에 걸쳐 이어져 왔던 것으로 사료됩니다. 나아가 나라가 바뀌어도 그 홍익인간의 정신이 온전히 살아 있기 때문에 부여와 고구려를 비롯하여 백제·신라·가야가 모두 오랜 역사를 간직할 수 있었던 게 아닌가 생각됩니다."

왕맹이 고개를 끄덕여 긍정을 뜻을 표했다.

"옳으신 말씀이오. 전쟁이란 일으키는 나라나 공격을 당하는 나라나 그 백성들을 고통스럽게 하기는 매일반이지요. 그래서 전쟁은 평화를 전제로 할 때 정당성을 확보할 수 있음은 물론이려니와, 만약 전쟁을 일으키더라도 백성들을 오래도록 고통스럽게 하지 않으려면 속전속결로 결판을 내야 하는 것이고 말입니다."

석정을 쳐다보는 왕맹의 눈길에는 깊은 신뢰감이 실려 있었다.

"승상께서 연나라를 경략할 때와 같은 그런 전쟁을 말씀하시는군요?"

"부끄럽소이다. 연나라는 모용황 때부터 오만했소. 그래서 고구려가 큰 피해를 입기도 했지요. 오만하다는 것은 자기 실력을 과신하고 있다는 것이고, 이는 곧 패망의 지름길입니다."

이번엔 석정이 깊은 신뢰의 눈으로 왕맹을 바라보았다.

"많이 배우고 있습니다. 그런데 어쩐지 오늘 승상의 표정이 어두워 보이십니다."

"역시 날카로우십니다. 사실 지금 아국도 황제 폐하께서 동진의 환온 군대를 몰아내고 중원 전체를 통일하고자 하는 열망을 갖고 있습니다. 그러나 아직 때가 이릅니다. 강남 사마씨의 동진은 여전히 강합니다. 힘을 기르면서 때가 오기를 기다려야 하는데, 폐하는 지금도 기회만 되면 군사를 일으켜 동진을 공격하려고 듭니다. 내가 일찍이 겪은 바이지만, 환온은 기회주의자이면서 오만하기 이를 데 없는 인물이지요. 그 오만이 언젠가는 나라를 위험 속에 몰아넣을 것이고, 그때를 기다렸다 쳐야 하는데 요즘 폐하께서 조급해 하시는 듯해서……. 폐하를 설득하려고 하지만, 끝내 야심을 버리지 않으시니 그것이 참 큰일이외다.”

왕맹은 말끝에 깊은 한숨을 빼어 물었다. 왕맹과 석정의 그림자가 물속에 거꾸로 비쳐 흔들리고 있었다.

7

조환과의 약속대로 석정은 전진의 사신단이 고구려로 떠나기 전에 역관 한 명을 소개해 주었다. 고구려 말을 썩 잘하는 그 역관은 이번에 순도와 떠나는 전진의 사신단에 포함되어 있었다.

석정은 역관을 조환이 머물고 있는 진 대인의 객사로 데리고 왔는데, 그 자리에는 손장무도 참석해 있었다. 양지라는 이름을 가진 그 역관은 전부터 손장무와도 안면이 있는 사이여서 자리가 더욱 자연스러웠다.

먼저 손장무가 양지에게 물었다.

“사신단은 언제 출발합니까?”

“열흘 후에 떠납니다.”

"그럼 바쁘시겠군요?"

"바쁠 것은 없지만 가지고 갈 물목들을 챙기고 있는 중이지요."

역관 양지는 그동안 고구려를 몇 차례 다녀왔다. 사신으로 갈 때마다 중원 각지에서 생산되는 특산품을 챙겨 가서 고구려에 비싼 값에 팔고, 또한 올 때는 고구려의 특산품을 가져와 장안의 시장에 내다 팔아 쏠쏠한 재미를 보곤 했다. 역관들이 개인적으로 부를 축적하는 방법이 바로 그것이었다.

"스님, 실은 진 대인께서 이번 고구려 사신단을 따라 여기 손 행수를 보내고 싶어 하십니다. 그래서 특별히 역관을 소개해 달라 부탁드린 것입니다. 그런데 손 행수도 아시는 분이로군요."

조환이 손장무를 석정에게 소개했다.

"손장무라 하옵니다. 저도 고구려 유민입니다."

"오, 그래요?"

석정이 매우 반가워했다.

"조 행수에게서 석정 스님에 대해 전해 들은 바 있습니다만, 저희 부모님도 오래전 연나라 모용황 군대의 포로가 되어 용성 까지 끌려온 고구려 유민입니다. 저는 용성에서 태어났습니다."

"흐음, 그런 사연이 있었군요. 빈도는 고구려 유민으로 모용 황 군대의 포로가 되어 용성으로 끌려올 때 열 살이었지요. 나무관세음보살!"

석정은 손장무를 향해 합장을 했다.

그때 진 대인이 나타났다.

"진 대인, 오랜만에 뵙습니다."

양지가 두 손을 맞잡고 진 대인에게 정중하게 예를 올렸다.

"오, 이렇게 다시 만나 반갑소. 이번에 고구려 사신단으로 간다구요?"

"여기 고구려의 석정 스님과 동행하게 되었습니다."

양지가 석정을 진 대인에게 소개했다.

"비단 장사 진유량이라 하오."

"비단 장사라니요? 그 무슨 겸손의 말씀을. 장안에서 진 대인 하면 인품이 넉넉한 대상이란 소문이 빈도의 귀에까지 짜하게 들려오더이다."

석정이 껄껄 웃었다.

"허허헛! 빈도라니요? 석정 대사의 명성이 지금 장안에 크게 떨치고 있는데요."

진유량도 따라서 웃었다. 빈도란 덕이 부족한 승려를 일컫는 말로, 석정이 자기를 낮추어 그렇게 표현했다.

"그래요?"

"황제 폐하께서 석정 대사에게 특별히 붓과 벼루를 하사하셨다는 이야기가 장안에서 이미 큰 화제가 되고 있습니다."

"아니, 그건 비밀인데! 그 소문을 아시다니, 진 대인께서 정보가 아주 빠르시군요."

"정보가 빨라야 장사도 해먹지요."

이렇게 진유량과 석정의 이야기가 자연스럽게 풀리면서 그 자리는 화기애애한 분위기로 어우러졌다.

곧 산해진미 가득한 음식상이 나오고, 서로 술잔도 오가게 되었다.

"조 행수로부터 석정 대사께서 곡주도 좀 하신다고 들었습니다만, 이거 실례가 되는 것은 아닌지요?"

진유량이 석정의 잔에 술을 따르며 말했다.

"술은 안 됩니다. 곡차로 주시지요."

석정이 얼른 술잔을 받으며, 짐짓 말은 그렇게 했다.

"그럼 곡차로 따르겠습니다."

진유량도 정작은 술을 따르면서, 빙그레 웃었다.

이심전심으로 두 사람의 마음은 통하는 바가 많았다.

술과 음식을 나누면서 이야기는 자연스럽게 조환의 무술 솜씨로 넘어갔다. 진유량이 서두를 꺼냈고, 손장무가 직접 본 장면을 들려주면서 분위기는 무르익어 갔다. 특히 조환이 화전의 옥 상단을 이끄는 카라자나의 낭자군을 도와 복면 괴한들을 물리친 이야기는 흥미진진했다.

"손 행수로부터 그 이야기를 듣고 나는 조환 무사가 우리 대상단에 꼭 필요한 사람이라 생각했습니다. 그래서 손 행수처럼 조환 무사를 상단 행수로 전격 기용하게 된 것이지요. 앞으로 조 행수는 이곳 장안과 서역을 오가며 우리 상단을 이끌게 될 것입니다. 또한 고구려와도 연계하여 서역과 장안, 그리고 장안과 국내성을 잇는 무역로를 개척해 나갈 생각입니다. 이번 사신단에 우리 상단을 동행케 해주시는 일은 전적으로 석정 대사와 양 통사通事께 달려 있습니다."

"진 대인께서 고구려와의 무역로를 열어주신다니 그런 광영이 다시없습니다. 허나 빈도는 힘이 없고 양 통사께서 선처해주시길 바랄 뿐입니다."

석정의 말을 역관 양지가 받았다.

"석정 대사께서 그리 말씀하시니 갑자기 책임이 무거워집니다그려. 석정 대사께서 말씀하시면 더 수월할 수 있는 일인데, 제게 떠넘기시니 대신하여 정사께 말씀을 올려보겠습니다. 시일이 얼마 남지 않았으니 결정되는 대로 사람을 보내 가부를 알려드리도록 하겠습니다."

석정과 양지가 돌아가고 난 후 진유량은 손장무와 조환을 따로 불렀다.

"이번에 우리 상단이 사신단을 따라 고구려에 갈 수 있게 된다면 고급 비단을 많이 가져가도록 하시오. 그리고 고구려에서 귀국할 때는 인삼을 바꾸어 가져오도록 하면 좋겠고."

진유량은 오래전부터 고구려 인삼의 효능에 대하여 들은 바가 있었다.

"대인 어른! 고구려의 특산품이 인삼인 것은 사실이나, 지금 인삼 생산지인 부소갑(개성)을 백제에게 빼앗겨 교역이 어려울 것 같습니다. 하루빨리 부소갑을 되찾게 되면 고구려와의 인삼 교역이 가능해지겠지요."

"오, 그래요? 인삼 교역을 강남의 동진에 빼앗기면 안 될 터인데. 어서 빨리 고구려가 백제로부터 부소갑을 되찾기만 빌어야 하겠군."

조환의 설명에 진유량은 아쉽다는 표정을 짓더니 껄껄대고 웃었다.

"대인 어른! 제가 얼마 전 고구려 사신단을 이끌고 왔던 대사자 우신을 잘 압니다. 이번에 우리 상단에서 사신단을 따라갈 수만 있다면, 제가 대사자 어른께 서찰을 보내 여러 가지 편의를 받을 수 있도록 부탁드리겠습니다."

조환은 며칠 전부터 마음먹고 있던 생각을 털어놓았다.

"오, 그래요? 흐음, 그렇다면 나도 따로 이번 고구려에 파견되는 사신단의 정사를 접촉해 봐야겠군요. 그럼 두 분은 이번에 우리 상단이 함께 가는 것으로 알고 미리부터 제반 준비를 철저히 해두시오."

진유량은 사실 서역과의 교역으로 지금의 부를 이룬 사람이었다. 그런데 이번에 조환이 상단에 들어오는 것을 계기로 시험 삼아 고구려와의 교역을 해볼까 했던 것인데, 생각보다 조환이 고구려 실세들과 줄이 닿을 수 있다는 말에 자신이 직접 나서기로 마음먹게 된 것이었다. 그가 그렇게 생각할 정도면 이미 고구려에 상단을 보내는 일은 결정된 것이나 마찬가지였다. 그만큼 그는 힘이 셌다.

조환은 그날 밤 두 통의 서찰을 썼다. 하나는 대사자 우신에게, 다른 하나는 동부욕살 하대곤에게 보내는 서찰이었다.

동부욕살 하대곤에게 글을 쓸 때 조환은 감회가 새로웠다. 아마도 그는 백제와의 수곡성 전투에서 자신이 죽었다고 생각하고 있을 것이었다.

마침내 진유량의 단언처럼 진 대인 상단이 고구려 사신단에 참여하는 것으로 결정되었다. 손장무가 상단을 이끌고 떠날 때 조환은 가슴속에 간직해 두었던 서찰 봉투를 꺼내 그에게 주었다.

"고구려 대사자 우신 어른께 전해 주십시오. 앞으로 여러모로 그분의 도움을 받을 일이 있을 터이니 특별히 예물도 챙겨 가심이 좋을 듯싶습니다."

그 봉투에는 두 통의 서찰이 함께 들어 있었다. 조환이 대사자 우신에게 보내는 서찰 속에는, 동부욕살 하대곤에게 전달해 달라는 부탁과 함께 봉인된 서찰이 또 하나 들어 있었던 것이다.

"그리하겠습니다."

서찰을 챙겨서 떠나는 손장무의 뒷모습을 바라보며 조환은 미묘한 감정에 휩싸였다. 자신은 언제 고국의 땅을 밟아볼 것인가, 지금으로서는 기약도 할 수 없는 일이기에 그저 가슴이 먹먹할 따름이었다.

제3장

개혁 군주

1

높고 푸른 하늘 아래 펼쳐진 들판은 훈풍이 불 때마다 초록 물결로 넘실댔다. 언덕에서 바라보면 너른 들판을 가득 메운 진초록의 보리밭이 끝 모르게 펼쳐져 있었다.

하늘에선 해가 바늘처럼 강렬한 빛을 쏘아댔고, 땅에선 보리 대궁에 통통하게 살이 올라 풋풋한 향기를 그윽하게 내뿜었다. 잔뜩 물을 머금은 대궁 위로 붓끝처럼 올라오는 보리 이삭이 싱그럽기 그지없었다.

건듯 바람이라도 불면 보리들은 이삭을 하늘대며 바람결을 따라 제 몸을 맡겼다. 그 진초록의 물결은, 마치 물고기가 비늘을 번뜩이는 강물처럼 부드럽게 굽이쳤다.

보리밭 바로 곁으로는 태백산에서부터 시작된 압록강의 물줄기가 굽이돌며 흘러내리고 있었다. 보리밭이 펼쳐진 강둑길을 따라 봉두난발을 한 사내가 아기를 가슴에 보듬고 허청거리며 어디론가 걸어가고 있었다.

그런데 그 사내의 행색이 자못 괴기스러웠다. 왼쪽 눈에는 검은 가죽 안대를 하고 있었고, 봉두난발 머리는 짙은 갈색의 무명천으로 질끈 동여맸으나 어깨 밑까지 내려오는 긴 머리카락이 바람에 휘날려 어지러웠다. 가슴에 품어 안은 아기가 건듯 바람에 깨어나 자지러지게 울었다.

"아가야, 조금만 참아라! 곧 마을이 나타날 것이다."

사내는 잠시 가던 길을 멈추고 아기를 얼렀다. 그래도 울음소리는 그치지 않았다. 허기가 져서 우는 아기의 울음소리는 생명을 갈구하는 본능의 표현이므로, 듣는 이로 하여금 더욱 애간장이 타게 만들었다. 사내는 당황하여 어찌할 줄 몰랐다.

"이런! 배가 몹시도 고픈 모양인데, 이를 어쩌나!"

사내는 어찌해야 될지 몰라 울상을 지었다.

주변을 두리번거려 보니, 마침 그리 멀지 않은 보리밭 너머 느티나무 그늘에서 흰옷 입은 농부가 새참을 먹고 있는 게 보였다. 사내는 부지런히 발을 놀려 그쪽으로 달려갔다. 달리느라 사내의 몸이 출렁거리자 잠시 울음을 멈추었던 아기가 더욱 그악스럽게 울어댔다.

"웬 아기요?"

새참을 들던 농부가 사내를 보고 물었다.

"어머나, 갓난아기네? 어미도 없이 아길 데리고 대체 어디로 가는 길이신지?"

새참을 가져온 농부의 아낙이 느티나무 그늘 한쪽 편을 내주며 사내에게 물었다.

"아이의 어미는 없소. 이미 저세상 사람이 되었소이다."

"저런, 츳츳츳!"

"그래, 태어난 지는 몇 달이나 됐나요?"

"나도 모르겠소. 일곱 달 정도 된 것 같기는 한데……"

사내는 얼버무렸다. 더운 날씨에 달려와서 그런가, 그는 땀인지 눈물인지 땟물 같은 물기로 번들거리는 얼굴을 쳐들고 우는 아기를 대체 어찌할지 몰라 안절부절못하고 있었다.

"아니, 아비 되는 사람이 아기 태생 일자도 모른단 말이오?"

이번에는 농부가 한마디 했다.

"사실 이 아기의 아비가 아니올시다. 아비도 없는 불쌍한 생명을 차마 두고 볼 수가 없어 내가 거두기로 한 것이외다. 전쟁으로 인해 고아가 돼버린 아기요."

"저런, 저런!"

농부의 아낙은 아기를 빼앗듯이 사내의 품에서 받아 안았다.

"아기를 어쩌려고?"

농부가 놀란 눈으로 아낙을 쳐다보았다.

"마른 젖이라도 나오나 빨려 보려구요. 이대로 놔둘 순 없잖아요? 내 걱정은 붙들어 매고, 저 양반과 막걸리나 나눠 드시구려."

아낙은 아기를 안고 보리밭 고랑으로 들어섰다. 보리가 허리만큼 큰 키로 우쭐거려, 앉으면 잘 보이지도 않았다. 아낙은 보리밭 고랑에 주저앉아 가슴을 열어젖히고 아기에게 젖을 물리려는 것이었다.

"허헛! 사람두, 참! 둘째 아이 젖을 뗀 지 한 달이 넘었지요. 춘궁기에 변변찮게 먹어서 젖이나 제대로 나오려나 모르겠소. 댁도 시장해 보이는데, 일단 아기는 저 사람에게 맡겨두고 우리 술이나 드십시다."

농부는 사내에게 막걸리를 따랐다.

"겨울에 먹을 것이 없어 칡을 캐러 다녔는데, 칡뿌리를 말려 녹말가루를 내서 만든 칡술이오. 귀리도 조금 섞어 맛이 좀 색다르지만, 아쉬운 대로 마실 만은 합디다."

"고맙습니다. 올핸 보리농사가 아주 잘됐군요."

바람이 불 때마다 막 이삭이 솟은 머리를 흔드는 보리밭의 초록 물결을 바라보며, 사내는 막걸리를 얻어 마시는 인사치레로 말 인심을 썼다.

"최근 몇 년간 백제와의 전쟁 때문에 농사도 제대로 짓지 못했지요. 군량미를 거둬가는 바람에 숨겨둔 나락으로 씨를 뿌리기도 수월치 않았으니까요. 굶어죽을 순 없고, 씨앗으로 남겨둔 나락까지 절구에 찧어 멀건 죽이라도 끓여먹는 집들이 많았지요. 전쟁이 없어야 젊은이들이 싸우러 나가 죽지 않고, 우리 같은 농사꾼도 제대로 농사를 지을 수 있어요. 작년에 평양성 전투에서 대왕이 죽고 나서 태자가 새로 왕이 되더니, 올해는 농부들에게 세도 감면해 주고 농업도 장려하여 그럭저럭 어려운 고비는 넘기고 있습니다. 전쟁 없는 나라 만드는 대왕이 성군이지요. 그리고 이런 거 물어도 되는지 모르겠는데…… 젊은이는 왼쪽 눈이 왜 그리 되었소?"

농부가 갑자기 묻는 바람에 사내는 술을 마시다 말고 잔을 찔끔 엎지르고 말았다.

"아, 아까운 술을……."

사내는 손등에 흐르는 술을 혀로 핥았다.

"여기 한 잔 더 있으니 너무 아까워하지 마슈."

농부가 호리병을 흔들어 보았다.

"평양성 전투에서 화살을 맞았습니다."

"저런, 저런!"

농부는 혀를 끌끌 찼고, 사내는 잠시 침묵을 지킨 채 술을 마셨다. 목울대가 꿀럭꿀럭 대며 술을 들이켜는 것을 보고, 농부는 애잔한 마음이 들어 호리병에 든 나머지 술을 모두 따라

주었다.

"아니, 어르신께서 드셔야 하는데……."

사내는 그러면서도 따라주는 술을 넙죽 받았다. 술이 고파서가 아니라 주린 배를 채우기 위해서였다.

농부와 사내가 이런저런 대화를 주고받는 사이, 아낙이 아기를 안고 들어간 보리밭 고랑에서는 아무런 소리도 들려오지 않았다. 아기가 울지 않는 것을 보면 다행히 젖이 마르지는 않은 모양이었다.

오래 지나지 않아 가슴을 여민 아낙이 아기를 안고 보리밭 고랑에서 모습을 드러냈다.

"사내아이로군요! 얼마나 세게 젖을 빠는지."

아낙이 말하면서 가슴에 안은 아기를 얼렀다. 금세 아기는 방글거리며 웃었다.

"참으로 두 분, 고맙습니다."

사내는 아낙으로부터 아기를 넘겨받았다. 그러자 아기가 다시 울음을 터뜨렸다. 엄마 품인 줄 알았다가 떨어지게 되니 본능적으로 위기를 느낀 모양이었다.

그 모습을 보고 안쓰러워진 아낙은 돌아서며 옷고름으로 눈물을 찍어냈다.

"어디로 가는 길이오?"

농부가 물었다.

"아기 젖을 구걸할 데가 없어 종마장에 가서 말 젖이라도 얻어먹이려고 가는 길이올시다."

"종마장이라면, 하 대인이 경영하는 말 사육장을 말하는 거로군요?"

농부가 알은체를 했다.

"하 대인을 아시오?"

사내가 눈을 빛내며 물었다.

"가끔 하가촌에서 일손이 필요할 때 부르곤 하지요. 한창 말먹이 풀을 벨 때는 일손이 부족하니까요. 예서 그리 멀지 않으니 빠른 걸음으로 가면 해 떨어지기 전에 당도할 거외다."

농부는 어서 가라고 손짓까지 했다.

사내는 다시 한번 고맙다며 농군 부부에게 인사를 하고 돌아섰다. 그는 다름 아닌, 평양성 전투에서 대왕 사유를 호위하다 화살을 맞아 왼쪽 눈을 잃은 추수였다.

그날 패수에서 가슴에 화살을 맞고 말 위에서 절벽으로 떨어진 추수는 열흘 만에야 정신을 차렸다. 눈을 뜨고 보니 움막 같은 집이었는데, 그곳이 어딘지 도무지 분간할 수 없었다. 혹시 지옥이 아닐까 생각하고 자신의 몸을 꼬집어보았더니 아픔이 느껴졌다. 안간힘을 쓰며 일어나 보려고 버둥거렸으나 움직여지지 않았다.

"거기 누구 없소? 사람이 있으면 기척을 하시오."

추수는 소리쳐 불렀다. 그러나 아무런 대답도 없었다.

기억이 완전히 돌아온 것은 아니었다. 그는 왜 자신이 이런 움막 같은 집에 누워 있는지 알 수 없었다. 한쪽 눈에서는 묵직한 통증이 느껴졌다. 그는 온몸이 밧줄에 꽁꽁 묶여 있는 것처럼 꼼짝달싹도 못한 채 그저 외눈으로 허공만 바라보고 있었다.

저녁 무렵, 움막 안이 어둑어둑해졌을 즈음에야 문밖에서 작은 기척이 일더니 한 노인이 헛기침을 하며 들어섰다.

"누, 누구요?"

추수는 반갑기도 하고 또한 두려운 마음도 앞서 그렇게 소리쳤다.

"깨어났구먼! 그대로 눈감으면 어쩌나 걱정했는데, 다행이로군. 실로 끈질긴 생명력이로다."

노인은 혼잣말처럼 중얼거렸다.

"노인장은 누구시오? 그리고 여긴 어디요?"

추수는 몸을 일으켜 보려고 애썼지만, 마음먹은 대로 되지 않았다.

"여긴 안심해도 되는 곳이니 애써 움직이려 하지 마시오. 마침 오늘 큰 잉어가 걸렸으니, 푹 고아 먹으면 몸보신은 될 것이오."

노인은 그러더니 서둘러 밖으로 나갔다.

추수는 다시 깊은 나락과도 같은 잠 속으로 빠져들었다. 누군가 몸을 흔들어 깨어나니 눈앞에 노인의 얼굴이 있었다.

"인삼을 넣고 끓인 잉어탕이오. 이걸 먹고 나면 기운을 좀 차릴 수 있을 거외다."

노인은 추수를 부축해 일으켜 앉혔다.

추수는 간신히 수저를 들어 잉어탕의 뽀얀 국물을 떠서 입으로 가져갔다.

"꼭 열흘 만에 깨어났군!"

노인이 옆에서 그동안 있었던 일을 차근차근 이야기했다.

전쟁이 한창일 때 움막에 숨어 있던 노인은, 백제군이 물러간 후 낚싯대를 들고 밖으로 나갔다가 강변에 시체처럼 널브러져 있는 추수를 발견했다는 것이다. 몸을 건드려 보니 살아 있어서, 업어다 움막에 뉘어 놓고 병간호를 했다.

약초꾼이었던 아버지 덕분에 젊은 시절부터 약초에 대한 상식을 어느 정도 알고 있던 노인은, 짧은 지식을 가지고 추수의 상처를 치료했다. 왼쪽 눈은 아예 눈알이 빠져 실명된 상태였고, 화살이 박힌 가슴은 상처가 곪아 치료를 하는 데 한동안 애를 먹었다.

"한창 힘을 쓰는 젊은이라 살아났지. 보통 사람 같았으면 벌써 저승길로 갔을 거요. 이 엄심갑이 젊은이를 살렸소. 엄심갑까지 뚫은 것을 보면 가까이에서 화살을 맞은 모양인데, 덕분에 가슴에 치명상을 입지는 않은 것 같소. 갑옷을 보니 장군 같은데, 대체 어쩌다 이 지경까지 된 것이오?"

추수는 노인의 말을 들으며 조금씩 기억을 되살릴 수 있었다. 그때 가장 먼저 떠오른 것은 대왕 사유의 얼굴이었다. 엄심갑이 자신을 살렸다니! 지난 봄날 태백산 천제 때 교시로 쓸 멧돼지를 생포한 공로로 대왕으로부터 엄심갑을 선물로 받았던 기억을 떠올렸다.

"저는 대왕 폐하를 모시는 호위무사였습니다. 적의 화살을 정통으로 맞아 실명하는 바람에 제대로 폐하의 안전을 지키지 못했습니다. 폐하는 어찌되었습니까?"

"허, 저런! 대왕 폐하께선 붕어하셨소. 적의 독화살을 맞은 모양입디다. 그 소식을 듣고 백제군은 물러갔고, 지금 국내성에서는 국장 준비가 한창이오."

노인의 말에 추수는 큰 충격을 받았다.

"아아, 왜 저를 살리셨습니까? 대왕 폐하와 함께 죽었어야 할 몸인 것을……"

추수는 잉어탕을 들던 수저를 떨어뜨린 채 자신의 가슴을 마구 쥐어뜯었다. 그의 눈앞에 왕자비 연화와 왕자 이련의 얼굴이 오락가락했다. 이젠 죽어도 두 사람을 볼 면목이 없었다. 순간, 그는 큰 죄인이 되었다고 생각했다. 만약 자신에게 선물로 주지 않고 엄심갑을 대왕이 입고 있었다면, 생명을 보전할 수 있었을지도 몰랐다. 거기에까지 생각이 미치자 그는 더욱 괴로웠다.

어부 노인은 추수의 몸 보양을 위해 매일같이 패수에 낚싯대를 드리워 잉어를 잡아다 고아 먹였다. 덕분에 추수는 어느 정도 기력을 회복할 수 있었다.

그로부터 한 달이 지난 어느 날, 어부 노인이 고기잡이를 나간 사이 추수는 움막 밖으로 나와 패수 강변을 거슬러 올라갔다. 그는 눈물을 흘리면서 걷고 또 걸었다. 이제 자신은 죽어야 한다고 생각했다.

갈대숲에 들어가서 아무도 모르게 죽으려고 추수는 가슴에 간직해 둔 단도를 뽑아들었다. 단도를 보자 그것을 자신에게 준 왕자비의 얼굴이 떠올랐다.

"아아……!"

추수는 마지막으로 연화라는 이름을 마음껏 외쳐 부르고 싶었으나, 그 이름을 차마 입 밖으로 내지는 못했다. 이젠 함부로 부를 수도 없는 이름이었다.

눈물범벅으로 얼룩진 외눈을 뜨고 추수가 막 단도로 자신의 가슴을 찌르려고 할 때였다. 어디선가 여자가 흐느끼는 소리가 들려왔다. 아기 울음소리도 겹쳐서 들려오고 있었다. 눈물이 그렁그렁한 눈으로 소리 나는 쪽을 바라보니, 아기를 안은 여인이 강물 속으로 걸어 들어가는 것이 보였다.

"아니, 저 여인이……?"

추수는 깜짝 놀랐다. 머리를 산발한 여인이 허리까지 강물에 잠겨 점점 깊은 곳으로 들어가고 있었던 것이다. 자살을 하려는 것임에 틀림없었다.

추수는 자신이 자살하려던 것도 잊고, 급히 단도를 칼집에 넣어 도로 가슴팍에 간직한 후 곧바로 강물로 뛰어들었다. 안간힘을 다해 여인 가까이 다가갔을 때, 강물은 이미 가슴께까지 차올라 아기가 막 물에 잠기려고 하는 중이었다.

추수는 여인에게 달려들어 아기부터 빼앗았다. 아기가 악을 쓰고 울어댔다.

"여보시오. 무슨 사연인지 모르지만 살아야 하오."

추수는 아기를 한 손으로 들어올리고, 다른 한 손으로 여인의 옷자락을 붙잡았다. 그러나 여인은 그의 손을 뿌리치며 더 깊은 강물 속으로 몸을 날렸다.

"남편이 이번 전쟁에서 죽었어요. 아기를 데리고 저 혼자서는 못살아요. 남편을 따라 가렵니다. 부디 아기를 부탁……."

여인의 머리가 물에 잠겼다.

"안 돼요. 살아야 해요."

여인을 향해 다급하게 외치는 순간, 추수는 또 다른 목소리가 그 자신을 향해 소리치고 있는 것 같은 착각에 빠졌다.

'아기를 살려라!'

그 소리는 마치 하늘에서 들려오는 것 같았다.

추수는 그 순간, 도저히 아기와 여인 모두를 한꺼번에 살릴 수는 없다고 판단했다. 그래서 그는 급히 헤엄을 쳐서 강가로 나와 아기를 모래사장에 뉘어놓고, 다시 여인이 물에 빠진 장소로 헤엄쳐 갔다.

하지만 이미 여인은 물을 많이 마셔 몸이 축 늘어져 있었다. 시간이 오래 지체되는 바람에 여인은 벌써 몇 차례 강물 속으로 자맥질을 했던 것이다.

여인을 끌고 강가로 나온 추수는 온갖 방법을 다해 살려보려 했지만, 이미 뻣뻣하게 몸이 굳은 후였다. 그는 여인의 시신을 강둑 너머 갈대밭에 묻고 나서 아기를 안고 움막으로 돌아왔다.

"웬 아기인가?"

노인이 물었다.

추수는 먼저 그 자신이 자살을 시도하려고 했다는 것에서부터 강물에 빠져 죽은 여인의 이야기까지 털어놓았다. 그 이야기를 하는 내내 그는 쏟아지는 눈물을 주체할 수 없었다.

"어리석은 생각을 했었군. 이 아기가 젊은이의 생명을 살려냈네. 이제 이 아기를 어찌할 셈인가?"

노인이 책망 어린 눈길로 추수를 바라보았다.

"제가 길러야지요. 저는 이제부터 이 아기와 함께 새로 태어난 것입니다."

추수는 아기에게 젖을 얻어먹이기 위하여 노인에게 하직 인사를 고하고 움막에서 나왔다. 이후, 그는 아기에게 동냥젖을 먹이기 위해 이 마을 저 마을을 전전하면서 돌아다녔다.

추수가 하가촌의 종마장을 떠올린 것은 아기에게 말 젖이나마 얻어먹일 수 있는 곳은 거기밖에 없다고 생각했기 때문이다. 그는 죽어도 다시 하가촌으로 돌아가기 싫었다. 연화 때문이기도 했지만, 하대용과 스승 을두미를 뵐 면목이 없었던 것이다.

"그래도 아기를 살리려면 가야지."

추수는 보리밭 사이로 난 길을 걸으며 이를 악물었다.

저녁 무렵, 추수는 하가촌 무술도장에 도착했다. 막 어둠이 산자락을 뒤덮을 때쯤 그는 스승의 처소 방문을 두드렸다. 그러자 기다리고 있었다는 듯, 거침없는 목소리가 들려왔다.

"주저하지 말고 어서 들어오너라."

추수는 그 소리에 뜨끔하지 않을 수 없었다.

방문을 열고 들어간 추수는 아기를 옆에 뉘어놓고 을두미에게 엎드려 큰절을 올렸다. 참으려고 했던 울음이 터져 나오는 걸 어쩌지 못했다.

광개토태왕 담덕

"사부님, 이 못난 놈을 용서해 주십시오."

"내가 그래서 너를 국내성으로 보내지 않으려고 했던 것이야."

절을 받으며 을두미는 처연한 눈길로 추수의 머리통을 내려다보았다. 그는 엎드린 자세로 차마 일어나지 못하고 있는 제자를 바라보며 한없이 고개를 끄덕거리고 있었다.

"이런 꼴을 보여 드려 죄송합니다."

"저 아기는 누구냐?"

추수 옆에 누워 있는 아기를 바라보며 물었다.

"그게 사실은……."

추수는 그간 있었던 이야기와 아울러, 아기를 데리고 다니게 된 사연을 스승에게 털어놓았다.

"업둥이와 다름없는 아기로구나. 결국 여인이 이 아기를 맡긴 셈이니 네 책임이 크다."

을두미는 끌끌 혀를 차더니, 밖으로 나가 심부름하는 아이를 불러 하가촌 종마장에 가서 말 젖을 구해 오라 이르고는 방으로 다시 들어왔다.

"그러하온데, 사부님께선 어찌 제가 오늘 이곳에 올 줄 아셨습니까?"

정신을 수습한 추수가 물었다.

"간밤에 네 꿈을 꾸었느니라. 네가 해어진 옷을 입은 어른 모습을 하고 있었는데, 얼굴은 해맑은 아기가 아니겠나. 저 아기 때문에 그런 꿈을 꾼 모양이다. 국내성 소식을 통해 네가 죽은 줄로만 알았는데, 꿈이 좋아 네가 살아 돌아올 것이라 짐작했다."

을두미는 그러더니 아기를 안아 올려 둥개둥개 얼러주었다. 아기가 까르르 웃었다.

2

고구려 대왕 구부는 매일 아침 부왕인 고국원왕의 위패를 모신 사당에 예를 올리는 것으로 하루 일과를 시작했다. 청동으로 된 향로 밑에는 손톱 크기의 쇳조각이 놓여 있었다. 부왕의 가슴에서 나온 화살촉이었다.

구부는 화살촉을 손에 들고, 그것을 한동안 뚫어져라 쳐다보았다. 그는 그렇게 매일 똑같은 행위를 반복했다. 화살촉을 바라보며 백제에 대한 복수심을 키우고 있었던 것이다.

단 하루라도 원수 갚을 일을 잊어서는 안 된다며, 구부는 가슴에 새기고 또 새겼다. 오왕 부차가 부왕의 원수 갚는 일을 잊지 않기 위해 장작개비 위에서 잠을 잤듯이, 월왕 구천이 음식을 먹을 때마다 쓸개를 핥으며 원수를 갚겠다고 마음을 다잡았듯이, 그렇게 그는 이를 악물었다.

"치명적인 독입니다. 짐독鴆毒이라고, 저 중원 남방의 광동성에 사는 짐조鴆鳥라는 맹독을 가진 새에게서 얻는 것이옵지요. 백제가 구하기도 힘든 짐독을 화살촉에 묻혀 쏘았다는 것은, 아예 작정을 하고 저지른 일이라 생각되옵니다. 그 점이 괘씸하지 않을 수 없습니다."

평양성 전투에서 부왕이 세상을 떠났을 때, 어의가 구부에게 화살촉을 건네주며 한 말이었다.

'흠, 짐독이라고?'

대왕 구부는 화살촉을 바라보며 당시 어의가 했던 말을 마음속으로 곱씹었다.

부왕의 장례를 치르고 나서 국내성으로 돌아온 대왕 구부는, 백제를 쳐서 원수를 갚는 일보다 앞서 개혁의 기치부터 올렸다. 그가 가장 먼저 시작한 것은 잦은 전쟁으로 피폐해진 민심을 수습하는 일이었다.

구부는 백성들의 군역과 부역을 줄이고, 세를 낮추어주었다. 대사면령을 내리고 죄수들을 집으로 돌려보내 농사일을 돕게 했다. 뿐만 아니라 부여신으로 떠받들어지고 있는 유화부인의 신당을 새롭게 증축하고, 자주 찾아가 제사를 지내 농사가 잘되게 해달라고 기원했다. 추모왕이 부여를 탈출할 때 유화부인은 보리씨를 보내 고구려에서 보리농사를 지을 수 있게 함으로써 농사의 신으로 받들어지고 있었다.

그래서 특히 대왕 구부는 보리농사를 적극 장려했다. 조·기장·수수 등 대부분의 작물은 가을에 추수하는 데 반하여, 보리는 초겨울로 접어들 때 파종하여 초여름에 추수하였다. 특히 춘궁기인 늦봄 무렵을 보릿고개라 부를 만큼 끼니 때우기도 어려울 때 추수를 하니, 보리는 고구려 농민들에게는 주식이면서 또한 대표적인 구황작물이라 할 수 있었다.

이처럼 민심 수습으로 나라의 안정을 꾀하는 한편, 대왕 구부는 같이 정사를 논할 인재들을 널리 구하였다. 뿐만 아니라 인재 양성을 위하여 기존의 지방 사설 교육기관인 경당扃堂 제도를 강화하는 한편, 국상에게 명하여 왕실과 귀족의 자제들이 체계적으로 유학을 배울 수 있게 태학을 설립토록 했다.

대왕 구부는 왕권을 강화하여 나라의 체질을 개선할 필요가 있다고 생각했다. 그가 왕권 강화의 한 방법으로 강구한 것은 불교를 받아들이는 일이었다. 승려 석정은 그에게 '왕이 곧 부처'라는 왕즉불 사상을 역설하면서, 불교를 공인하게 되면 자연스럽게 왕권도 강화될 것임을 강력하게 주장했다.

바로 그 석정이 천축 승려 순도와 함께 전진의 사신단을 이끌고 국내성에 도착했다는 보고를 받았다. 대왕 구부는 사신단이 원행에 지쳤을 것이므로 하루 동안 푹 쉬게 하고 나서 그들을 맞기로 했다.

무엇보다 이번 사신단엔 석정을 비롯하여 천축 승려 순도가 함께 왔다는 것이 대왕 구부에겐 무엇보다 의미 깊은 일이었다.

실상 이전에 부왕이 전진에 사신을 파견할 당시 석정을 같이 보내기로 한 데에는 자신의 생각이 강하게 반영되었다. 그는 석정에게 전진에서 불도가 높은 고승을 보내줄 수 있도록 다리를 놓아보라는 특명을 내렸던 것이다. 이제 그가 천축 승려와 함께 돌아왔다는 것은 그 뜻을 이루었다는 것을 의미했다.

사신단을 맞는 날, 구부는 일찌감치 편전으로 나가 용상에 앉아 깊은 생각에 잠겼다. 사신단은 오후에 들 것이었으므로, 그전에 대신들과 논의를 해둘 일이 있었던 것이다.

사신단에 천축 승려 순도가 끼어 있다는 소식은 이미 대신들도 들었을 테고, 유학자인 그들이 불교에 대해 간언할 것이 틀림없었다. 실상 석정이 귀국하기 전에 국상에게 명하여 태학을 설립토록 한 것은 그런 신하들의 마음을 달래기 위한 전략이기도 했다.

곧 대신들이 편전으로 들었다. 사신단을 맞는 문제에 대해 얼마간 의견을 나눈 뒤 대왕 구부가 물었다.

"국상, 태학 설립은 어찌 돼가고 있소?"

"태학의 교사는 잘 정비했으나, 아직 유학 경전을 가르칠 박사들을 모집하지 못한 상태입니다."

국상 명림수부가 머리를 조아렸다. 그는 사위인 대왕이 태자 시절보다 더 위엄이 있어 보여 감히 함부로 대할 수가 없었다.

"우리 고구려에 그렇게 인재가 없단 말이오?"

"유교 경전에 통달한 선인仙人은 주로 깊은 산속에 들어가 학문 도야에 힘쓰기 때문에 세상 밖으로 잘 나오려고 하질 않사옵니다."

"우리 고구려의 최초 국상인 명림답부도 선인 출신이라 들었소. 선인들은 학문과 무예가 출중한 인재들로, 전쟁이 나면 가장 선두에 서서 싸우는 사람들이 아니오? 헌데 나라의 인재를 기르기 위해 태학을 설립하는데, 후학들을 가르치는 일에 등한시한다면 어찌 되겠소? 유비도 제갈공명을 얻으려고 삼고초려를 했다 하지 않소? 학문이 출중한 선인이 있다면 짐이 직접 가서라도 설득해 볼 것이니, 인재를 추천하는 데 주저하지 마시오."

그때 왕태제王太弟 이련이 나섰다. 그는 대왕 구부가 왕위에 올라 정궁으로 옮겨감과 동시에 왕태제로 책봉되었다.

"폐하! 태학을 제대로 관장할 선인이 한 명 있사옵니다."

"오. 그래? 그 사람이 누구던가?"

"전에 부왕과 함께 천제를 지내러 가다 하가촌에 잠시 머물 때 만났는데, 을두미란 선인이 있사옵니다. 학문도 깊을 뿐만 아니라 무술도 뛰어나서 태학의 유생들을 가르칠 자격이 충분한 인재이옵니다."

"그럼, 을두미란 선인을 국내성으로 초청하는 일은 아우에게 맡겨야 하겠군!"

구부의 얼굴이 환하게 밝아졌다.

이때 대사자 우신이 간했다.

"폐하! 이번에 석정 대사가 전진에서 순도란 천축 승려와 함께 왔다고 들었사옵니다. 태학을 설립하고 불교까지 들여온다면 나라가 시끄러워질까 염려되옵니다."

"어찌 나라가 시끄러워진단 말이오?"

이미 예견하고 있던 바지만, 대왕 구부는 전진에 사신으로 다녀온 우신이 불교에 대한 불만을 토로하자 마땅찮은 표정을 지었다.

"모름지기 국가 대사는 의견이 하나로 통일되어야 하옵니다. 유교의 덕목과 불교의 교리가 다르므로, 그에 따른 폐해가 적지 않을 것으로 우려되옵니다. 자칫 국론 분열로 이어진다면 나라가 시끄러워지지 않겠사옵니까?"

대사자 우신도 그냥 순순히 물러서려 하지 않았다.

"듣기에 전진의 부견은 매우 영명한 군주라 들었소. 일찍부터 왕맹을 책사로 받아들여 화북을 통일하였소. 이제는 강남의 동진까지 위협하면서 중원 전체를 통일하려고 절치부심하고 있다는 걸 제신들도 모르지 않을 것이오. 왕맹은 유학을 공부한 사람이지만 불교를 받아들이는 데 적극적이었소. 부견이 화북을 통일하는 맹주로 떠오른 것은 불교를 통하여 정권을 확립, 불국정토를 이루겠다는 강한 의지가 있었기 때문이오. 부견은 일찍이 돈황에 수많은 석굴을 조성하고, 석굴마다 부처를 모셔 불국정토의 꿈을 키워 나갔다 하오. 뿐만 아니라 구자(쿠처)라는 곳에서 불법을 크게 일으키고 있는 구마라습이란 선승 이야기를 듣고, 그를 장안으로 데려오기 위해 서역을 공략하려고 꿈꾸었던 적도 있다 하오. 그러나 왕맹이 아직 때가 아님을 강조하는 바람에 서역 정벌의 꿈을 잠시 접었다고 들었소. 이처럼 부견은 불국정토의 꿈을 이루기 위해 서역의 고승까지 데려오려고 했는데, 그가 애써 우리 고구려를 위해 천축 승려 순도를 보내준 것을 되돌려 보낼 수는 없는 일 아니겠소? 이미 백성들 사이에 불교를 믿어 집 안에 부처를 모시고 기도하는 재가불자들도 많다 들었소. 이번 기회에 우리도 불교를 정식으로 공인해야만 전진과 고구려 두 나라가 지속적으로 우호 관계를 유지할 수 있을 것이오."

구부가 전진과의 외교 문제까지 들고 나오자, 대신들은 감히 그 누구도 먼저 나서지 못했다. 옆에서 다른 대신들이 동조해 줄 것으로 믿고 먼저 말을 꺼냈던 대사자 우신도 일단 한발 뒤로 물러설 수밖에 없었다.

지금의 대왕은 선왕 고국원왕과 달랐다. 선왕은 대신들과 맞서다가 자기주장이 먹히지 않으면 강압적으로 뜻을 관철해 나갔는데, 구부는 대신들을 충분히 설득하여 의견을 하나로 모으는 데 주력했다. 그것은 대왕으로서 매사에 확신을 갖고 일을 추진하는 자신감의 표출이기도 했다.

3

고구려에 파견한 전진 사신단의 정사 신명규는 환관 출신으로, 총관의 직책을 갖고 있었다. 부견은 환관 가운데 총명한 자들을 선발하여 경학박사經學博士들로 하여금 유교 경전을 가르치게 했는데, 그중에서도 특히 돋보인 신명규가 신임을 얻었다. 이번에 부견이 고구려에 파견하는 사신단의 정사를 맡긴 것도, 경학을 익힌 그로 하여금 전진에서 유생들을 가르치는 태학의 체계를 고구려에 전수케 하기 위한 것이었다. 그래서 그는 경서들을 수레에 한가득 싣고 왔다.

그날 저녁 대왕은 국상 명림수부와 대사자 우신으로 하여금 신명규 일행을 만나 태학 제도와 율령 체제 등 전진의 정치 전반에 걸쳐 자세한 이야기를 듣도록 지시했다.

대왕은 따로 석정과 순도를 불러 차를 마시는 조촐한 자리를 마련했다. 불교 승인을 반대하는 대신들을 배제하고 두 승려와 깊이 있는 대화를 나눠보려는 것이었다. 그는 유교와 불교를 분리해서 생각했다. 유교는 태학에서 인재를 양성해 유능한 대신들을 뽑는데 활용하고, 불교는 왕즉불 사상을 내세워 왕

권을 강화하고 고구려를 불국정토의 나라로 만드는 데 필요했
던 것이다.

"천축 승려 순도가 대왕 폐하를 뵙습니다."

순도가 먼저 합장을 하며 대왕에게 예를 올렸다. 순도의 말
을 바로 옆에 있는 석정이 통역했다.

"이렇게 먼 나라에서 온 대사를 만나니 기쁘기 한량없소. 앞
으로 부처님의 큰 가르침을 부탁하오."

대왕 구부는 기대감에 부푼 눈으로 순도를 바라보았다.

"순도 대사는 저 먼 천축에서 서역을 거쳐 중원에 들어온 지
오래되었고, 특히 한문에 능통하여 범어로 된 불교경전을 번역
하는 데 심혈을 기울여 왔습니다. 대사가 가져온 불상을 궐내
에 모셔 호국불교의 시발점으로 삼으시는 것이 고구려의 기강
을 바로잡는 데 좋을 것이옵니다."

"짐이 동궁전 후원의 객사를 내줄 것이니, 석정 대사께서 우
선 급한 대로 건물을 깨끗이 수리하여 불상을 안치토록 하시
오."

대왕은 궁궐의 가장 조용한 곳에 불상을 안치하고 일단 왕
실의 불당으로 삼도록 했다.

"황공하옵니다만, 순도 대사가 주석駐錫할 사찰도 하나 있어
야 하옵니다. 국내성 안에 일반 백성들도 찾아와 법문을 듣고
부처님께 기원을 드릴 수 있는 절을 창건토록 해주시옵소서."

"당연히 그래야지요. 불사佛事는 대신들과 논의를 거친 후에 할 일이니, 조금 시간이 걸릴 것이오. 허나 짐은 고구려를 불국정토의 나라로 만들겠다는 한결같은 생각을 갖고 있으니, 불사를 일으키는 일에 결코 소홀하지 않을 것이오."

"성은이 망극하오이다."

석정이 예를 표했다.

"순도 대사에게 물어볼 말이 있소. 대사는 불국정토의 사상을 어찌 생각하시오? 아무래도 천축에서 불교가 시작되었으니, 왕즉불이나 불국정토의 사상도 그 나라로부터 나온 것이 아니겠소?"

대왕은 시선을 석정에게서 순도에게로 옮겨 가며 물었다.

"그러하옵니다. 지금으로부터 6백여 년 전 천축국에는 아소카왕이라는 위대한 군주가 있어, 여러 소국으로 갈라져 있던 나라를 통일하는 큰 업적을 남겼습니다. 전진에서는 한문으로 번역하여 아육왕阿育王라 부르기도 하옵니다. 마우리아 왕조 제3대 왕인 아육왕은 천축의 남부 일부 땅을 제외하고 거의 나라 전체를 통일했는데, 이는 일찍부터 불교를 제국의 공식 종교로 받아들여 불국정토의 세계를 건설하고자 했던 의지를 실현한 것이옵니다. 아육왕은 천축 신화에 나오는 정의正義와 정법正法으로 통치의 수레바퀴를 굴려 세계를 통일하고 지배한다는 이상적인 제왕인 전륜성왕轉輪聖王을 자처하여, 주변국을 아우르는 정복 전쟁을 일으켰습니다. 그러나 정복 전쟁을 치르는 동안 피비린내 나는 참상을 겪고 나서, 아육왕은 많은 회의를 느꼈다고 하옵니다. 전쟁으로 인해 피를 흘린 무고한 백성들의 죽음이 과연 정의로운 것인가, 불의로 인한 결과인가? 정복 전쟁이 제국의 번성을 이루는 일인가, 다른 왕국을 파괴하는 행위인가? 이러한 번민 끝에 아육왕은 큰 깨달음을 얻고 불교에 더욱 심취하게 되었습니다. 아육왕은 부처님의 사리 8만 4천 개를 나누어 자신이 정복한 지역에 8만 4천 탑을 세웠습니다. 그러는 한편으로 새로운 도로를 만들고 길을 따라 가로수를 심어, 사람들이 여행하다 그늘에 들어가 땀을 식히며 휴식을 취할 수 있도록 했습니다. 또한 길가 곳곳에 우물을 파서 여행자들이 마른 목을 축이게 배려했습니다. 의료시설도 확충하여 병든 사람을 고치는데 힘썼고, 죄인들을 재판할 때 공정을 기하였사옵니다."

순도의 아육왕 이야기에 대왕 구부는 금세 빨려 들어갔다. 귀를 기울이다 보니 저절로 몸까지 순도 쪽으로 비스듬히 쏠릴 정도였다.

"과연 대단한 군주구려. 아육왕이야말로 곧 부처가 아니고 무엇이겠소?"

대왕은 자신도 모르는 사이에 무릎을 쳤다.

"그것이 바로 왕이 곧 부처라는 왕즉불 사상이고, 불심으로 세계를 통일하는 불국정토의 사상 아니겠사옵니까?"

석정이 대왕의 말에 추임새를 넣었다.

대왕 구부는 두 승려와의 대화에 빠져들어 밤이 깊어가는 줄도 몰랐다. 폭염이 기승을 부리는 여름밤이지만, 세 사람의 시원스런 대화 덕분에 더위조차 잊을 정도였다.

4

왕태제 이련은 하가촌의 을두미에게 먼저 초청장을 보내기로 했다. 초청장에는 국내성에 왕실과 귀족 자제들을 위한 태학을 마련키로 했으니, 유생들을 가르칠 태학박사로 와달라는 내용을 소상하게 적었다. 갑자기 찾아가는 것보다 먼저 초청장부터 보내는 것이 순서라고 생각했던 것이다. 이는 왕태제 이련과 함께 동궁에 살아서 '동궁빈'으로 불리는 연화가 먼저 내놓은 의견이었다. 정확한 명칭은 '왕태제비'지만 동궁빈이 부르기 편해서 그렇게들 부르고 있었다.

동궁빈은 스승 을두미의 성격을 잘 알고 있었다. 초야에 묻혀 학문을 갈고닦는 은둔자로 일생을 보내고 싶어 하는 스승을 태학박사로 모셔 오기가 쉽지 않을 것이라 판단했던 것이다.

"대왕 폐하께서 삼고초려를 해서라도 사부님을 모셔 오라 하셨소. 우리도 이제 아들을 낳아야 할 것이고, 그렇게 되면 홀륭한 스승이 필요하지 않겠소?"

아직 이팔청춘이지만, 왕태제 이련은 결혼한 후에 부쩍 어른스러워졌다.

"아이, 참!"

동궁빈은 나이가 연상이었지만 여성이므로 남녀의 비밀스런 일에 관해서는 부끄러운 생각을 갖고 있었다. 그러나 사실 아직까지 태기가 없는 것에 대해 은근히 초조감을 느끼고 있는 중이었다.

남자가 이팔청춘이면 능히 아기를 가질 만한 나이였다. 연나부에서 왕자비를 세우기 위해 대사자 우신의 딸을 추천했다가, 저 옛날 고국천왕의 왕후 우씨가 석녀였던 점을 들어 그 집안 피를 이어받은 낭자는 안 된다며 선왕께서 극구 반대했다는 사실을 동궁빈은 잘 알고 있었다. 그래서 자신도 아기씨를 잉태하지 못할까 봐 더더욱 애가 타는 속내를 그 누구에게도 밝힐 수 없었다.

"요즘 내불전에 자주 간다 들었소. 기도는 잘 되시오?"

왕태제 이련은 문득 동궁빈이 팔에 차고 있는 옥으로 된 염주를 보고 그렇게 물었다.

"석정 대사께서 기도는 정성이라 하더이다. 정성이 지극하면 기원이 이루어진다 하여 열심히는 하고 있습니다만……. 그러나 불교에 대해 문외한이니, 석정 대사가 가르쳐준 대로 그저 반야심경을 외는 데 열중하고 있습니다. 가끔 순도 대사의 법문을 듣기도 하구요."

동궁전 후원의 객사 중 일부는 석정에 의해 불당으로 꾸며졌고, 궁궐 내에 있다고 해서 내불전이라 불렀다. 순도와 석정은 내불전 옆의 다른 객사를 새롭게 꾸며 평소에 기거하는 요사채로 사용하고 있었다.

주로 내불전에서는 왕실의 여자들이 불공을 드렸다. 대왕 구부와 왕태제 이련도 초창기에 몇 번 내불전을 찾았지만, 정사에 바쁜 관계로 점점 찾는 횟수가 줄어들었다. 그 대신 왕후 명림씨와 동궁빈 하씨, 그리고 궁녀들이 자주 내불전을 찾아가 순도와 석정의 법문을 듣고 부처님께 기도를 드렸다.

왕후와 동궁빈이 열심히 기도를 드리는 이유는 두 가지였다. 겉으로는 나라를 부강하게 해달라는 기도였지만, 내심으로는 아들을 점지해 달라는 간절한 기원을 담고 있었다.

왕후 명림씨는 30대 중반을 넘어선 나이여서 이미 아기를 잉태하기 어렵다고 생각하고 포기한 상태였다. 그런데 궁궐 내에 내불전이 들어서고 순도와 석정으로부터 부처님의 가르침을 받으면서 마음이 바뀌었다. 간절히 기도하면 부처님께서 모든 소원을 이룰 수 있게 해준다는 말에, 왕후는 자기 스스로 왕자를 낳아 대왕의 뒤를 잇게 하고 싶은 새로운 욕망에 사로잡히게 된 것이었다.

그러한 생각이나 욕망은 동궁빈 하씨 역시 마찬가지였다. 대왕 구부의 뒤를 이어 왕태제 이련이 다음 왕위를 잇게 되면, 언젠가 자신이 낳게 될 아들이 대왕이 될 것이기에 그 간절함이 오히려 왕후보다 더하면 더했지 못하지 않았다. 왜냐하면 왕후는 아들 낳기를 포기했던 적이 있었고, 이미 나이로 보아서도 왕자를 생산할 가능성이 매우 희박하다고 보았기 때문이다.

동서 사이인 왕후와 동궁빈은 알게 모르게 아들을 낳고 싶다는 같은 욕망으로 인해 서로 시기하는 경쟁 관계에 있었다. 그것을 모르는 바 아닌 석정은 조환으로부터 받은 옥 염주 하나만 가지고 두 사람 중 어느 한 사람에게 선물할 수 없다고 판단했다. 그래서 똑같은 염주를 가지고 있는 손장무에게 사정을 이야기한 후, 그가 선선히 내주는 것을 받아 왕후와 동궁빈에게 같은 자리에서 선물을 했던 것이다.

왕후가 동궁빈을 바라보는 시선이 고울 리 없었다. 동궁빈은 왜 자신을 바라보는 왕후의 눈길에 낚싯바늘의 미늘처럼 서슬이 번뜩이는지 잘 알고 있었다. 왕후는 대사자 우신의 딸 소진 낭자와 마찬가지로 연나부 출신이었다. 연전에 고국천왕의 왕후 우씨가 석녀였다 해서 같은 혈통을 이어받은 소진 낭자가 왕자비 간택에서 제외된 것처럼, 왕후 역시 연나부 출신으로 나이 서른 중반을 넘어설 때까지도 태기가 없어 전전긍긍하고 있는 마당이었다. 어느 때부턴가 궁궐 안팎에서 왕후 역시 석녀라는 소문이 알게 모르게 퍼져 나가고 있는 것에 대해 내심 촉각을 곤두세울 수밖에 없었다. 만약 불공을 열심히 드려 동궁빈이 잉태라도 하면, 왕후의 입장에서 볼 때 왕실에서 더욱 고개를 들 면목이 없게 될 것이었다. 그런 심리를 모르지 않는 동궁빈은, 그래서 더욱 왕후 앞에서만큼은 조심스러웠다.

동궁 후원에 내불전이 있기에 동궁빈은 자주 그곳을 찾아가 불공을 드렸다. 그런데 어느 날 이마에 땀이 맺히도록 열심 부처님께 백팔 배를 올리고 있는데, 갑자기 왕후가 불공을 드리러 왔다. 될 수 있으면 법당에서 왕후와 마주치지 않으려고 노력했으나, 동궁빈은 그날 너무 열심히 절을 하다 보니 미처 왕후가 법당에 나타난 기척도 알아차리지 못했다.

"동궁빈! 실로 지극정성이네. 땀이라도 식힌 후 불공을 드리지 않고서……."

왕후의 목소리에 동궁빈은 뒤를 돌아보다가 화들짝 놀랐다.

"왕후 전하 납시었나이까?"

동궁빈은 불공을 드리다 말고 돌아서서 왕후를 향해 화급히 예를 갖추었다.

"불심이 매우 깊군그래. 하가촌에 있을 때부터 재가불자였는가?"

동궁빈을 쳐다보는 왕후의 눈길이 사뭇 휘어져 있었다. 한여름인데도 그 눈길에선 예리하게 벼린 칼날처럼 선득한 찬바람이 일었다.

왕후가 동궁빈을 볼 때마다 하가촌을 들먹이는 것은 출신의 미천함을 애써 드러내 상대의 자존심을 꺾어 내리려는 의도였다. 동궁빈이라고 그것을 모르지 않았다.

"아, 아니옵니다. 불심이 깊다니요? 궐 안에 내불전이 생긴 뒤부터 부처님을 알았으니, 아직 불심이라 하기도 뭣한 초심자 수준이옵니다."

동궁빈은 왕후의 싸늘한 시선에 일순 당황하지 않을 수 없었다.

"그런데 불공을 드리면서 어찌 그리 땀 흘려 절을 할 정도로 정성이 지극할까? 왕손을 잉태케 해달라고 기원을 드리는 모양이지?"

"아니, 그런 게 아니옵고……."

"아니긴? 이미 그 눈이 그렇게 말하고 있는데. 당연히 동궁빈으로서 고구려 왕실의 보존을 위해 그리 기도를 해야겠지."

이렇게 말하는 왕후의 시선이 아까보다 조금은 부드러워진 듯했다.

"네, 네! 이젠 왕후 전하께옵서 불공을 드리시옵소서."

동궁빈은 자리를 피해 물러가려고 했다.

"아니 왜? 백팔 배가 다 끝나지 않은 것 같은데……."

"끝났사옵니다. 그럼 이만 물러가옵니다."

동궁빈은 황급히 허리를 굽혀 왕후에게 하직 인사를 올렸다.

법당을 나와 가죽신을 찾아 신고 내불전 뜰로 막 내려서려할 때 동궁빈을 불러 세우는 왕후의 목소리가 들렸다.

"잠깐! 동궁빈은 내 말을 듣고 가게."

"네, 왕후 전하!"

동궁빈은 뒷덜미를 잡힌 듯이 뜨악한 느낌으로 돌아섰다.

"내 조만간 동궁전으로 약첩을 낼 것이니 몸을 보하도록 하게. 하가촌에서 올 때보다 궁궐에 들어와 너무 몸이 허약해진 듯하니, 그래서야 어찌 왕손을 잉태할 수 있겠어?"

"왕후 전하! 그리 마음 써주시니 몸 둘 바를 모르겠나이다."

왕후와 눈이 마주친 동궁빈은 금세 얼굴이 붉어졌다.

약첩을 보내겠다는 왕후의 말 속에 뼈가 들어 있음을 알기에, 동궁빈은 가슴까지 서늘한 느낌에 휩싸였다. 왕손을 잉태하겠다는 욕망을 은근히 비웃고 있는 왕후의 마음을 모르지 않았으므로 더더욱 마음자리가 불안할 수밖에 없었다.

그로부터 며칠 후, 왕후는 정말 시녀를 보내 동궁빈에게 약첩을 전했다.

동궁빈은 막상 약첩을 받아놓기는 했으나 은근히 고민되지 않을 수 없었다. 갑자기 왕후가 몸을 보하라고 약첩을 보낸 것부터가 의심스러운 데다, 사실상 자신은 탕약을 첩으로 달여 마셔야 할 만큼 허약하지도 않았다. 오히려 동궁빈은 하가촌에서처럼 마음껏 무술을 연마하고 싶어 몸이 근질거릴 정도였다.

하지만 왕실의 법도를 지키려면 무술 연습은 삼가야만 했다. 궁궐에는 많은 눈길이 있었으므로 매우 조심스러워 방 안에서 몰래 혼자 칼 쓰는 연습을 하곤 했다.

그러다가 동궁빈은 왕태제 이련에게 그 모습을 들키고 말았다. 막 칼을 들어 상대를 노리듯 허공을 긋는데, 문이 열리며 이련이 들어섰던 것이다.

"어엇! 그 칼을 나에게 겨눈 거요?"

이련도 놀라서 한발 뒤로 물러서며 외쳤다.

"아, 아니옵니다. 하도 심심해서 무술 연습을 하던 참인데……."

"무술 연습이라면 저 넓고 조용한 후원도 있질 않소? 달빛도 밝으니 후원에 가서 연습을 하면 더욱 좋을 터인데, 우리 후원으로 나갑시다. 나도 오랜만에 무술 연습을 하고 싶군."

이련은 동궁빈의 소매를 끌었다.

"아니 되옵니다. 사람들 눈이 많은데, 후원에서 무술 훈련을 하다니요?"

동궁빈은 얼른 칼을 거두어 장롱에 숨겼다.

그런 일이 있고부터 동궁빈은 방 안에서의 무술 연습도 조심할 수밖에 없었다.

그런데 생각지도 못한 약첩이라니! 당장 왕후가 내린 약첩을 어찌해야 할까, 동궁빈의 근심은 태산 같았다. 혼자 그런 고민을 하면서 며칠 동안 탕약을 달이지 않고 봉지에 싸놓은 채 약첩을 간수하고 있었다.

"조금 전에 왕후 전하의 약첩을 가져왔던 시녀가 몰래 다녀가는 걸 보았습니다. 보낸 약첩을 달여 드시는지 확인해 보기 위한 것 같았습니다. 전하, 탕약을 달여서 쇤네가 먼저 마셔보겠습니다."

하가촌에서부터 따라온 시녀 길례가 동궁빈의 처소에 들어와 넌지시 이르는 말이었다. 궁궐에 들어오면서부터 길례는 기미상궁이 되어 동궁빈의 상에 오르는 음식을 가장 먼저 맛보기 때문에, 탕약을 먼저 마셔보는 것은 어쩌면 당연한 임무이기도 했다.

"왕후 전하가 내리신 약첩인데 그리할 수 있겠는가? 나는 왕후를 의심하는 것이 아니라 그냥 탕약이 싫을 뿐이라네."

동궁빈은 만약에 잉태를 하게 되더라도 몸을 보하는 탕약이나 민간요법 등에 의존하고 싶지 않았다. 하늘이 내린 건강한 체력으로 잉태를 해서, 건강한 아이를 낳고 싶었다. 그래서 체력을 기르기 위해 방 안에서 무술 연마도 게을리하지 않았던 것이다.

"하오나, 왕후전에서는 전하께서 탕약을 드시는지 아니 드시는지 감시를 하고 있는 듯하여 드리는 말씀입니다."

"그러하면…… 네가 생각한 대로 해보자."

동궁빈도 일단 탕약 달이는 냄새를 풍겨, 그 소문이 왕후에게 전달되도록 할 필요가 있다고 생각했다.

마침내 길례는 동궁 뜰 한쪽의 향나무 그늘 아래서 탕약을 달였다. 원래 수라간에서 탕약을 달여야 하지만, 일부러 왕후가 보낸 시녀들에게 보여주기 위해 밖에서 냄새를 풍겼댔던 것이다.

탕약을 다 달인 길례는 약사발을 소반에 받쳐 들고 동궁빈의 처소로 들어갔다.

"일부러 탕약을 동궁 뜰에서 달였습니다."

길례가 동궁빈에게만 들릴 듯한 작은 소리로 말했다. 그러면서 은근슬쩍 문간으로 경계의 시선을 보냈다.

동궁에는 보는 눈이 많았다. 몰래 왕후가 동궁에 박아 넣은 시녀도 있을 수 있었다. 어쨌거나 동궁빈의 일거수일투족은 왕후전에 보고되고 있다고 보아야 했다.

"그래, 수고했구나."

"따뜻할 때 드시옵소서."

길례가 그렇게 말하면서, 정작은 자신의 입으로 탕약 사발을 가져갔다. 그는 후루룩 소리가 들리도록 탕약을 들이켰다.

잠시 후, 길례의 입에서 이상한 신음 소리가 튀어나오며 몸이 앞으로 구부러졌다. 곧 인상을 잔뜩 일그러뜨리며 입에 물었던 탕약을 두 손에 받쳐 토해 냈다. 그때, 그림자 하나가 문 사이로 비쳤다 사라지는 것을 두 사람은 보았다.

"괜찮은 것이냐?"

동궁빈이 길례에게 달려들어 부축을 하며 물었다.

"전하, 아주 조금 마셨습니다. 약이 쓴 데다 목이 약간 따가운 느낌이 들었지만 참을 만은 했습니다."

길례가 아무렇지도 않은 듯이 말했으나, 조금 어지러운 듯 비틀거렸다.

"만약을 모르니, 어서 이걸 먹어두어라. 해독제니라. 친정 오라버니가 서역에 갔다가 얻어온 귀중한 약재다. 상비약으로 몸에 지니고 있으라 했는데, 이걸 먹고 해독이 됐으면 좋겠구나."

동궁빈은 당황하지 않았다. 태연하게 길례에게 상비약을 먹이고, 이불을 깔고 그 위에 눕게 한 후 베개까지 손수 받쳐주었다.

"……동궁빈 전하!"

아픈 중에도 길례는 감동하여 눈물까지 글썽였다.

상비약 덕분일까, 잠시 혼몽 상태에 빠졌다가 한참이 지난 후 길례는 꿈에서 깨듯 서서히 눈을 떴다.

"괜찮은 것이냐?"

"네, 전하! 그 상비약이 효험이 있었던 모양입니다."

"그래, 앞으로 이것은 너와 나만이 아는 비밀이다. 하늘나라까지 가져가야 할 비밀이란 말이다. 알겠느냐?"

동궁빈은 침착하게, 그러나 아주 작은 소리로 말했다.

그 후 길례는 탕약을 달여 일단 동궁빈 처소로 가져와서는 먹는 척만 하고 몰래 버렸다. 동궁빈도 약첩에 무엇이 들어 있는지는 밝힐 생각을 하지 않았다. 자신과 길례만이 아는 비밀로 세상 끝까지 가져가리라 결심했다.

5

왕후 명림씨는 몰래 동궁전에 보냈던 시녀의 보고를 들을 때마다 미묘한 감정에 휩싸였다. 자신이 보내준 약첩을 달여 마셨다면 분명 동궁빈의 몸에 어떤 반응이 일어나야 하는데, 평소와 다름없이 행동하고 있었던 것이다.

"분명 탕약은 드셨사옵니다. 매일 시녀가 동궁 뜰에서 탕약을 달여 동궁빈 전하 처소에 들이는 것을 이 눈으로 똑똑히 보았사옵니다."

시녀의 말대로라면 분명 탕약은 다 먹은 게 분명했다.

"그런데 동궁빈에게 아직 아무 변화가 없더란 말이지?"

"네, 전하! 요즘 들어 더욱 자주 내불전에 기도하러 다니십니다."

"아니 되겠다. 너, 다시 성 밖의 의원에게 다녀오너라. 지난번 지어준 약첩이 별 효험이 없더라고 말이다. 한마디라도 거짓이 있을 시에는 더 이상 처방전을 쓸 수 없도록 만들겠다고 일러라."

때마침 그때 국상 명림수부가 왕후를 뵙고자 청한다는 시녀의 전갈이 있었다.

"들어오시라 해라!"

잠시 후 국상이 들어와 예를 올렸다.

"아버님, 어서 오세요. 편히 앉으세요."

왕후도 반갑게 국상을 맞았다.

"지난번 성 밖의 명의를 찾으셔서 불임에 좋은 약첩을 짓는다 하여 민간에 두루 소문난 명의를 소개했습니다만……. 그런데 어찌 심기가 불편하신 것 같습니다."

"아버님! 오해 마세요. 그 약첩은 내가 달여 마시려고 한 것이 아니에요."

"아니, 그러하다면……? 이 아비는 그동안 전하께서 어의가 지어 올린 불임에 좋은 약첩을 드시고도 효험이 없어 민간의 명의를 찾는 줄로 알고 있었습니다. 이제 30대 중반을 겨우 넘겼으므로, 아직 왕자 아기씨를 가질 수 있는 기회는 얼마든지 있습니다. 부디 희망을 잃지 마시옵소서. 전하께서 민간의 명의를 찾으시기에 내심으로는 이 아비가 얼마나 기뻐했는지 아십니까? 지금이라도 전하께서 왕자를 생산하신다면 고구려 왕실뿐만 아니라 우리 연나부의 큰 광영이 아니겠습니까?"

국상은 그렇게 오해를 하고 있었다.

"아버님! 이제껏 학수고대하며 기다렸지만 이 몸이 아이를 갖지 못한다는 것을 잘 아시지 않습니까?"

왕후는 부친의 얼굴을 안쓰러운 표정으로 바라보았다.

"그러하시면, 지난번 민간의 명의가 지어올린 약첩은 무엇에 쓰시려는 것이었는지요?"

"동궁빈에게 보냈어요."

"예에?"

"동궁빈이 내불전을 자주 찾아 부처님께 지극정성으로 기도드리는 걸 보았지요. 말을 하지 않더라도 왕손을 잉태케 해달라는 소원을 비는 것 아니겠습니까?"

왕후는 오랜만에 부친과 살가운 대화를 나누면서 마음이 조금은 가라앉는 느낌이었다.

"아주 잘하시었습니다. 우리 고구려 왕실을 위해서는 어서 빨리 동궁빈 전하께옵서 왕손을 보아야지요. 암, 그렇고말고요. 왕후 전하께선 천성이 너그러우신 분이니 능히 그리하셨겠지요. 허허허."

국상은 자신의 욕심 때문에 왕후의 생각을 잠시 오판하고 있었다고 생각하며 겸연쩍은 듯 흰 수염을 쓰다듬었다.

그때 왕후가 국상 가까이 몸을 기울이더니 아주 작은 소리로 말했다.

"그렇지가 않아요. 앞으로 태어날 왕손이 저 하가촌 장사꾼 딸의 몸에서 생산된다면 우리 고구려 왕실의 체면이 서겠습니까?"

"허어, 그러하오면?"

국상의 목소리도 갑자기 낮아졌다.

"이 몸이 석녀라면, 하가촌의 미천한 딸도 석녀가 돼야지요. 만약 저 하가촌 장사꾼 여식이 왕손을 낳아보세요. 우리 연나부는 그 즉시 몰락하고 말 거예요. 아버님도 그때를 생각해보세요. 마음을 단단히 다지지 않으면 안 됩니다. 동궁빈을 석녀로 만들고 나서, 다시 연나부 출신을 이런 왕태제의 후궁으로 삼도록 해야 합니다. 지금부터라도 연나부에서 대대로 아들을 많이 둔 가계의 내력을 알아보고, 그 집안의 딸 중 영특하고 건강한 낭자를 물색해 두도록 하세요."

왕후의 말에 국상 명림수부는 가슴부터 떨려 왔다.

'언제부터 왕후가 이런 무서운 생각을 갖게 된 것일까.'

국상은 그 순간 자신의 핏줄인 왕후가 애처로워 도무지 눈길을 마주칠 수가 없었다. 그래서 그저 머리를 숙인 채 고개만 끄덕거리다 마침내 입을 열었다.

"전하, 하오나……."

그때 왕후가 국상의 말을 잘랐다.

"아버님, 아무 소리 마세요. 아버님께서도 이 딸자식을 석녀라고 생각하십니까?"

그렇게 묻는 왕후의 얼굴은 어떤 격앙의 물결이 지나가고 있는 듯 붉게 물들어 있었다. 그리고 곧 충혈된 눈에 그렁그렁 이슬이 맺혔다.

"전하, 무슨 말씀을 그리 하시나이까?"

"이 몸이 석녀일 수도 있어요. 하지만 수태는 남녀가 정상적일 때 되는 것. 그러므로 폐하께서도 그 책임은 면할 길이 없지요. 입에 담기 부끄럽지만, 폐하께서 그동안 여러 차례 궁녀들과 가까이한 것을 잘 압니다. 허나, 그런 궁녀들 중에서 수태한 사례를 본 적이 없습니다. 동궁 후원에 내불전이 들어서고 나서 이 몸도 부처님께 기도를 드려 왕자 아기씨를 갖고 싶었으나, 만약 불임의 이유가 폐하에게 있다면 말짱 헛일 아니겠습니까? 그래서 동궁빈을 내불전에서 만났을 때 문득 떠오른 것이, 약첩을 보내 석녀로 만들고자 한 것입니다. 아버님, 이 몸이 그렇게 큰 잘못을 저지른 것인가요? 여자에게도 한이 있습니다. 그중 아마도 가장 큰 것이 평생 석녀로 늙어간다는 것이겠지요."

왕후는 부친 앞에서 응석받이라도 된 양 눈물을 철철 흘렸다. 두 볼로 타고 흐르는 눈물을 애써 닦지도 않았다. 눈물이

턱으로 흘러 저고리의 앞섶까지 적실 정도였다.

"전하, 눈물부터 거두시옵소서."

국상은 그 이상의 어떤 말도 할 수 없었다. 그동안 지켜보면서 아비로서 측은지심이 있었던 것은 사실이나, 왕후의 한이 그렇게나 깊을 줄은 몰랐다.

한동안이 흐른 후 왕후가 눈물을 지우고 나서 물었다.

"아버님, 이 한을 어찌 풀어야 합니까?"

"그보다도 동궁빈에게 보낸 약첩은 어찌 되었습니까? 불임에 효과가 있는 약이라고 해서 수태가 잘 되도록 하는 약인 줄 알았는데, 그것이 아니었습니까?"

국상은 처음 왕후의 말을 듣는 순간부터 가슴이 철렁 내려앉았다. 자칫 왕후가 보낸 것이 불임이 되도록 하는 약첩임을 동궁빈이 알게 된다면, 이는 좌시하고 넘어갈 문제가 아니었다.

고구려 왕실의 기강을 흔드는 대역죄에 해당하는 일로 사건이 확대될까 두려웠다. 만약 그렇게 된다면 왕후의 안전을 보장할 수 없게 되는 것은 물론이고, 명림씨 가문이 멸문지화를 면치 못할 것이었다.

"시녀를 보내 수시로 동궁전을 살펴보게 했지요. 매일 뜰에서 탕약을 달여 동궁빈의 처소로 들여가는 것을 보았는데, 별다른 기미는 없었다고 합니다. 그래서 혹시 불임에 효과가 있는 약첩이라 하니, 민간의 명의가 그것을 좋은 쪽으로 해석하여 수태에 도움이 되는 보약을 지어 보낸 것은 아닌가 의심이 듭니다. 약첩을 지어 왔던 아이를 다시 보내 자세한 내막을 알아보라 했으니, 오늘 중으로 진실 여부를 알 수 있겠지요."

왕후의 말에 국상은 겨우 안도의 한숨을 내쉬었다.

"다행입니다. 심부름하는 아이나 민간의 명의에게 비밀을 지키도록 단단히 입막음을 해두어야 할 터인데…… 그 명의는 놔두고, 심부름하는 아이만이라도 단단히 입을 봉하도록 하시옵소서."

"알겠습니다, 아버님!"

"부디, 심기일전하시어 옥체 강녕토록 매사 유념하소서."

국상은 이렇게 당부하고 왕후의 처소에서 물러나왔다.

그날 저녁 성 밖을 다녀온 시녀가 전하는 말에 의하면, 틀림없이 민간의 명의는 아이를 잉태할 수 없게 만드는 약첩을 지어 주었다고 했다.

"그런데 어찌 효험이 보이지 않는단 말이더냐?"

왕후는 낮에 친부인 국상이 다녀간 이후 심기가 매우 날카로워져 있었다.

"몸에 안 좋은 독초를 한꺼번에 많이 쓰면 탕약을 드는 당사자가 금세 알아차릴 것 같아 조금씩 넣었다 하옵니다. 그래도 그 약첩을 다 달여 마셨다면 반드시 효험이 있을 것이라 하니, 좀 더 기다려 보는 것이 어떻겠사옵니까?"

시녀가 재빠르게 왕후의 심기를 알아차리고 말했다.

"딴은 그럴 수도 있겠구나! 허면 민간의 명의라는 그자에게 단단히 입막음을 해두었느냐?"

"가지고 간 금덩어리를 건네주었더니, 무덤에까지 비밀을 가지고 가겠다고 하더이다."

"너도 단단히 입을 봉하고 있어야 한다. 아무래도 내가 이번 일을 선불리 결행한 것 같다. 후회막급이로구나. 동궁빈은 예사 인물이 아니야. 총기도 있어 보이고 학문도 깊다 들었다. 거기에 무술까지 뛰어나다 하니. 가볍게 다루었다가는 역효과를 가져올 위험이 있다. 그러니 너도 동궁전을 살필 때 특히 그 점을 유념토록 해라."

왕후는 이렇게 시녀에게 단단히 이르고 나서야 겨우 안도의 한숨을 내쉴 수 있었다.

제4장

전화위복

1

들판 가운데 나지막하게 엎드려 있는 산이지만, 숲은 제법 우거져 아침 산책을 하기에 좋았다. 산 위에 올라가면 저 멀리 굽이쳐 흐르는 강줄기가 시야에 잡혀 왔다. 낮에는 더웠지만 아침저녁으로 삽상한 기운이 느껴지는 것은 강에서 불어오는 바람 때문이었다.

을두미는 매일 새벽 이 산에 올랐다. 가벼운 산책길이지만 오를 때마다 신선한 느낌을 받았다. 강을 거슬러 오르면서 저 멀리 태백산 줄기가 능선을 이루고 있는 것이 보이고, 그 중간 허리쯤에 안개가 걸려 하늘과 맞닿아 있는 것도 볼 수 있었다. 동녘 하늘로 해가 솟아오르기 시작하면 안개는 붉게 물들면서 서서히 자취를 감추고 진초록의 산색이 드러나곤 했다.

추수가 돌아온 지도 벌써 한 달이 넘었다. 하가촌의 대인 하대용에게는 그가 돌아왔다는 것을 당분간 비밀에 부쳐두기로 했다. 추수가 그러기를 원했기 때문이기도 했고, 을두미로서도 그렇게 하는 것이 좋을지도 모른다고 생각했던 것이다.

추수는 자신이 살아 있다는 것을 왕태제나 동궁빈에게 알리고 싶지 않았다. 그 스스로도 평양성 전투에서 죽었다고 여기고 있었다. 패수에서 발견한 아기를 떠맡게 되면서 그는 새로운 생명을 얻었다고 생각했고, 앞으로 추수가 아닌 다른 사람으로 살기로 결심했던 것이다.

며칠 전 왕태제 이련이 보낸 사자가 다녀갔다. 을두미에게 태학의 유생들을 가르칠 박사로 와달라고 초청한 것이었다. 그는 사자에게 묵묵부답인 채 답서도 써주지 않고 돌려보냈다. 그동안 몇 번 번민을 거듭했지만, 번잡한 삶을 싫어하는 그로서는 국내성으로 가고 싶은 마음이 없었다. 어쩌면 조만간 왕태제가 직접 그를 찾아올지도 몰랐다.

이런저런 생각에 골몰하며 을두미가 새벽 산책을 나갔다 돌아왔을 때, 추수는 아기에게 말 젖을 먹이고 있었다.

"이제 나도 이곳을 떠날 때가 된 모양이다. 추수야, 이 아기를 앞으로 어찌할 셈이냐?"

을두미의 시선이 아기에게 가서 멎었다. 그의 애처로운 눈길이 쉽사리 떠나지 못하고 한동안 그 언저리에서 어른대었다.

"사부님을 따라가겠습니다. 물론 이 아기도 데려가야지요."

"내가 가는 곳에선 말 젖을 구할 수도 없다."

"개마고원으로 들어가시려는 것 아닙니까? 그곳에 가서 산양 젖을 먹이든 늑대 젖을 먹이든, 이 아기는 데려가야 합니다."

추수의 마음은 한결같았다.

"업둥이나 다름없는 아기를 데려와선 나에게까지 그 업을 씌우려고 하는구나?"

을두미가 길게 한숨을 내쉬었다.

"이 아기는 어째 됐든 제 생명이나 다름없습니다. 이 아기가 죽으면 저도 죽습니다."

"나 역시 생명 귀한 것이야 잘 안다만, 앞으로 어찌 살아가야 할지 걱정이 돼서 그런다."

을두미가 안쓰러운 나머지 아기와 추수에게서 눈길을 돌렸다. 문지방을 넘어온 햇살이 장지문에 비쳐 방바닥에 밝은 그림자를 만들고 있었다.

"사부님, 어찌 왕태제 전하의 초청을 거부하십니까?"

"추수야, 너는 내가 아귀들의 세상에 나가는 것이 좋으냐?"

"왜 그곳이 아귀들의 세상입니까?"

"허허, 너는 한쪽 눈을 잃고도 그 세상이 어떤 도가니 속인지 모르겠느냐? 선왕이 그 도가니에 불을 지펴 끓게 했고, 그로 인해 많은 백성들의 삶을 피폐하게 만들지 않았더냐? 백성들을 전쟁의 도가니 속으로 몰아넣어 죽이고도 모자라, 선왕 스스로 그 속에 뛰어들지 않았더냐?"

을두미는 자신의 직계 조상인 을파소가 국상을 지낸 고국천왕 시절의 역사를 떠올렸다. 당시 고구려 왕실은 연나부의 우씨 세력에 의해 좌우되고 있었고, 당시 대왕은 연나부 세력을 견제하기 위해 서압록곡에 은거한 을파소를 전격 기용했다.

을파소는 국상으로, 파격적인 개혁정치를 실시했다. 그중 흉년이 들었을 때 백성들에게 국가의 창고를 헐어 곡식을 내주는 진대법賑貸法은, 을파소가 고안해 낸 획기적인 구휼정책이었다. 그러나 그런 을파소도 연나부 세력을 배후에 둔 우씨가 두 번씩이나 왕후 노릇을 하면서 허수아비 왕 대신 정치를 좌지우지하는 행태를 막지 못했다. 결국 을파소는 연나부 세력에 밀려 크게 개혁정치를 펴지 못한 채 물러나고 말았다.

그런데 그때로부터 2백 년 가까이 지났는데도 여전히 연나부 세력은 막강한 권력을 휘두르고 있었다. 왕권보다 신권이 강화된 것이 마침내는 국가 기강을 해이하게 만들었다. 그것이 결국 모용씨의 연나라나 백제로 하여금 호시탐탐 고구려 국경을 넘보게 하는 원인으로 작용했다.

"선왕 때는 그랬었는지 모르지만, 지금 구부 대왕은 다른 것 같습니다. 백성들을 농사일에 집중하게 하고, 세를 낮추고 군역을 면제해 주는 등 백성들을 위한 통치를 하고 있습니다. 이런 때에 사부님이 국가를 위해 나서주신다면 우리 고구려를 더욱 강대한 나라로 만들 수 있지 않겠습니까?"

추수의 마음은 아직도 동궁빈 하씨, 아니 연화가 있는 국내성으로 달려가고 있었다. 그러나 차마 왕태제나 동궁빈 앞에 나타날 수 없는 몸이었다. 그는 선왕을 전사케 한 것이 자신의 잘못이라고 생각하며 여전히 죄책감에 시달리고 있었다. 그러므로 스승 을두미가 국내성에 가는 것이 왕태제나 동궁빈의 안전을 도모하는 데도 크게 도움이 되리라 생각했다. 만약 그렇게만 된다면 조금이라도 마음의 부담을 덜 수 있을 것만 같았던 것이다.

"구부 대왕에겐 왕자가 없다. 개혁 군주를 자처하지만 현재 왕후는 연나부의 좌장인 국상 명림수부의 딸이니 만큼, 그 세력이 다음 왕권을 가지고 어떤 농락을 할지 모를 일이다."

"다음 왕위야 당연히 이런 왕태제 전하에게 돌아가는 게 순리 아니겠습니까?"

추수는 스승 을두미가 어떤 생각으로 그런 말을 하는지 도무지 그 진의를 짐작하기 어려웠다.

"그렇게 순리대로만 되면 오죽이나 좋겠냐만, 세상일이란 게 그리 호락호락하지 않으니 걱정하는 것 아니겠느냐?"

"순리대로 돌아가지 않는다면 국상을 위시한 연나부가 다른 마음을 먹을 수도 있단 말인가요?"

"그야 알 수 없는 일이지. ……그보다 서둘러야겠다."

그러더니 을두미는 행장을 꾸리기 시작했다. 그는 이런 왕태제가 직접 찾아올 것이 염려스러웠던 것이다.

을두미는 하 대인에게는 짤막한 서찰만 써서 남기기로 하고, 심부름하던 동자 명선을 데리고 가기로 하였다. 추수로선 준비라고 특별히 할 것도 없었다. 매일 명선이 종마장에서 가져다 주는 말 젖만 좀 더 챙겨 오게 하면 되었다. 날씨가 덥기 때문에 너무 많이 챙겨도 상할 염려가 있어서 호리병 하나 정도만 준비토록 했다.

국혼 관계로 연화와 추수가 국내성으로 떠나고 나서 을두미는 별도로 무술사범을 두어 장정들을 가르치고 있었다. 그는 무술사범만 따로 불러 앞으로 장정들을 책임지고 잘 가르치도록 단단히 이르고 나서 추수와 아기, 그리고 명선과 함께 무술도장을 떠났다.

을두미 일행은 압록강을 건너 곧바로 개마고원으로 향했다. 태백산 줄기는 산세가 험해서 전에 추수가 살던 말갈족의 사냥꾼 마을까지 가려면 하루 이상 노정을 잡아야만 했다. 더구나 추수는 어린 아기까지 안고 가야 하므로 발걸음이 더딜 수밖에 없었다.

산 너머 산이 있고, 그 산 너머 또 산이 나타났다. 빽빽한 밀림은 하늘을 온통 가리고 있어 대낮인데도 어둠침침했다. 해를 더 많이 받기 위해 서로 경쟁하듯 꼿꼿하게 수직으로 뻗어 올라간 침엽수들 때문에, 그 밑에는 잡풀들이 자라지 않아 오히려 걷기에 좋았다. 침엽수 낙엽이 켜켜로 쌓여 푹신했고, 어른 팔로 두세 아름씩은 충분히 되는 나무들 사이로 바람도 제법 불어왔다.

중화참은 미리 준비해 온 주먹밥으로 해결하고, 저녁은 추수가 활을 쏘아 잡은 산토끼를 모닥불에 구워 먹었다. 깊은 산속에는 동굴도 많아서 하룻밤 숙소로 모자람이 없었다.

"호랑이 굴 아닐까요? 잠자는데 호랑이라도 들어오면 어쩌죠?"

하가촌 무술도장에서부터 함께 따라온 동자 명선은 산속이 무척 낯설었으므로 겁부터 잔뜩 집어먹은 얼굴이었다.

"허허헛! 호랑이가 무섭냐, 사람이 무섭냐?"

을두미가 명선에게 물었다.

"그야 물론 호랑이지요."

"그래, 추수 네 생각은 어떠하냐?"

"호랑이는 함부로 사람을 해치지 않지만, 사람은 전쟁터에서 함부로 상대를 죽입니다. 배가 부르면 호랑이는 오히려 사람을 피하지만, 사람의 욕심에는 끝이 없지요. 그런 점에서 저는 사람이 더 무섭습니다."

추수의 말에 을두미가 빙그레 웃었다. 명선이 옆에서 동그랗게 눈을 뜨고 그런 둘을 바라보았다.

동굴에서 하룻밤을 자고 다음 날 새벽 일찌감치 출발해 지루하게 산길을 헤맨 끝에, 오후 늦은 석양 무렵에야 말갈족이 사는 사냥꾼 마을에 도착했다. 전에 을두미가 도를 닦던 초당은 사냥꾼 마을에서도 한참 더 깊은 산속으로 들어가야 했다. 그래서 일단 사냥꾼 마을에서 다시 하룻밤을 지낸 뒤 초당을 향해 떠났다.

추수는 사냥꾼 마을에서 태어났으므로, 그곳에는 아직도 어려서부터 알던 아주머니가 살고 있었다. 그는 아기를 일단 아주머니에게 맡기고 스승 을두미를 따라나섰다. 젖먹이 아기를 보자 측은지심이 발동했던 그 아주머니는 자신이 한번 맡아 길러보겠다고 자원했던 것이다.

을두미가 추수와 동자를 대동하고 초당에 도착한 것은 해가 머리 위에서 이글거리는 정오쯤이었다. 초당은 그대로 있었으나, 그동안 사람이 살지 않아 거의 지붕이 무너져 내릴 정도로 엉망이었다. 억새로 엮어 얹은 지붕은 썩어서 무성한 잡초만 머리에 이고 있었다. 잡초 사이로 군데군데 버섯도 자라나고 있는 것이 보였다.

초당에서 바라다보이는 절벽의 폭포수는 우렁찬 물소리와 함께 쏟아져 내리고 있었다. 절벽에 부딪쳐 일어나는 흰 포말은 햇빛에 반사되어 무지개 색으로 영롱하게 빛났고, 그 아래 웅덩이에서는 물보라가 안개처럼 피어오르고 있었다.

"인위人爲는 썩었어도 무위자연無爲自然은 변함이 없구나."

을두미가 초당 마당에서 폭포수 줄기를 바라다보며 혼잣소리처럼 중얼거렸다.

중화참을 먹고 나서 추수가 을두미에게 말했다.

"사부님, 저 폭포수 아래 나무 그늘에 가셔서 한숨 주무시지요. 제가 명선이와 함께 초당을 정리해 놓겠습니다."

"너무 무리하지는 말거라. 우선 비나 피할 정도면 될 테니, 나머지는 지내면서 천천히 보수를 하자꾸나. 나는 잠시 이 주변을 돌아보고 오마. 그동안 내 친구들이 잘 있는지 모르겠다."

을두미는 초당을 나섰다. 그가 친구들이라고 말하는 것은 당연히 자연의 것들일 터였다.

그날 석양이 노루꼬리만큼 남았을 무렵, 추수와 명선은 초당 보수를 끝내고 폭포수 아래 웅덩이에 내려가 목욕을 했다. 그들이 막 목욕을 마치고 났을 때, 을두미가 칡넝쿨로 얼기설기 엮어 임시로 만든 망태에 더덕과 버섯을 가득 담아 어깨에 메고 내려왔다. 빨갛게 익은 개복숭아도 여러 개 들어 있었다.

"저녁거리는 이것으로 충분하겠다. 마침 소나무 숲속에 꽃송이가 한창이더구나. 송이는 아직 일러 보이지 않았으나, 나무 그루터기에 꽃송이가 피어 있어 반갑더군. 가을철에 나는 송이만은 못하나 아쉬운 대로 먹을 만하니 씻어서 초막으로 가져가거라. 나도 여기서 목욕을 좀 하고 가야겠다. 땀을 흘렸더니 옷에서 쉰내가 나는구나."

을두미는 추수와 명선을 초당으로 올려 보내고, 옷을 벗고 웅덩이에 들어가 더위를 식혔다. 한여름인데도 물은 이가 딱딱 부딪칠 정도로 차가웠다.

꽃송이버섯을 굽고 더덕을 무쳐서 저녁밥을 대신한 세 사람은 초당 앞마당에 둘러앉았다. 때마침 보름을 향해 가는 배 불룩한 달이 떠올라 초당과 마당을 훤히 비추었다.

"어느 틈에 억새까지 베어다 지붕을 엮었구나."

을두미는 초당 지붕을 올려다보았다.

"내일부터 비가 오면 큰일이잖아요. 그래서 서둘러 지붕부터 고쳤지요."

"마당의 풀은 언제 뽑았느냐? 깨끗이 빗자루 자국까지 남아 있구나."

을두미는 주위를 둘러보았다.

"마당 청소는 명선이가 다 했지요. 참, 명선이란 이름이 좋아 보입니다. 사부님께서 지어주신 것이죠?"

추수가 물었다.

"그래, 지혜가 밝고 착한 사람이 되라고 지어주었지."

"사부님, 이 기회에 제가 데려온 아기 이름도 지어주십시오."

추수는 전부터 부탁하려고 벼르던 것을 비로소 을두미에게 털어놓았다.

"허헛. 그 아이와 인연을 맺은 것은 네 업이다. '업복'이가 어떠하냐? '업이 오히려 복으로 돌아온다'는 뜻이다."

"사부님, 고맙습니다."

추수는 자신도 모르는 사이에 울먹이는 목소리로 변했다.

산속의 밤은 어둠의 깊이를 더해 가고, 동녘에서 떠오른 달이 벌써 초당 지붕 위에 높다랗게 떠 있었다.

2

잔뜩 습기를 머금은 무더운 여름밤이 깊어가고 있었다. 밤의 적막 속에서 강물도 뒤척임을 멈춘 듯 소리 없는 흐름을 지속했다. 시간도 숨을 죽인 채 무거운 침묵으로 일관했다.

잔잔한 수면 위를 서성대던 밤안개가 갑자기 기습해 온 점령군처럼 강안을 가득 채웠다. 안개 속에 갇힌 강마을의 지붕들은 낮아 보였고, 사람들은 일찍 잠자리에 들었는지 불빛조차 보이지 않았다.

문득 강 저쪽에서 노 젓는 소리가 희미하게 들려왔다. 하도 노를 조심스럽게 저어 삐걱거리는 소리보다는 그저 물결이 스치는 듯한 소리만 안개의 여운으로 남았다.

잠시 후 안개 속에서 정체를 드러낸 배에는 삿갓을 눌러쓴 사내 하나가 타고 있었다. 갈대가 무성하게 우거진 강가에 내린 사내는, 삿갓을 배 안에 던져두고 성큼 둑 위로 올라섰다. 그는 주변을 조심스럽게 살피며 적요 속에 잠든 강마을로 접근해 갔다.

안개 속이지만 사내의 동작은 민첩했다. 마을로 들어서자 그는 미리 목적한 집을 향해 재빠르게 움직였다. 마을 뒤안길에는 안개가 사라진 대신 서쪽으로 기운 달빛이 그의 그림자를 따라오고 있었다. 그는 담장 아래 기대서서 눈만 내놓고 검은 복면으로 얼굴을 온통 가렸다. 가볍게 담장을 타넘은 사내는, 안개가 스며들듯 곧바로 그 집 사랑채로 접근했다.

방 안에선 코 고는 소리가 규칙적으로 들려왔다. 그 소리만 듣고서도 깊은 잠에 빠졌다는 사실을 쉽게 알 수 있었다. 방 안에선 약초 냄새가 은은하게 풍겨 왔다. 사내는 살며시 문고리를 당겨 방문을 열고 안으로 몸을 들이밀었다.

뜰 안자락을 먹고 들어온 달빛의 여운이 방 안을 희미하게 밝히고 있었다. 어둠이 차차 눈에 익으면서, 사내는 벽 가장자리에 약초를 갈무리해 둔 봉지들이 걸려 있는 것을 보았다. 그의 눈이 벽에서 방바닥으로 옮겨 가다가 코를 골며 깊은 잠에 떨어진 자에게 가서 멎었다.

품에서 단도를 빼어든 사내는 잠든 자에게 다가가 주저 없이 그의 입을 틀어막고 조용히 일으켜 앉혔다. 그 과감한 동작은 아주 민첩하면서도 나름의 여유가 있었다. 많이 해본 솜씨임에 틀림없었다.

사내는 단도를 상대의 목에 들이댄 채 속삭였다.

"조용히 내 말만 들어라. 네 집에 금덩어리가 있다는 걸 알고 왔다. 조용히 손으로 그 금덩어리가 있는 곳만 가리켜라."

상대는 노인이었다. 그러니 칼을 들이댄 젊은 사내의 완력을 당해 낼 재간이 없었다. 노인은 모든 것을 포기한 채 사내가 시키는 대로 금덩어리가 있는 곳을 손으로 가리켰다. 그곳은 벽장이었다.

"이건 내가 죽이는 게 아니다. 금덩어리가 너를 죽이는 것이다. 금덩어리로 네 입을 막으려고 했다만, 영원히 숨을 쉬지 않게 만들어주는 게 가장 확실하지."

사내는 시간의 여지를 두지 않았다. 바로 단칼에 노인의 목을 그었다.

노인은 반항 한번 제대로 하지 못하고 나무토막처럼 이불 위로 쓰러졌다. 잠시 사지를 버들버들 떨다가 이내 그 동작마저 멈췄다. 엎어진 노인을 바로 뉜 후, 사내는 상대의 코에 귀를 갖다 대고 숨소리가 들리는지 확인하는 여유까지 보였다.

"흥, 사람의 목숨이 이처럼 간단할 수 있다니. 저승에 가서도 금덩어리를 원수로 알거라."

이렇게 속삭인 사내는 방금 전에 노인이 손가락으로 가리킨

광개토태왕 담덕

벽장을 열고 올라갔다. 그러고는 부싯돌을 켜 미리 준비해 간 초에 불을 붙였다. 그는 어렵지 않게 금덩어리를 찾아내 자루에 챙긴 후, 그 즉시 벽장에서 내려와 자리를 떴다.

그런데 사내의 기척이 사라진 후, 죽은 줄 알았던 노인은 참았던 숨을 토해 냈다. 컥, 커억, 소리와 함께 칼이 지나간 목에서 핏덩어리가 솟구쳐 올라왔다. 그는 핏덩어리를 손으로 찍어 안간힘을 쓰며 흰 광목천으로 된 이불 위에 무슨 글자인가를 쓰다가 끝내는 절명하고 말았다.

다음 날 아침, 강변 마을은 발칵 뒤집혔다. 명의로 알려진 노인의 시신을 발견한 것은 그 집 아들이었고, 그는 즉시 관아로 달려가 신고를 했다. 밤새 관청을 지키던 기찰포교가 포졸 둘을 데리고 달려왔다.

"흐음, 이불 위에 피로 쓴 글씨가 있군!"

기찰포교의 눈에도 그 글자는 확연하게 왕王 자와 궁宮 자임을 알 수 있었다. 그는 순간적으로 중대한 사안임을 직감했다.

"며칠 전에 궁궐에서 시녀가 한 명 다녀갔다 들었는데, 아무래도 궁궐과 무슨 관계가 있는 듯합니다."

아직 충격에서 벗어나지 못한 듯, 노인의 아들은 혼이 나간 얼굴이었다. 그런데도 말은 바로 했다.

"이 사실은 누구에게도 발설하지 말게. 알겠는가? 그리고 너희들은 방 안팎을 샅샅이 뒤져 증거가 될 만한 것들을 찾아내

라. 지푸라기 하나라도 의심이 가는 것은 내게 알려야 한다."

기찰포교는 이불 홑청을 뜯어내 증거로 확보하고 나서 포졸 둘에게 지시를 내렸다. 그러고 난 후 그는 사체를 살펴보기 시작했다. 단칼에 목을 그은 것을 보면 전문가의 소행이 분명했다. 반항한 흔적도 없었다.

그런데 벽장 안을 살피던 포졸이 소리쳤다.

"여기 벽장 바닥에 금덩어리 하나가 떨어져 있습니다."

기찰포교는 포졸이 건네주는 금덩어리를 살펴보았다. 귀중한 금덩어리를 하나 벽장 바닥에 떨어뜨려 놓은 것은, 범인이 단순한 도둑질로 위장하려는 수작임을 짐작케 했다. 선입견은 금물이지만, 그는 직감적으로 단순한 강도 사건이 아닌 것만은 분명하다는 느낌을 지울 수 없었다.

"금괴를 노린 도둑놈 소행이군! 그래도 사람을 죽이다니, 잔인하기 이를 데 없는 놈이로다."

기찰포교는 혼잣소리처럼 지껄였다. 그것은 애써 피해자의 가족들을 비롯하여 현장에 있는 사람들 모두가 들으라고 하는 소리였다. 심지어 그는 자신의 수하인 포졸들에게도 과장된 말과 몸짓으로 위장하여, 될 수 있으면 사건의 핵심을 숨기려고 애썼다.

그러나 기찰포교는 명의 노인의 아들로부터 달포 전 궁궐에서 이상한 약첩을 주문해 갔다는 사실을 확인했다. 그는 부친의 의술을 이어받아 처방전에 따라 약첩을 짓는 일을 했으므로, 그 사실을 잘 알고 있었다.

"아버님은 아무 말씀 없이 처방전을 내주며, 반드시 그대로 약첩을 지으라고 해서 그대로 했습니다. 많은 양은 아니지만 약 봉지마다 약간씩 비소 성분이 가미되어 있었습니다. 하루 두 첩씩 스무 첩으로 된 한 재 분량을 지었던 기억이 납니다."

명의 노인 아들의 설명이었다.

"비소 성분이 들어간 약첩을 달여 먹으면 죽지 않습니까?"

기찰포교가 물었다.

"그렇지는 않습니다. 소량이므로 약을 달여 마시는 사람이 크게 느끼지 못할 수도 있습니다. 그러나 비소 성분이 들어간 첩약은 특별한 병이 아닌 사람이 장복을 할 경우 위험할 수도 있습니다."

"그런데도 처방전대로 첩약을 지었단 말이오?"

"특별한 경우, 즉 고치기 힘든 고질병의 경우 비소 성분이 들어간 첩약을 달여 마시면 충격효과로 효험을 볼 수 있습니다. 아버님께서 간혹 비소 성분이 든 처방전을 내려주는 경우가 있어, 궁궐에서도 그런 특별한 약을 필요로 하는 병자가 있나 보다고 생각했습니다."

이 같은 명의 노인 아들 이야기를 들은 기찰포교는 누구에게도 그 사실을 함부로 발설하지 말라고 단단히 이른 후 그 자리를 떴다.

그날 관청으로 돌아온 기찰포교는 사건이 일어난 압록강 인근 마을들뿐만 아니라, 강 건너 마을들까지 포졸들을 풀어 혐의자를 찾도록 했다. 또한 국내성 내에도 비밀리에 장사꾼으로 위장한 포졸들을 풀어, 금괴를 취급하는 대상들에서부터 장물아비에 이르기까지 철저하게 탐문하라는 지시를 내렸다.

며칠 후 덜미가 잡힌 수상한 자가 있었는데, 사건이 난 마을의 강 건너편에서 뱃사공들과 짜고 나룻배로 오가는 장사꾼들을 등쳐 먹고사는 모리배들 중 하나였다. 이른바 통행세를 걷는다는 명목으로 푼돈을 받아 챙기거나, 가끔 낯선 장사꾼들의 주머니를 노리며 좀도둑 행세를 하는 왈짜패 우두머리였다.

기찰포교가 나루터에 나가 행상들의 봇짐을 뒤지는데, 사건 현장에서 발견된 것과 똑같은 모양의 금괴가 나왔다. 그 행상을 엄히 추궁했더니 예의 그 왈짜패 우두머리를 지목했다. 금괴를 시가보다 싸게 넘기면서 은화로 바꾸어 달라고 해서, 장사꾼은 강압에 못 이겨 그렇게 했다는 것이다.

'바로 그놈이다.'

기찰포교는 포졸들을 닦달하여 급히 강을 건너가 다짜고짜 그 왈짜패의 우두머리를 잡아들였다. 그는 너구리라는 별명을 가진 자로, 이름이 방추였다. 매에는 장사가 없는 법, 그 사내는 곤장 수십 대에 그만 혼절하고 말았다.

방추는 무조건 불겠으니 살려달라고 기찰포교에게 싹싹 빌었다.

"네 이놈! 그 집에 금괴가 있는 걸 어찌 알았느냐?"

일단 매로 다스린 후 기찰포교의 신문이 시작되었다. 한 번 터진 입이므로 방추는 술술 지껄여댔다.

"지체 높으신 대갓집 집사 어른이 알려주었습니다."

"이놈이 아직 매를 덜 맞은 모양이로구나. 바른대로 이실직고할 때까지 매우 쳐라. 지체가 높다니? 직급을 대란 말이다. 집사 이름도 모르느냐?"

기찰포교의 명이 떨어지기 무섭게 방추의 엉덩판에 곤장이 사정없이 떨어졌다.

죽는 시늉을 하던 방추의 입에서 흘러나온 것은 국상 명림수부였다. 그 순간 기찰포교는 잘못 들은 것은 아닌가, 자신의 귀를 의심했다.

그러나 죽은 자가 혈서로 쓴 글자의 암시도 그렇거니와, 이 사건이 국상과 관계가 있다는 사실에 기찰포교는 더럭 겁부터 났다. 더 이상 신문을 했다가는 만천하에 비밀이 드러날 것 같아 일단 방추를 다시 하옥시켰다.

기찰포교는 사안의 중요성을 인식하고, 방추의 입을 단단히 봉할 필요가 있다고 생각했다.

"지금 네놈이 뱉은 말을 차후 그 누구에게도 발설해선 안 된다. 네놈 입에서 두 번 다시 그 말이 나오는 날이 네 제삿날인 줄 알아라."

국상 명림수부가 관련되어 있다면 필시 궁궐의 왕후와 직결되는 사건임을 기찰포교는 모르지 않았다. 임신이 되지 않는 약첩이라면 그것의 용처가 어디인지도 짐작이 갔다. 동궁빈의 왕손 출산 문제를 두고 연나부 세력이 음모를 꾸미고 있음이 분명했던 것이다. 그러나 그는 국상과 왕후가 연계된 살인사건을 다룰 자신이 없었다. 그가 사건의 전모를 파헤치기엔 혐의자들의 직급이나 권력이 너무 벅차서, 어디에서부터 어떻게 실마리를 풀어나가야 할지 감조차 잡히지 않았다.

그날 저녁, 기찰포교는 만일을 몰라 명의 노인이 혈서로 쓴 이불 홑청을 둘둘 말아 일단 집으로 가져다 숨겼다. 갑자기 증거물이 사라질 염려도 있었고, 누군가 다른 사람이 그 글자를 알아볼 경우 자칫 사건이 미궁으로 빠질 수도 있다는 생각 때문이었다.

노파심에 신문할 때 참여했던 포졸이나 옥졸들에게도 단단히 입단속을 시키긴 했으나, 너무나 엄청난 사건이라 언제 세간에 그 소문이 퍼져 나갈지 모를 일이었다. 그렇다고 확실하게 범인의 배후가 밝혀진 것도 아니어서 정확한 진상이 밝혀지기 전까지는 상부에 보고할 수도 없었다.

'이제 나는 죽었구나.'

기찰포교는 꼬박 뜬눈으로 밤을 지새운 후 고민 끝에 단단히 결심을 굳혔다. 사건 진상을 글로 써서 증거물과 함께 비밀 장소에 갈무리해 둔 후, 그는 새벽같이 말을 타고 성안으로 달려가 국상 명림수부를 만나보기로 했다. 이래 죽으나 저래 죽으나 마찬가지니, 국상의 입을 통하여 사건의 내막이나 알고 싶다는 직업적 유혹을 그는 뿌리칠 수 없었다. 더구나 그것만이 그가 살 수 있는 유일한 길이라고 생각했다.

국상 명림수부의 저택을 찾아간 기찰포교는 먼저 집사와 대면하게 되었다. 그는 집사에게 사건 내막을 이야기하고, 범인 방추가 이미 실토를 했다고 말했다. 따라서 너무 중요한 사안이라 이 사건을 대체 어떻게 처리해야 할지 몰라, 국상을 만나 뵙고 의논하는 것이 순서라 여겨 찾아왔노라고 솔직하게 털어놓았다.

"나는 전혀 모르는 일이오. 내가 모르는 일이니, 국상 어른께옵서도 그 일과는 아무런 상관이 없을 것이오. 그리 알고 물러가시오."

집사는 기찰포교를 거칠게 문밖으로 밀어내고 대문을 소리 나게 쾅 닫아버렸다.

문전박대를 당한 기찰포교는 머리끝이 쭈뼛해졌다. 이제는 죽는 길밖에 없겠구나 싶었다. 그는 말을 타고 전속력으로 달려 관청이 아닌 집으로 향했다.

기찰포교는 간밤에 잠 한숨 자지 않고 사건의 내막을 글로 정리해 갈무리한 두루마리와, 증거물로 챙겨둔 둘둘 만 이불 홑청을 찾아 보자기에 쌌다. 그는 보자기를 들고 숨 돌릴 사이도 없이 말을 달려 동생이 무술 공부를 하는 깊은 산속의 도장을 찾아갔다.

"너 똑똑히 들어라! 나는 이제 죽을지도 모른다. 만약 내가 죽거든 너는 이것을 어떤 방법으로든 왕태제 전하께 전해야 한다. 이것은 이런 왕태제만이 해결할 수 있는 아주 중요한 사건이다. 만약을 모르니 너도 이것을 숨겨 가지고 당분간 안전한 곳으로 피신해 있는 것이 좋을 것이다."

동생이 뭐라고 물었지만 기찰포교는 더 이상 시간을 지체할 수 없다고 말하고, 다시 관청을 향해 말을 달렸다. 갈대숲이 우거진 강변길은 평탄해서 말을 전속력으로 달릴 수 있었다. 그의 얼굴에선 땀이 비오듯 했고, 말발굽 뒤로 자욱한 먼지가 구름처럼 일어났다.

그런데 기찰포교가 막 지나간 갈대숲에서 불쑥 일어서는 사내가 있었다. 그는 잽싸게 강궁에 화살을 메겨 달리는 말을 향해 시위를 당겼다.

화살은 기찰포교의 등에 가서 정확하게 꽂혔다. 그는 말에서 떨어져 흙먼지를 뒤집어쓴 채 나뒹굴었다. 어느 사이 그 인근의 갈대숲에서 쇠갈고리가 나와 그의 등을 찍어 끌어당겼다. 깜짝 놀란 말만 주인을 잃은 채 저 혼자 들판을 헤맬 뿐, 강가에선 아무 일도 없었던 것처럼 한여름의 땡볕만 메마른 흙길 위로 부서져 내리고 있었다.

뒤에서 기찰포교를 향해 화살을 쏜 자나 쇠갈고리로 끌어잡아당긴 자나, 모두 갈대숲 속으로 몸을 숨긴 후 종적을 감추었다. 며칠이 지난 후 까마귀들이 몰려들어 시체 하나를 가지고 서로 다투는 것을 한 어부가 발견하고 관아에 신고했다. 까마귀들이 눈과 얼굴을 파먹어 누구의 시신인지 분간할 수 없었으나, 옷을 보고서야 며칠 전에 어디론가 사라진 기찰포교임이 밝혀졌다.

한편 감옥에 갇혀 있던 방추는 기찰포교가 죽던 날 저녁에 무엇을 잘못 먹었는지 배를 움켜쥐고 데굴데굴 구르다가 그대로 즉사했다. 의원이 와서 시신을 살폈으나, 급체라고만 할 뿐 정확한 사인은 밝혀지지 않은 채 곧바로 매장되었다.

3

한 떼의 군마가 국내성 동문을 빠져나왔다. 왕태제 이련이 이끄는 군사들이었는데, 모두들 간편 복장이었다. 군사 행렬 가운데 말 두 마리가 끄는 빈 수레도 있었다.

이련은 수하의 졸개들을 이끌고 스승 을두미를 모셔 오기 위해 나선 길이었다. 얼마 전 하가촌에서 장인 하대용이 보낸 서찰을 통하여, 을두미가 도장을 떠나 어디론가 사라졌다는 소식을 접했다. 그런데 이련이 그동안 스승을 모시러 가는 것을 차일피일 미루게 된 것은, 바로 왕후가 동궁전으로 보낸 약첩 때문이었다.

동궁빈은 왕태제 이련에게 왕후가 보낸 약첩에 대해 철저하게 숨기고 있었다. 그러나 동궁전 뜰에서 매일 탕약 달이는 냄새가 났고, 어느 날 그가 불쑥 동궁빈 처소에 들어섰더니 그렇게 정성 들인 탕약을 마시지 않았다. 가만히 살펴보니 길례가 몰래 호리병에 담아 다시 밖에 내다 쏟아버리는 것이었다.

이상하게 여긴 이련은 동궁빈에게 그 연유를 물었다. 처음에 동궁빈은 말을 하지 않으려고 했다. 그래서 더욱 해괴하게 생각한 그는 동궁빈을 다그치지 않을 수 없었다. 그때서야 동궁빈은 절대 비밀로 해야 한다면서 저간의 사정을 들려주었다.

약첩에 미미하지만 독이 들어 있는 것 같다는 이야기를 들은 이련은 부르르 몸을 떨었다. 분노보다 앞선 것은 두려움이었다. 왕후를 둘러싼 연나부 세력의 무서운 음모가 거기 숨어 있다고 판단한 것이었다. 그는 동궁빈에게 매사에 조심하라 이르고, 왕후가 보낸 약첩을 달여 탕약을 잘 마시고 있는 듯 위장한 것은 매우 잘한 일이라고 말했다.

그런 사실을 알게 된 왕태제는 왕후전을 찾아가 동궁빈에게 몸에 좋은 약첩을 보낸 것에 대하여 고맙다는 인사를 올렸다. 그는 그러면서 은근슬쩍 왕후의 안색을 살폈다.

왕후는 뜻밖에도 자신을 방문한 왕태제에게 은근히 경계하는 눈빛을 보냈다. 그러나 이련은 태연을 가장하여 만면에 웃음을 머금은 채, 동궁빈이 탕약을 마시고 나서 더욱 몸이 좋아진 것 같다고 말했다.

바로 그때 대왕 구부가 왕후전으로 들어섰다. 이련은 일어서서 예를 갖추며 방금 왕후에게 말한 내용을 그대로 다시 한번 반복하며 고맙다는 인사를 표했다. 대왕은 왕후의 너그러운 마음씨에 감동한 나머지, 내명부의 어른으로서 아주 잘한 일이라고 칭찬을 아끼지 않았다. 그 소리까지 듣자 왕후의 얼굴이 진홍색으로 달아올랐다. 이련은 그 모든 기미를 놓치지 않고 보았다.

그러고 나서 며칠 후, 하가촌에서 하대용이 사람을 보내 왔던 것이다. 왕태제 이련에게 서찰 한 통을, 동궁빈에게는 몸을 보하는 좋은 약재를 전했다. 서찰에는 스승 을두미가 어느 날 말도 없이 간단한 서찰 한 통만 남기고 하가촌 도장을 떠났다는 사실과, 아울러 곁들여 보내는 약재를 복용하고 동궁빈이 아기씨를 잉태하기를 기원한다는 내용만 간략하게 적혀 있었다.

동궁빈은 스승 을두미가 하가촌 도장에서 자취를 감추었다면 필시 전에 도를 닦던 개마고원 어딘가에 있는 초막으로 돌아갔을 것이라고 이련에게 귀띔을 주었다. 그곳은 추수가 태어난 고향으로 말갈족이 거주하는 사냥꾼 마을이란 얘기만 들었다고 했다.

그렇지 않아도 진작부터 왕태제는 스승 을두미를 국내성으로 모셔 오겠다고 하가촌 행차를 준비하고 있었는데, 왕후가 동궁빈에게 약첩을 보낸 사건을 접하면서 마음이 잡히지 않아 차일피일 미루고 있었던 것이다. 그는 동궁빈에게 만사에 조심하라 이르고, 마침내 군마 30여 기를 거느리고 하가촌을 향해 출발했다. 개마고원의 말갈족이 사는 사냥꾼 마을까지 찾아가려면 겸사겸사 사냥도 할 수 있을 것이라 생각하고 날랜 군사들로 군마를 꾸렸다.

이미 들녘은 가을로 접어들었고, 키를 넘는 수수들이 고개를 숙인 채 온몸으로 햇살을 받고 있었다. 수수의 알곡들이 단단하게 여물어 가는 소리가 반짝이는 햇살에서 들려오고 있는 듯했다.

강둑길 왼쪽은 온통 수수밭이었고, 농사가 잘된 수수들은 말 위에 높직하게 올라탄 군사들보다도 머리 하나는 더 커 보였다. 그래서 수수밭 저쪽에서 강 쪽을 향해 바라보면, 군사들의 모습은 보이지 않고 오색 깃발들만 펄럭이며 달려가는 듯이 보였다.

그때, 저 앞쪽에 말을 탄 사내 하나가 강둑에 서서 달려오는 군마들을 바라보고 있는 게 눈에 띄었다. 군마들이 가까이 다가오자 그는 말에서 뛰어내려 땅에 무릎을 꿇었다.

"웬 놈이냐?"

선두에 선 군사가 말을 멈추고 땅에 엎드린 사내를 내려다보며 소리쳤다.

"왕태제 전하를 뵙고자 새벽부터 이곳에서 기다리고 있었사옵니다."

사내는 아직 앳된 얼굴의 청년이었다.

"네가 누군데 감히 전하를 뵙자는 것이냐?"

"저는 성 밖 무술도장에서 무예를 익히는 생도이옵니다. 이것을 왕태제 전하께 전해 드리고자 여기서 기다린 것이옵니다."

청년은 벌떡 일어서서 들고 있던 보따리 하나를 군사에게 전했다.

"잠깐 기다려라!"

보따리를 받아든 군사는 말을 되돌려 군마 중간의 수레 앞에 서 있는 왕태제에게로 다가갔다.

"왜 말을 멈추었느냐? 앞에 무슨 일이 있는 것이냐?"

"웬 청년이 이것을 전하께 전해 달라 청하였사옵니다."

"그래? 그럼 여기서 군마들을 잠시 쉬게 하자."

이련은 말에서 내려 보따리를 받아들고 빈 수레 안으로 들어갔다. 직감적으로 무슨 중요한 물건 같아서 군사들에게도 비밀로 해야겠다고 판단한 것이었다.

보따리에서 서찰이 나왔다. 그것을 펴서 읽어본 이련의 얼굴이 금세 새파랗게 질렸다.

'아니, 이럴 수가? 국상조차?'

바로 서찰은 기찰포교가 죽기 전날 밤에 쓴 사건 기록으로, 강변 마을 명의 노인의 의문사를 추적한 내용이 상세하게 담겨져 있었다.

서찰을 쥔 이련의 손이 부들부들 떨렸다. 문득 수레 안으로 들어와 서찰을 펴보기를 잘했다는 생각이 들었다. 그는 떨리는 손으로 보자기에 싼 물건을 풀어보았는데, 피범벅이 되어 말라붙은 이불 홑청에는 기찰포교의 서찰 내용처럼 '왕' 자와 '궁' 자가 확실하게 쓰여 있었다. 아니, 그려져 있다고 해야 할 만큼 그 글씨들은 서툴렀다.

잠시 이련은 머리가 어지러웠다. 자신이 어떤 대책을 강구해야 할지 딱히 떠오르지 않았던 것이다. 이런 때일수록 지혜가 필요한데, 그는 마음만 더욱 조급해질 뿐 머릿속에서 사건조차 제대로 정리되지 않았다.

'침착해야 한다. 그래, 우선 을두미 사부를 만나 이 문제부터 논의해 보는 것이 좋겠어.'

이렇게 결심한 이련은 일단 서찰과 증거물인 이불 홑청을 다시 보자기에 싸서 갈무리한 후 수레에서 나왔다. 그는 굳었던 표정을 푼 채 서찰을 가져온 군사에게 명했다.

"그 청년을 이리 데려오너라."

곧 군사는 청년을 대동하고 이련 앞에 다시 나타났다.

이련은 그 군사를 앞쪽으로 돌려보내 군마의 행렬을 인솔케 하고, 말을 탄 청년과 함께 나란히 보조를 맞추었다.

이련은 서찰과 보따리를 건네준 청년에게 물었다.

"자넨 이름이 무엇인가?"

"소인은 기찰포교의 동생 유청하라 하옵니다. 국내성 밖 도장에서 무술을 연마하고 있사옵니다."

그때 이련은 유청하에게만 들릴 정도의 아주 작은 소리로 다시 물었다.

"자네, 앞으로 며칠간 나와 동행을 해야겠네. 일단 그 사건에 대한 이야기는 아무에게도 하지 말게."

"알겠사옵니다."

"내가 좀 생각할 게 있으니, 자넨 수레 뒤를 따르도록 하게."

"예, 전하!"

유청하는 곧바로 수레 뒤로 가서 행렬에 동참했다.

이련의 군마 행렬은 일단 하가촌에 가서 하룻밤을 묵었다. 그러고 나서 다음 날 아침 하가촌 도장에서 개마고원 지리를 잘 아는 수련생도 몇 명을 수발하여 다시 길을 떠났다. 을두미를 태우고 가기 위해 끌고 온 수레는 일단 하가촌 도장에 맡겨 놓았다.

을두미가 오래전에 도장을 열었던 태백산 기슭의 개마고원 초당을 찾는 것은 그리 어렵지 않았다. 개마고원 곳곳의 깊은 골에는 말갈족 마을이 들어앉아 있었는데, 사냥을 주업으로 삼고 있는 그들에게 물어보면 친절하게 길을 가르쳐주곤 했던 것이다. 말갈은 고구려 속국이었으므로, 추장들이 앞장서서 이런 일행을 안내했다.

고구려 왕태제 이련이 을두미를 찾아왔다는 소문은 삽시간에 말갈족 마을에 퍼졌고, 사냥꾼 마을에 있던 추수에게도 그 소식이 날아들었다. 추수는 왕태제와 맞닥뜨리는 것이 두려웠다. 그래서 그 소문을 듣자마자 초당으로 행하던 발길을 돌려 멀리 깊은 계속으로 숨어버렸다.

"을두미 사부께선 어디를 가셨느냐?"

초당에 남아 있던 동자 명선은 30여 기의 군마들이 들이닥치자 적이 당황했다.

"친구들을 만난다고 산속으로 들어가셨는데, 소인도 거기까지밖에 모르옵니다."

명선은 상대가 왕태제라는 것을 알게 되자 잔뜩 겁부터 집어먹었다.

"이 깊은 산중에 을두미 사부에게 친구가 있었단 말이냐?"

"네! 저, 그것이……."

명선은 왼손을 들어 뒷머리를 쓱쓱 긁으며 매우 난처한 표정을 지었다.

"이놈, 무엄하구나! 왕태제 전하시다. 어서 바른대로 대지 못할까?"

이련 옆에 섰던 군관 하나가 호통을 쳤다.

"가만히 있게! 자, 겁먹지 말고 자세히 얘기해 보거라."

"저, 그것이…… 사실은, 사부님 친구들은 다름이 아니오라 삼·더덕·버섯·개복숭아·머루·다래 들을……."

명선이 한참 읊어대고 있는데, 군관이 다시 호통을 쳤다.

"이놈이 그래도? 어서 똑바로 대지 못할까?"

다시 명선이 겁에 질려 입을 다물었다.

"됐다. 충분히 사부께서 친구로 삼을 만한 생물들이 아니더냐?"

이련은 빙그레 웃음을 머금었다.

사부 을두미의 얼굴을 떠올리며 한참 고개를 끄덕이던 이련은 곧 군사들로 하여금 초당 근처 숲속에 군막을 치게 했다. 그러고 나서 그날 군사들이 사냥을 해온 사슴과 멧돼지 등을 모닥불에 구워 포식을 시키고, 모두들 충분한 휴식을 취하게 했다.

을두미가 돌아온 것은 그날 저녁 석양 무렵이었다.

초당 안으로 들어섰을 때, 이련은 사부에게 깍듯이 예를 올려 절을 했다. 그러자 을두미가 얼른 맞절을 하며 당황한 얼굴로 말했다.

"왕태제 전하, 이러시면 아니 되옵니다."

"저는 사부님의 제자입니다. 제자가 스승을 예로 받드는 것은 법도에 어긋나지 않습니다."

"하지만 왕태제 전하께선 이 나라의 왕통을 이어가실 분입니다. 지체가 다르온데 어찌……?"

을두미는 감히 일어서지도 앉지도 못한 채 엉거주춤한 자세를 취하고 있었다.

"괘념치 마시고 편히 앉으시지요, 사부님! 긴히 상의 드릴 일이 있습니다."

왕태제 이련은 먼저 편히 앉아 스승을 재촉했다.

"그 이야기라면 천천히 하시지요."

그때서야 을두미도 평소 하던 대로 가부좌를 틀고 앉았다. 그는 이련이 하려는 이야기가 국내성으로 함께 가자는 것인 줄 알고 그렇게 말했던 것이다.

"그보다 더 다급한 일이 있습니다. 사부님의 지혜를 빌리지 않으면 해결할 수 없는 문제입니다."

이련은 초당 밖에 대기하고 있는 유청하를 들게 했다. 그의 손에는 보따리가 들려 있었다.

"혹시 궁궐에 무슨 일이?"

"예, 맞습니다. 그 보따리를 풀어보게."

이련은 을두미의 물음에 답하고, 시선을 유청하에게 돌렸다.

유청하는 보따리를 끌렀다. 거기서 문제의 서찰과 혈서가 쓰여 있는 이불 홑청이 나왔다.

을두미는 가만히 보따리 속에서 나온 것들을 살펴보고 있었다.

그때 이련이 궁궐에서 왕후와 동궁빈 사이에 있었던 약첩 이야기와, 아울러 그 이후 국내성 밖 강변마을에서 일어난 명의노인 살인 사건에 대해 들려주었다. 그리고 나서 그 사건을 맡았던 기찰포교가 그의 동생 유청하에게 사건 기록 두루마리와 증거물을 함께 전해 준 이야기며, 그 며칠 후 기찰포교가 압록강 인근 갈대숲에서 변사체로 발견된 이야기 등등을 가감 없이 털어놓았다.

"진작 사부님을 찾아뵈려 했으나, 그런 일 때문에 차일피일 미루다 이제야 뵙게 된 것입니다."

이련의 말을 다 듣고 난 을두미는 아무 말 없이 한동안 고개만 주억거리고 있었다. 초당 안에는 긴장감 어린 침묵이 흘렀다.

이련이 유청하를 밖으로 내보내자 이윽고 을두미가 입을 열었다.

"흐음…… 그동안 왕태제 전하와 동궁빈 전하께서 마음고

생이 심하셨겠군요. 신대왕 때 명림씨가 국상이 된 이후 무려 2백여 년간 연나부가 득세를 하더니, 이제는 고구려 왕실까지도 농락하려고 드는군요. 이는 반역죄에 해당합니다. 자칫하면 고구려의 귀한 왕손까지 끊길 뻔하지 않았습니까?"

늘 침착한 을두미였지만, 그의 목소리에서는 어떤 결기 같은 것이 느껴지기까지 했다. 그는 제자인 연화를, 아니 이제는 고구려 왕손을 낳을 막중한 임무가 주어진 동궁빈을 생각하자 애써 참으려고 해도 가슴 저 밑바닥에서부터 치밀어 오르는 노여움을 좀처럼 누그러뜨릴 수가 없었다.

"지금 국상 명림수부의 세력은 강합니다. 형님이신 대왕 폐하께서도 함부로 다룰 수 없을 만큼 연나부 세력은 단단히 결집되어 있습니다. 지금 대왕 폐하께서는 백성들의 삶을 살피면서 불교를 받아들이고, 태학을 설립하는 등 일대 개혁을 추진하고 있습니다. 그런데 사사건건 발목을 잡는 것이 연나부 세력입니다."

이련은 어떻게 해서든지 을두미의 마음을 돌려 함께 국내성으로 돌아갈 결심을 굳혔다. 그래서 태학박사로 모셔 가겠다는 말보다 먼저 왕후와 동궁빈이 관련된 모종의 음모 사건에 대하여 밝힌 것이었다.

동궁빈이 되기 이전에 연화는 을두미의 수제자였다. 특히 을두미는 하가촌의 대상 하대용의 딸 연화를 끔찍이 아껴왔다는 사실을 잘 알기에, 이련은 우선 인간적인 정에 호소하는 것이 좋겠다고 생각했던 것이다.

"흠, 동궁빈 전하께서 왕후 전하가 놓은 덫을 지혜롭게 피해 간 것은 참으로 다행스러운 일입니다. 하지만 국상이 벌인 짓이 조만간 국내성에 피바람을 불러오게 생겼어요. 동궁빈 전하의 처지도 더욱 곤란하게 되었고……."

을두미의 표정은 매우 침통했다.

"그렇습니다. 사부님의 지혜가 필요합니다. 내일 바로 저와 함께 국내성으로 떠나시지요. 동궁빈에게 매사 조심하라 일렀지만, 국내성 분위기가 어떻게 돌아갈지 몰라 한시도 마음이 놓이지 않습니다. 동궁빈 주변에는 왕후가 심어놓은 시녀들이 시시때때로 감시의 눈초리를 보내고 있을 것입니다. 그런 동궁빈의 안전을 생각해서라도 어서 돌아가야 합니다."

이련은 계속해서 동궁빈의 안전을 입에 올렸다.

"허허, 이를 어찌한다?"

을두미는 초당의 천장을 한동안 올려다보고 있었다.

"사부님, 오늘 밤은 편히 쉬시지요. 내일 아침에 함께 떠나시는 걸로 알겠습니다."

이련은 스승의 대답도 듣지 않고 서둘러 초당에서 나왔다. 혹시 을두미가 거절의 뜻을 표할지도 몰라 두려운 마음이 앞섰던 것이다.

다음 날 아침, 이련은 을두미와 함께 초막을 떠나 국내성으로 향했다. 하지만 그때까지도 추수는 끝내 나타나지 않았다. 그러나 이제 을두미가 명선까지 데리고 떠났으므로, 초막을 지키는 일은 그의 차지가 되었다.

4

깊은 밤, 침전의 황촉불이 지글거리며 타들어가고 있었다. 늦은 시각인데도 고구려 대왕 구부는 혼자 술잔을 앞에 놓고 깊은 시름에 잠겨 있었다.

"폐하! 이제 침소에 드시지요"

지밀상궁이 조심스럽게 다가와 대왕에게 아뢰었다.

"혼자 있고 싶으니, 나가 있으라."

대왕은 늘 곁을 지키는 지밀상궁이 옆에 있는 것조차 신경에 거슬렸다. 그는 또 자작으로 술잔을 기울였다.

며칠 전 을두미와 함께 국내성으로 돌아온 이련이 비밀리에 알현을 청했다. 그가 왕후와 국상에 관한 저간의 사건들을 털어놓았을 때 대왕 구부는 큰 충격을 받았다.

처음에 대왕은 왕태제 이련의 말을 도무지 믿을 수가 없었다. 그러나 기찰포교가 썼다는 기록과 명의 노인의 혈서가 쓰인 이불 홑청까지 증거물로 확보된 마당이니, 믿지 않을 도리가 없었다. 이미 사건은 되돌릴 수 없는 상황으로까지 확대되어 버린 것이다.

문제는 사건의 배후에 왕후와 국상이 있다는 것이었다. 믿는 도끼에 발등 찍힌다고. 배후 인물이 자신의 최측근이라는 사실에 대왕 구부는 심한 배신감을 느꼈다. 뱃속으로부터 부글부글 끓어오르는 분노를 그는 억지로 가라앉혔다. 충동적인 분노는 사건을 해결해 주는 것이 아니라, 더 큰 사건으로 비화될 우려가 있다는 것을 모르지 않았다.

며칠 동안 장고를 거듭했으나, 대왕은 도무지 해결 방법이 떠오르지 않았다. 어찌하면 더 큰 분란을 일으키지 않고 사건을 슬기롭게 해결할 수 있을까. 고민하던 끝에 그는 다시 왕태제를 불러들이기로 했다.

다음 날 아침 일찍 대왕은 이련과 마주 앉았다. 그는 형제끼리 단둘이서만 비밀스런 이야기를 나누어야 한다고 판단하고, 내관이나 상궁들이 일체 편전 문 앞에 얼쩡거리지 못하게 했다.

대왕 구부가 먼저 입을 열었다.

"을두미 선생은 어찌하고 계시느냐?"

"일단 숙소를 동궁 뒤편, 순도 대사와 석정 대사가 머무는 객사에 마련토록 했사옵니다. 을두미 사부께선 불교에 대해서도 관심이 참 많으십니다."

"그것 참 잘된 일이로구나. 을두미 선생도 그 일에 대해서 알고 있다 했겠다?"

대왕이 '그 일'이라고 말하는 순간, 이련은 바로 알아들었다.

"예, 하도 중차대한 일이라, 지혜를 얻고자 사건 전반에 대해 설명을 드린 바 있사옵니다."

"그래, 간밤에 곰곰이 생각한 끝에 을두미 선생의 지혜가 필요한 때라고 판단했다. 어서 가서 선생을 모시고 오너라."

이련은 편전에서 나와 을두미를 만나러 갔다.

때마침 을두미는 석정과 담소를 나누고 있었다. 두 사람은 유교와 불교로 각기 다른 길을 가고 있으나 마음만은 서로 통하는 바가 많았다. 처음 만나자마자 오랜 지기처럼 가까워졌다. 물론 을두미가 석정보다 열 살이 많았지만, 그래도 학문을 논하는 자리에서 나이 차이가 벽이 될 수 없었다. 학문이나 종교는 출발이 다르지만 궁극에 가서는 한 지점에서 만나는 것이었다.

"고구려의 미래가 을두미 선생께 달렸군요!"

무슨 이야기 끝에 나온 것인지는 알 수 없으나 이련이 두 사람에게 다가갔을 때 석정의 말이 그랬다. 그는 말끝에 껄껄껄 호탕하게 웃었다.

"두 분께서 그림이 아주 좋으십니다. 무슨 재미있는 이야기를 나누고 계셨기에 그리 호탕하게 웃으시는지……."

이련의 말에 석정이 빙그레 웃으며 말했다.

"호랑이도 제 말 하면 온다 하더니, 옛말이 그른 법 없는 모양입니다. 방금 을두미 선생과 왕태제 전하 이야기를 하고 있었습니다."

"그래요?"

"헌데 동궁빈 전하께서 말씀하시길, 아침 일찍 대왕 폐하의 부름을 받으셨다 들었는데……."

을두미가 이련을 바라보았다.

"폐하께서 사부님을 급히 찾으십니다. 가시지요."

이련의 말에 을두미가 천천히 고개를 끄덕이고는 마침내 그의 뒤를 따라 일어섰다.

"구만리장천에서 천둥소리 들리니, 곧 이 땅에도 폭풍우가 한바탕 쏟아지겠구나!"

이련과 을두미가 편전을 향해 걸어가는 뒷모습을 바라보며, 석정은 저 혼자 뜻 모를 소리를 지껄였다.

편전에는 대왕 구부가 홀로 앉아 있었다.

"어서 오시오. 을두미 선생!"

대왕은 을두미를 반갑게 맞았다.

을두미가 예의를 갖추려고 하자, 대왕은 손사래를 치며 급히 용상에서 내려와 두 사람 가까이 다가왔다.

"폐하! 이러시면 아니 되옵니다."

을두미가 당황하여 격식을 차리려고 자세를 바꾸었다.

"아니, 그렇지 않소. 오늘은 을두미 선생과 허심탄회하게 이야기를 하고 싶소. 격식 같은 것은 무시해도 좋소. 진정으로 선생의 지혜를 빌리고 싶은 마음뿐이오. 그러니 편히 하시오."

"하오면……."

"편전 문 앞에 누구도 얼씬하지 못하도록 내관에게 단단히 일렀으니, 우리 허심탄회하게 이야기를 나누어봅시다."

대왕의 얼굴은 진지해졌다.

"폐하, 말씀하시지요."

잠시 당황한 눈빛이던 을두미의 얼굴은 곧 안정을 되찾아 편안해 보였다.

"왕후와 국상에 관한 얘기요. 이미 을두미 선생께서 그 사건에 대해 잘 알고 있다 들었소. 짐이 어찌해야 이 난국을 극복할 수 있을지 선생의 고견을 듣고 싶소이다."

대왕의 말에 을두미는 잠시 눈을 감은 채 생각에 잠기는 듯했다. 그러다가 번쩍 눈을 뜨고 말했다.

"폐하, 장자莊子에 나오는 목계木鷄 이야기를 알고 계시는지요?"

"어디선가 들은 듯하지만, 잘은 모르겠소."

"싸움을 잘하는 닭은, 적수를 만났을 때 벼슬과 털을 곤두세우고 투지에 불타 상대에게 잔뜩 위압감을 주는 닭이 아니옵니

광개토태왕 담덕

다. 나무로 만든 닭처럼 아무런 표정이 없고 태도에도 시종일
관 변함이 없어야 하옵니다. 그런 닭 앞에는 어떤 싸움닭도 감
히 무서워 달려들 엄두를 내지 못하는 법이지요."

을두미는 잠시 말을 멈추고 대왕의 반응을 살폈다.

"그래서 어찌하란 뜻이오?"

"목계가 되십시오."

을두미는 단호하게 말했다.

"구체적으로 어떤 목계가 되라는 것이오?"

"감정에 흔들리지 마시라는 뜻이옵니다."

"무슨 말인지는 알겠소. 그런다고 사건을 해결할 방법이 나
오는 건 아니질 않소? 그것이 답답할 뿐이오."

대왕은 말끝에 한숨을 토해 냈다.

"이번 사건은 폐하가 개혁정치를 펴는 데 있어 큰 걸림돌이
되고 있음에 틀림없습니다. 악재입니다. 그러나 이 세상 모든
일은 호재만 있는 것이 아니라 악재와 호재가 반복되고, 때론
중첩되면서 발전해 나가는 것이옵니다. 악재가 있기 때문에 그
다음에 호재가 오는 것입니다. 그러므로 악재는 호재로 반전되
는 절호의 기회가 되기도 합니다. 부디 악재를 악재로만 생각
해서 더 큰 화를 부르지 마시옵소서. 악재를 기회로 바꾸시옵
소서. 이미 폐하께서는 평양성 전투의 패배를 고구려가 다시
일어서는 전환의 기회로 삼아 개혁정치를 펼치고 계시옵니다.

이 세상 어떤 일이든 개혁을 하는 데 있어서 반드시 장애물이 나타나고 방해자가 생기는 법이옵니다. 장애물이나 방해자는 당장 눈앞의 가시 같은 존재이긴 하나, 그 국면을 하나하나 극복해 가는 과정에서 새로운 힘을 얻어 개혁에 박차를 가할 수 있게 해주는 계기로도 작용하는 것이옵니다. 폐하께서 이번 일을 슬기롭게 극복하면 더욱 강력한 군주로 떠오를 것이며, 왕권을 강화하여 백성들의 지지와 신망을 얻는 대왕으로 거듭나실 것이옵니다. 이 세상에는 큰 것과 작은 것이 있사옵니다. 그러나 형태로만 크기를 재는 것은 대번에 눈으로 확인할 수 있으나, 형태가 없는 것은 그 크기를 재기가 여간 어렵지 않사옵니다. 소신이 폐하께 목계가 되시라고 하는 진의는, 눈으로 잴 수 없는 큰 것과 작은 것을 마음으로 읽을 수 있어야 한다는 뜻이옵니다. 목계는 싸움을 할 상대의 진면목을 바로 읽을 수 있으며, 보통 수탉의 붉은 벼슬과 성난 목덜미의 털이 엄포를 가장한 허튼짓임을 잘 알고 있습니다. 그것이 바로 투지를 내세운 싸움닭의 약점입니다. 목계는 그런 싸움닭의 약점을 알고 있기에, 나무와 같은 무표정으로 상대가 공격해 오기를 기다립니다. 그러나 이미 기 싸움에서 져버린 싸움닭은 목계 앞에 바로 꼬리를 내리고 그 자리를 떠납니다."

을두미의 구변은 청산유수처럼 흘러나왔다. 물이 높은 곳에서 아래로 흐르고, 그 밑바닥의 지형과 지세에 따라 출렁이기도 하고 방향을 틀기도 하며 자연스레 물줄기를 이루는 것과 같았다.

"무슨 뜻인지 알겠소. 감정에 흔들리지 않고 냉정하게 사건을 해결하라는 뜻이 아니겠소?"

"대왕 폐하! 이번 사건은 폐하께서 직접 관여하실 일이 아닙니다. 대신들에게 공론화하여 사건의 진상을 밝히도록 하되, 그저 목계처럼 감정의 흔들림 없이 바라보기만 하소서. 형벌은 대신들이 내리되, 폐하는 최종으로 선언만 하시면 됩니다. 폐하께서 꿈꾸는 고구려의 개혁정치는 정의구현에 있질 않사옵니까? 부디 이번 사건을 통하여 대신들이 정의 가운데 바로 서는 본보기가 되는 계기로 삼으소서."

을두미의 말에, 대왕 구부는 그 논리 정연함에 있어 한 치의 어긋남도 없다고 생각했다.

다음 날 조회 때, 대왕 구부는 대신들 앞에 기찰포교가 남긴 서찰과 명의 노인 살해 증거물을 내놓았다.

"이 서찰과 증거물이 짐에게 들어온 과정은 묻지 마시오. 제신들은 어찌 된 사건인지 제대로 밝히고, 사건에 연루된 자들은 지위 고하를 막론하고 잡아들여 엄단토록 하시오."

서찰의 내용이 밝혀지자 조정은 발칵 뒤집혔다. 서찰에는 직접 국상 명림수부를 거론하고 있을 뿐만 아니라, 왕후까지도 연루된 것으로 나와 있었기 때문이다.

조회에 참여한 국상 명림수부에게로 대신들의 눈길이 모두 쏠렸다.

"어찌 된 일이오? 국상께서 직접 사건의 진상을 밝혀보시오."

"이건 누군가의 모함이오. 나는 그런 지시를 내린 사실이 없소이다."

명림수부는 단 한 마디로 자신의 혐의를 부인했다.

"고구려의 형벌은 지엄하오. 관계자를 모두 소환하여 사실이 밝혀질 때까지 국문토록 하시오. 짐은 이 사건에 끝까지 중립을 지킬 것이오. 부디 진범을 찾아내 고구려의 형법이 엄중함을 보여주시오."

대왕 구부는 조회 자리인 정전에서 나와 편전으로 향했다. 대신들이 이 사건을 어찌 처리하는지 지켜볼 참이었다.

5

대왕 구부는 사건의 총책을 계루부의 대로 고연제에게 맡기고 자신은 국문장에 나가지도 않았다. 고연제가 매일 보고하는 것만 듣고, 그에 대한 지시를 내릴 뿐이었다.

기찰포교가 쓴 서찰은 명의 노인 아들의 증언을 비롯해, 곤장을 맞고 사실을 토해 낸 살해범 방추의 자백과 그의 입을 막기 위해 감옥에서 독살시킨 사건의 내막, 그리고 범인을 치죄할 때 참여했던 포졸과 옥졸들이 직접 보고 들은 내용 등을 토대로 하여 용의자를 잡아들이는 데에는 큰 어려움이 없었다. 가장 먼저 잡혀 들어온 것은 국상의 호위무사 겸 집사 역할을 하는 만수라는 자였다.

만수는 모든 책임이 자신에게 있을 뿐, 국상은 어떤 일에도 관여한 바가 없다고 주장했다. 명의를 죽이라고 방추에게 사주한 것도, 그 사실이 발각날 것이 두려워 기찰포교를 죽인 것도 모두 자신이 한 일이라고 털어놓았다. 뿐만 아니라 감옥에 갇힌 방추가 그 사건에 대하여 떠벌일까 염려되어 음식에 독약을 넣어 살해했다는 것까지 실토했다.

한편, 명의에게서 약첩을 지어 온 시녀도 왕후와는 관계없이 자신이 독단으로 저지른 일이라고 강변했다. 왕후는 동궁빈의 몸에 좋은 보약을 지어 오라고 했는데, 자신이 명의에게 일러 영원히 불임이 되도록 하는 약첩을 짓도록 했다는 것이다. 또한 동궁빈이 약첩을 달여 먹고도 아무런 반응이 없자, 우선 급한 대로 왕후 몰래 금괴를 가져다 명의 노인의 입을 틀어막으려 한 것이라고 말했다.

급기야 만수가 시켜서 기찰포교를 죽인 하수인들 세 명을 비롯하여, 명의 노인 살해범 방추의 죽음 원인을 급체로 진단한 의원 등이 체포되어 국문장으로 끌려 나왔다. 결국 만수와 시녀까지 총 여섯 명이 국문을 받게 되었다.

며칠째 계속되는 고연제의 추국은 그러나 별 진전이 없었다. 사건의 배후를 찾아내야 하는데, 만수는 끝까지 자신이 한 짓이라고 주장했다. 시녀까지도 입을 맞춘 듯 왕후는 모르는 일이고 자신이 모든 일을 처리했다고 말했다. 그들의 주장은, 평소 왕후가 아기씨를 생산하지 못한 데 대한 억울한 마음을 갖고 있었다고 했다. 만약 왕후가 왕자를 낳았다면 다음 왕위를 이을 수 있었을 터인데, 그 행운을 동궁빈에게 빼앗겼다는 사실이 너무 억울하여 경솔한 마음에 그런 음모를 꾸미게 되었다는 것이다.

"만약 동궁빈 전하가 아기씨를 생산한다면 왕후 전하의 심정이 어떠하겠습니까? 그 생각에 골몰하다 보니 앞뒤 가리지 못하고 얼떨결에 죄를 짓게 된 것입니다."

시녀는 닭똥 같은 눈물을 뚝뚝 흘리며 말했다.

"어느 날 왕후전의 지밀상궁이 찾아와 그 이야기를 했을 때, 소인 역시 그런 사태는 막아야 한다는 단순한 생각에 강변마을 명의를 소개했습니다. 그런데 명의라는 자가 지어준 약첩이 아무런 효험도 없음을 알게 되자 괘씸한 생각이 들었습니다. 더구나 지밀상궁께서 이상한 소문이 날까 두려워 금덩어리를 주고 명의 노인의 입을 막았다고 했을 때, 정말 우리의 음모가 새나가면 큰일이다 싶어 아예 영원히 입을 봉해 버리기로 작정한 것입니다. 그래서 명의 노인이 금덩어리를 갖고 있다는 정보를 방추에게 주어, 그로 하여금 살해하도록 사주했습니다."

만수는 고개를 빳빳이 들고 아주 당당하게 말했다. 자신의 말에 한 치의 거짓도 없음을 애써 보여주려는 수작이었다.

그 외에 강변 갈대숲에 숨어 있다가 기찰포교를 죽인 세 명의 사내나 감옥에서 갑자기 죽은 방추의 사인을 급체라고 진단한 의원은 자신들의 죄를 그대로 시인했다.

보는 각도에 따라 다르겠지만, 어찌 보면 시녀나 만수 두 사람의 진술은 완벽해 보였다. 그러나 이 사건에서 왕후나 국상이 완전히 배제되어 있는 것이 의문으로 남아 있었다. 사건이 벌어지기까지 상전인 그들이 모르고 있었다는 것 자체가 설득력이 없는데다, 시녀나 만수가 그들만의 판단으로 그런 음모를 꾸몄다는 것도 믿기지 않는 일이었다. 배후를 캐내려면 물증이 있어야 하는데 증거가 불충분했으므로, 심증은 가나 진짜 범인으로 지목할 수가 없었다.

고연제가 이와 같은 결과를 보고했을 때, 대왕 구부는 조용히 그 말을 듣고만 있었다. 다 듣고 나서도 대왕은 가타부타 말을 하지 않았다.

그러고 나서 바로 그다음 날 대왕은 고연제를 삭탈관직하고, 이번에는 우보 연소불에게 사건을 재조사하라 일렀다.

연소불에게 왕명이 떨어지자, 연나부 출신 대신들은 일순 긴장하지 않을 수 없었다. 우보 연소불은 연나부 출신이었고, 사건에 연루된 국상 명림수부는 그 수장이었다.

연나부로선 이래저래 불만이 많았다. 처음 계루부 출신에게 사건을 맡길 때도, 연나부는 자신들의 세력을 약화시키기 위한 전략 같아 탐탁지 않게 생각했었다. 그런데 이번에는 연나부에게 사건을 재조사하도록 하면서 더욱 곤혹스러워졌다. 계루부에서 추국한 것만으로는 미흡하므로 연나부가 자체적으로 진범을 색출하여 사건의 결말을 지으라는 것인데, 이는 범인으로 지목된 만수나 시녀가 아니라 그 배후 인물을 밝혀내라는 대왕 구부의 암묵적인 주문이었던 것이다.

연소불은 그것을 모르지 않기에 번민하지 않을 수 없었다. 만수나 시녀가 본인들 스스로 저지른 일이라고 주장하고 있지만, 사건을 한 껍질 더 벗겨내면 국상과 왕후가 배후 인물로 거론될 것은 불을 보듯 뻔한 노릇이었다.

생각다 못한 연소불은 변장을 하고 모처에서 몰래 국상 명림수부를 만났다. 국상도 변장을 하고 있어서 가까이 가지 않는 한 누구도 알아보지 못할 정도였다.

"국상 어른, 이 일을 대체 어찌하면 좋겠습니까?"

연소불은 말끝에 길게 한숨을 빼어 물었다.

"내가 경솔했소. 왕후 전하를 보호한다는 것이 더욱 일을 난처하게 만들었으니, 참으로 난감하지 않을 수 없소이다."

명림수부는 침통한 얼굴로 연소불을 쳐다보았다.

"우리 연나부 전체가 붕괴 위기에 처하질 않았습니까?"

"그러게 말이오. 모두가 내 탓이오. 결국 만수나 시녀를 혹독하게 다뤄 진실을 고백케 해야 하는데, 그러면 나와 왕후 전하가 배후 인물로 지목될 것이오. 며칠을 두고 고민해 봤는데, 이제 더 이상 빠져나갈 구멍이 없어 보입니다. 나 때문에 연나부가 결딴난다는 것은 있을 수 없는 일이오. 모든 책임은 나에게 있으니, 내가 짐을 지고 가겠소. 이번 사건으로 인해 계루부의 고연제가 당한 것처럼 우보께서도 다치면 큰일 아니겠소? 만수에게 사실대로 말하라고 이르시오. 내가 그렇게 하라고 했다고. 그래서 나를 잡아넣으면 우보께선 사건 해결의 공을 인정받을 것이오. 연나부의 공중분해를 막는 길은 그 방법밖에 없소이다."

"어찌 국상 어른을 국문장에 세울 수 있겠습니까? 그리는 못합니다."

"해야 합니다. 인정을 두지 말고 만수를 고문하여 실토케 하고, 나를 그 자리에 세우는 것이 우리 연나부를 살리는 유일한 길이오. 공과 사를 분명히 해야만 대왕 폐하의 신임을 얻을 수 있소. 그러므로 반드시 그리해야 하오."

명림수부는 연소불의 손을 잡고 간절한 눈빛으로 호소했다.

다음 날부터 사건을 재조사하면서 국문장은 그야말로 아비규환의 지옥도를 연상케 했다. 연소불은 추국의 강도를 높였고, 전과 다름없이 같은 소리만 반복하는 만수와 시녀를 형틀에 매달아 형리로 하여금 주리를 틀고 불인두로 등과 넓적다리를 지지라고 명했다.

국문장은 살 타는 냄새와 푸른 연기로 가득했다. 그것을 관전하던 대신들도 코를 감싸 쥐었고, 단발마의 비명을 지르며 문초를 당하는 자들을 차마 눈 뜨고 볼 수 없어 외면해 버리는 사람도 있었다.

결국 만수는 견디다 못한 듯 국상 명림수부의 이름을 댔다. 전날 밤 감옥으로 연소불이 찾아와 그에게 귀띔을 해준 대로 순순히 불었던 것이다. 그러나 시녀의 경우, 끝까지 왕후는 아무런 관련이 없고 자신이 독단으로 저지른 일이라고 거듭 밝혔다.

연소불은 만수의 자백을 받아낸 후 곧바로 대왕 구부에게 그대로 보고했다. 대왕은 그 즉시 국상 명림수부의 관직을 삭탈하고, 당장 그를 잡아들이라고 명했다.

그 소식을 듣고 왕후가 대왕을 찾아와 애원했다.

"폐하! 애초의 잘못은 저에게 있사옵니다. 아버님은 제 잘못을 덮으려고 하다 결과적으로 사건을 더욱 확대시키게 된 것이옵니다. 저를 내치시고, 아버님 목숨만은 살려주십시오."

"이제야 실토를 하는군. 오늘부로 왕후를 폐서인 시키노라. 실로 악독한 여자로다. 보기도 싫으니 어서 저 여자를 국문장으로 끌고 가서 그 아비와 함께 치죄토록 하라."

대왕은 격노하여 왕후 명림씨를 노려보았다.

왕후까지도 폐서인됐다는 소식이 궁궐 안에 쫙 퍼지자 왕태제 이련과 동궁빈 하씨가 편전으로 달려와 부복했다.

"폐하! 왕후 전하의 폐서인 명을 거두어주소서."

이련은 떨리는 목소리로 머리를 조아렸다.

"폐하! 왕후 전하에겐 아무런 잘못도 없나이다. 전하께오선 저에게 아기씨를 잉태할 수 있는 보약을 지어다 주셨사옵니다. 약첩을 달여 마시고 아무 탈이 없었다는 것이 그 사실을 증명하고 있질 않사옵니까? 왕후 전하께오선 이 나라 왕실을 보존하기 위하여 제게 어서 왕손을 낳아야 한다고 말씀하셨사옵니다. 약첩에 독이 들어 있다는 것은 낭설이옵니다."

동궁빈 하씨도 울먹이는 목소리로 간절히 호소했다.

대왕은 눈을 감은 채 오래도록 침묵을 지켰다. 그는 마음씨 고운 동궁빈이 애써 왕후를 감싸기 위해 거짓을 아뢰고 있다는 걸 모르지 않았다. 질투와 욕망의 화신인 왕후와 확연하게 비교가 되었다. 마음이 아팠다. 십 수 년을 같이 살아온 왕후였다. 그런데 아기씨를 생산하지 못했다는 한이 그런 엉뚱한 시샘으로 변하여, 악독하게도 무서운 마음까지 먹게 만들었다.

"폐하! 왕후 전하께오선 시녀에게 성 밖 명의에게 가서 불임을 고치는 좋은 약첩을 지어 오라고 심부름을 시킨 일밖에 없사옵니다. 그것이 어찌 죄가 되겠사옵니까? 헌데 시녀가 사악한 마음을 품고 명의에게 가서 정말 불임이 되는 약첩으로 주문한 게 틀림없습니다. 온갖 고문에도 불구하고 시녀가 시종일관 자신의 잘못이라 하질 않사옵니까? 참으로 다행스러운 것은 명의가 시녀의 주문을 잘못 알아듣고 잉태가 잘될 수 있는, 즉 불임에 효과가 있는 약첩을 지어준 것이라 사료되옵니다. 통촉하여 주시옵소서. 이는 왕후 전하의 말씀을 잘못 알아들은 시녀에게 죄가 있는 것이옵니다."

왕태제 이련도 울면서 호소했다.

그때서야 대왕 구부는 마음이 움직였다. 그는 번쩍 눈을 뜨고 내관에게 일렀다.

"폐서인의 명을 거두어들이겠다. 그 대신 왕후를 후원 별궁에 유폐시키도록 하고, 그 누구의 접근도 엄히 금하라."

왕후의 문제는 여기서 일단락되었다. 그러나 자신의 잘못을 스스로 인정하고 국문장에 끌려나온 국상 명림수부는 또 어떻게 처리할 것인가. 대왕 구부의 마음은 무거웠다.

왕태제와 동궁빈이 돌아가고 나서, 사건 총책을 맡은 연소불이 편전으로 들어와 대왕에게 아뢰었다.

"죄인 명림수부를 대역죄로 다스려주시옵소서. 본인 스스로 죄를 밝혔으므로 더 이상의 국문은 필요치 않사오니, 엄중히 처벌을 내려주시옵소서."

대왕은 침통한 표정으로 연소불을 응시했다.

"대역죄로 다스려라? 누가 반역이라도 했단 말이오?"

"고구려 왕실의 대통을 끊으려 한 것은 마땅히 반역에 해당된다고 사료되옵니다. 모든 죄인을 효수형에 처하도록 윤허하여 주시옵소서."

반역이라면 마땅히 주모자와 그 동조자는 효수형에 처하여 성 밖에 목을 내걸어야만 했다.

그러나 대왕 구부는 이 사건을 반역으로까지 보지는 않았다. 그는 죄인이 자백을 한 마당에 더 이상 사건을 확대하지 않고 최종 결론을 지으리라 이미 마음먹고 있었던 것이다.

"죄인 명림수부는 동해 바다 외딴섬에 위리안치하고, 살인을 사주하거나 실행한 자들과 왕후의 시녀는 효수형에 처하도록 하시오. 또한 명의 살해범 방추의 사체를 검시한 의원은 협박에 의해 허위로 사인을 밝혔으므로 곤장 50대를 내린 후 방면하시오."

대왕 구부의 명에 의해 그다음 날 즉시 형이 집행되었다.

명림수부가 동해안 고도孤島로 귀양을 떠나고 나서 보름쯤 지났을 때, 왕후 명림씨는 후원 별궁에서 늘 품속에 간직하고 있던 은장도로 손목을 끊어 자진했다.

6

들판은 황금 물결로 넘실대고 있었다. 모처럼 만에 농민들은 풍요로운 가을을 맞았다. 한여름 들판으로 광풍이 몰아쳤으나 다행히도 농작물에 큰 피해를 주지 않았고, 높고 푸른 하늘에서 금빛 화살촉처럼 내리쬐는 가을 햇볕이 좋아 곡식들도 알차게 여물었다.

궁궐에서도 한창 여름일 때 국상과 왕후로 인해 한차례 광풍이 몰아치고 난 후, 가을로 접어들면서 그 여진이 점차 가라앉았다. 그러나 대왕 구부로선 끝내 왕후가 자진한 것에 대하여 안쓰러운 마음을 어찌하지 못했다.

동맹제가 다가오고 있었다. 그동안 대왕은 정전의 조회에도 잘 참석하지 않고 편전에서 홀로 장고를 거듭했다. 동맹제를 열흘가량 앞두고 그는 긴 침묵에서 깨어나 내관에게 채비를 갖추라 일렀다.

"폐하, 어디로 납시려고 하시나이까?"

"동궁전 후원으로 가자."

대왕은 을두미를 만나러 가는 길이었다.

갑자기 대왕의 행차가 들이닥치자, 그 소식을 듣고 동궁전에서 왕태제 이련이 달려 나왔다.

"폐하, 어인 행차이시옵니까?"

"을두미 선생을 만나러 왔다."

"미리 내관을 통해 기별을 주시면 소제가 을두미 사부를 모시고 편전으로 갈 수도 있는데, 폐하께서 직접 행차를 하시니 송구스럽기 그지없습니다."

이련은 무척 당황스러워 했다. 그동안 편전에서 꿈쩍도 하지 않던 대왕이 갑자기 을두미를 만나러 직접 나선 것부터가 어떤 의도를 가지고 있는 듯했기 때문이다. 그런데 그 의도를 전혀 짐작할 수 없으니 답답할 뿐이었다.

"대왕 폐하 납시오."

내불전 옆 객사 앞에 당도하여 내관이 소리쳤다. 방 안에서 담소를 나누던 을두미를 비롯하여 순도와 석정이 문을 열고 달려 나와 대왕에게 황급히 예를 올렸다.

"차를 들고들 계셨군요. 이 몸도 한자리 낍시다."

대왕 구부는 소탈하게 웃으며 성큼 방 안으로 들어섰다.

석정이 손수 차를 끓였다. 대왕과 왕태제까지 합석을 하게 되어, 다섯 사람이 다탁을 가운데 두고 둘러앉았다.

"오래도록 국상의 자리를 공석으로 놔두었습니다. 이번 동맹제 때 신임 국상을 천거하여 국가의 기틀을 새롭게 잡아나갈까 합니다. 을두미 선생께서 국상이 되어주셔야겠습니다."

대왕이 을두미를 향해 선언하듯 말했다.

"폐하! 소신은 태학을 운영하는 일만으로도 바쁘기 그지없습니다. 모자람이 많은 소신이 어찌 그 막중한 국상의 자리를 지킬 수 있겠습니까? 너그러운 인품에 슬기로운 지혜를 두루 갖춘 분이 있을 것입니다. 5부에서 추천을 받아 출중한 인물을 물색하는 것이 좋을 듯하옵니다."

을두미는 점잖게 거절의 의사를 밝혔다.

"을두미 선생께서 주관하여 태학은 이제 어느 정도 기반이 잡히지 않았습니까? 유생들이 경전뿐만 아니라 무술까지도 즐겨 배우고 있다 들었습니다. 아니, 무술武術이라 하지 않고 무도武道라고 한다지요? 태학의 유생들도 학문 도야를 위해서는 무도를 통해 정신무장을 해두는 것이 좋겠지요. 이제는 태학의 제도를 이어받아 지방마다 경당도 더 많이 생겨 일반 백성의 자제들까지 학문과 무도를 익힌다고 들었습니다. 이 모두가 을두미 선생이 태학박사들을 독려하여 기틀을 마련한 덕분입니다."

대왕 구부는 을두미가 국상의 자리를 사양한 것은 겸양으로 그러는 줄 알고 있었으므로 크게 실망하지 않았다.

"폐하! 과찬의 말씀이시옵니다."

을두미는 대왕을 향해 깊이 허리를 꺾었다.

"석정 대사! 짐이 을두미 선생에 대해 결코 틀린 말을 하지는 않은 것 같은데, 어찌 생각하시오?"

"폐하의 말씀이 모두 맞습니다. 국상의 자리는 오래 비워둘 수 없으니, 을두미 선생도 이쯤 해서 폐하의 성지聖旨를 받드심이 좋을 듯합니다."

석정의 말에 을두미는 빙그레 웃기만 했다.

"을두미 선생의 그 미소가 이심전심을 뜻하는 것으로 해석해도 되겠지요? 아니 그렇습니까, 순도 대사!"

대왕은 이제 순도에게까지 동의를 구하고 나섰다.

"부처님께서 연꽃을 들어 대중에게 보이자, 가섭만이 미소를 지었다고 해서 '염화시중拈華示衆의 미소'라 하질 않사옵니까? 을두미 선생의 미소를 긍정으로 받아들여도 좋을 듯합니다."

순도는 이제 고구려 말을 제법 익혀 범어(고대 인도어)를 쓰지 않고도 의사소통에 큰 불편이 없었다.

"하지만 소신은 학문과 무도만 익혔지, 정치를 모르옵니다. 5부 출신 중에 마땅한 인물을 국상으로 뽑는 것이 옳은 줄로 사료되옵니다."

을두미는 한 번 더 거절의 뜻을 밝혔다.

"허허, 그러하면 앞으로 짐이 삼고초려도 마다하지 않고 을두미 선생을 찾아오겠소."

"폐하, 인재 등용은 5부가 공평하게 돌아가야 하옵니다. 특히 국상의 자리는 5부에서 등용된 대신들의 지지를 얻지 않으면 정치를 펴나가기 쉽지 않을 것입니다. 소신은 5부와는 무관한 시골 서생이므로, 태학에서 유생들을 가르치는 훈장 노릇만으로도 분에 넘친다는 말씀을 드리는 것이옵니다.”

“을두미 선생이 무슨 뜻으로 하는 말씀인지 잘 압니다. 그런 문제는 내일 편전에서 머리를 맞대고 심도 있게 논의해 보기로 합시다. 오늘은 두 대사도 계시니, 오랜만에 내불전에 가서 부처님께 절이나 드리고 가야겠습니다.”

대왕 구부는 일어섰다. 그러자 모두가 따라 일어나서 내불전으로 향했다.

그날 대왕은 부처님께 백팔 배를 했다. 온몸이 땀에 젖도록 열심히 절을 올렸다. 석정의 목탁 소리가 내불전 경내에 울려 퍼지고, 그에 맞춰 대왕뿐만 아니라 나머지 사람들도 지성껏 기도를 드렸다.

다음 날 을두미는 편전으로 가서 대왕을 알현했다.

“어제 나누다 만 얘기를 해봅시다. 5부 대신들이 을두미 선생을 따르도록 할 수 있는 권한을 최대한 드리지요.”

대왕이 먼저 말을 꺼냈다.

“폐하! 지금이야말로 개혁이 필요할 때입니다. 아직 율령이 제대로 마련되지 않아 형벌을 주는 데 형평성이 부족합니다. 이 부분을 보강해야만 왕권이 바로 서고, 국가 체제가 정비될 것입니다. 지난번 국상 명림씨 사건은 폐하께서 아주 잘 처리하셨사옵니다. 특히 처음에 계루부에 사건을 맡겼다가 연나부로 넘긴 것은 매우 지혜로운 방법이었다고 사료되옵니다. 다만……."

을두미는 여기서 잠시 말을 멈추고 대왕을 바라보았다.

"다만, 무엇이오?"

"마지막 죄인의 처리 방법에 있어서 완벽하게 꼬리를 자르지 못한 점이 아쉽습니다."

"을두미 선생께서 무슨 말씀을 하시는지 알 것 같소. 국상을 통해 고도에 위리안치한 일을 두고 그러시는 것 아닙니까? 그러나 죄인은 사사롭게는 부원군으로 짐의 장인이 됩니다. 사건의 주범이므로 효수가 마땅하나, 차마 왕후를 보아서도 그리할 수 없었소이다. 그런데도 후원 별궁에 유폐된 왕후가 그 소식을 접하고 유명을 달리했지 않습니까? 사실 어제 왕후 생각이 나서 내불전에서 백팔 배를 하며 고인의 극락왕생을 빌었던 것이외다."

대왕은 내심 왕후에게 너무 가혹하게 했다고 생각했다.

"폐하의 상심이 크신 것, 소신도 잘 아옵니다. 하오나 강력한 군주가 되기 위해서는 때로 뼈를 깎는 마음으로 과감한 결단을 해야 할 때도 있사옵니다."

"알겠소. 을두미 선생의 충언 고맙소이다. 선생께서 국상의 자리에 앉아 짐을 강력한 군주가 되게 해주시오. 귀를 열고 선생의 고언을 듣겠소이다."

대왕은 매우 흡족한 미소를 지어 보였다.

그로부터 며칠 후 동맹제 준비가 한창일 때 대왕 구부는 대신들이 모두 모인 정전의 조회에서 을두미를 국상으로 추대한다고 선언했다. 5부 출신 대신들은 그 파격적인 인사에 놀라움을 금치 못했다. 그러나 누구도 감히 반대 의사를 표명하는 신하는 없었다. 이미 대왕은 국상 명림수부와 왕후 사건을 처리하면서 대신들 사이에 강력한 군주로 깊이 인식되고 있었던 것이다.

동맹제가 끝나고 나서 국상 을두미는 고구려의 율령을 제정하는 일에 몰두했다. 나라의 제도를 정착시켜 왕권을 확립하고, 형벌 규정을 엄격히 하여 사회 질서를 바로잡기 위한 것이었다.

율령 제정에 있어서는 조선(고조선)의 8조금법을 기본으로 하여 보다 발전한 사회의식을 반영시켜, 제대로 된 법체계를 갖추는 데 역점을 두었다. 즉, 조선시대부터 내려오던 '살인자는 사형에 처한다. 남에게 상해를 입힌 자는 곡식으로 보상한다. 남의 물건을 훔친 자는 노예로 삼고 그 죄를 면하기 위해서는 50만 전을 내놓아야 한다'는 규정을 현실에 맞게 재정비했다. 그 정신은 따르되 유교 논리에 입각하여 보다 자세하고 보편타당한 형벌 규정을 마련했던 것이다.

물론 이때 을두미는 중원 고래의 각국 율법도 검토하여, 그 일부는 고구려 사회에 맞는 형태로 수정을 가했다. 특히 순도와 석정의 도움을 받아, 전진의 승상 왕맹이 나라 기틀을 잡기 위해 마련한 율법을 참고로 삼았다.

을두미는 율령 제도를 정비하는 데 꽤나 긴 시간을 들였다. 고구려는 5부족 연맹체제로 출발했고, 각 부의 우두머리들이 회의를 통해 제도를 정비했으므로 다른 나라보다 더 복잡한 규범이 필요했던 것이다.

규범이라는 것도 주로 관습법에 의한 것이었으므로 보편성을 갖기에는 부족한 점이 많아, 제도적 정비를 통하여 불편부당한 형벌 규정을 만드는 데 오랜 시간이 소요될 수밖에 없었다. 을두미 개인 의견이 아니라 대신들과 일반 백성들의 합의를 도출해 내는 과정이 꽤나 까다로웠기 때문이다.

이처럼 1년여의 시간 동안 제도를 정비하는 과정을 거쳐, 고구려는 373년 10월 동맹제를 기하여 정식으로 율령을 반포했다. 이로써 고구려는 강력한 중앙집권체제를 갖추었으며, 비로소 대왕 구부는 개혁 군주로 우뚝 서게 되었다.

제5장

천손신화

1

동맹제 축제 기간이 지나고 나서 늦가을로 접어든 날씨는 아침저녁으로 싸늘한 기운이 감돌았다. 그러나 대낮에는 푸른 하늘에서 은가루처럼 쏟아져 내리는 햇살이 따가울 지경이었다. 안개나 먼지 하나 없이 투명한 하늘을 거쳐 내려오는 햇살은, 그 눈부심이 마음을 깨끗하게 정화시켜 줄 정도로 상쾌한 기분이 감돌게 했다.

동궁빈 하씨는 내불전에서 기도를 드리고 있었다. 후원 별궁에 유폐되었던 왕후가 자진하여 이승을 하직한 이후 전보다 더욱 자주 내불전을 찾게 되었다. 왕후 명림씨의 극락왕생을 빌기 위해서였다.

이미 1년이 지난 일인데도, 동궁빈은 왕후의 최후가 마치 자신의 잘못처럼 생각되어 마음이 몹시 괴로웠다. 하가촌에서 자신이 당시 왕자 신분이었던 이련을 만나지 않았다면 결코 그런 비극은 없었을 것이다. 더구나 연나부 출신인 대사자 우신의 딸 소진 낭자가 왕자비로 간택되었다면, 왕후 명림씨의 최후도 그렇게 비참하게 끝나지는 않았을 것이다. 같은 연나부 출신이므로 각을 세울 일이 없었을 것이기 때문이었다. 왕후의 심기를 어지럽힌 것은 동궁빈 자신이 하가촌 대상의 딸이라는 데 있었다.

"나무관세음보살!"

절을 올리고 일어서며 한 번씩 금불상을 바라볼 때마다 동궁빈 하씨의 입에서는 자신도 모르는 사이에 저절로 그런 소리가 튀어나왔다. 그러다가 제 소리에 놀라 흠칫 몸을 사리기도 했다.

이제 막 백팔 배를 끝내고 돌아서려는 참인데, 등 뒤에서 어떤 기척이 들렸다.

"동궁빈 전하! 오늘도 열심히 불공을 드리시는군요."

땀이 비 오듯 쏟아지는 이마를 들어 동궁빈이 뒤를 돌아보니, 석정이 동자와 함께 법당 문가에 서 있었다. 그 동자는 국상 을두미가 데려온 명선이었다. 이제 그는 석정의 행자가 되어 잔심부름을 하며 불도를 닦고 있었다.

"마침 불공을 끝내려던 참입니다. 스님, 어서 들어오시지요."

동궁빈이 한쪽으로 비켜서면서 두 사람에게 불전 앞의 자리를 내주었다. 석정과 명선은 불전에 향을 피우고 절을 올렸다.

곧이어 석정의 목탁 소리와 함께 염불 소리가 동궁 후원으로 가득 울려 퍼졌다. 소리는 뜰과 숲을 감싸고 돌다가 마침내는 지상에서 천상으로 울려 퍼지며 연기처럼 아련하게 사라졌다. 기도를 끝낸 후 불전을 떠나려던 동궁빈은 염불 소리에 맞춰 계속 절을 올렸다.

염불 소리가 멈추기를 기다려 동궁빈이 막 법당에서 나가려고 할 때, 석정의 목소리가 발길을 붙잡았다.

"동궁빈 전하, 잠시 소승과 담소나 나누다 가시지요."

"아, 네? 스님께 방해가 되지나 않을까 해서 막 가려던 참이었는데, 그러면······."

동궁빈은 발길을 돌려 석정과 명선 앞에 마주 보고 앉았다.

"요즘은 부처님께 어떤 기원을 그리 열심히 드리시는지요?"

석정이 물었다.

"스님! 실은 한 가지 궁금한 것이 있습니다."

"무엇입니까? 주저 말고 허심탄회하게 말씀해 보시지요."

"생명이란 태어나고 죽는 것이 하늘의 뜻이겠는데, 왕후 전하께서 불미스런 일로 그 뜻을 지키지 못하시고 스스로······."

여기서 동궁빈은 잠시 말을 끊었다. 차마 '목숨'이란 말을 꺼낼 수 없었던 것이다.

"말씀하시지요."

"그래서 궁금한 것을 스님께 묻고 싶었어요. 지극정성으로 기도를 드리면 왕후 전하의 영혼도 극락에 갈 수 있는지요?"

동궁빈의 눈빛에는 간절함이 서려 있었다.

"허허, 동궁빈 전하께옵서 왕후 전하의 극락왕생을 비느라 그렇게 열심히 불공을 드리셨군요. 동궁빈 전하의 마음씨에 하늘도 감복할 것이옵니다. 부처님의 미소가 이미 그 뜻을 받아들이셨으니 너무 심려치 마시옵소서. 나무관세음보살!"

석정의 말에 동궁빈은 문득 고개를 돌려 금불상을 바라보았다. 언제 바라보아도 미소를 짓고 있는 부처상이었지만, 그 순간 정말 불상의 입가에서 미소가 연꽃처럼 피어나는 것 같은 느낌도 들었다.

"스님, 고맙습니다. 이제 마음이 조금은 풀리는 듯합니다."

"동궁빈 전하의 공덕이 우리 고구려의 미래를 밝혀줄 천손天孫을 잉태케 해주실 것이옵니다."

"스님, 그런 말씀 마십시오. 지난 한 해 동안 오직 왕후 전하의 극락왕생을 빌었을 뿐입니다."

동궁빈은 정색을 하고 자세를 바로잡으며 말했다.

"기도는 늘 그 물음에 대해 부처님의 응답이 있습니다. 삼라만상에 부처님이 있듯이, 우리 마음 가운데도 부처님이 있습니다. 기도로 마음속의 궁금증을 물으면, 그 마음을 통해 부처님이 응답을 해주십니다. 기도를 드리면 곧 마음이 편안해지는 것이 바로 그 이치입니다. 지극정성으로 불공을 드리는 동궁빈 전하의 기원을 이미 부처님은 들어주셨습니다. 그리고 동궁빈 전하의 기도 덕분에 왕후 전하께옵서는 극락에 가셨습니다. 이미 마음과 마음이 통하여 서로 화해가 된 것입니다. 영혼의 세계에선 이승과 저승이 서로 통하며, 그러므로 그것은 곧 둘이 아닌 하나의 길입니다. 부처님은 만인에게 두루 공평하게 말씀으로 응답을 주십니다. 이 역시 세상은 둘이 아니라 하나이기에 그러합니다."

석정은 빙그레 미소를 지으며 동궁빈을 바라보았다.

"어려워서 스님의 말씀을 다는 못 알아듣겠으나, 왕후 전하께서 극락에 드셨다니 천만다행한 일이라 생각됩니다."

동궁빈의 어두웠던 얼굴에서 금세 구름이 걷혔다.

"오늘 빈도가 감히 동궁빈 전하의 발걸음을 붙잡은 것은 달리 드릴 말씀이 있어서입니다."

"오, 그러세요? 무슨 말씀인지……."

동궁빈은 자세를 바로잡았다. 석정은 두어 번 기침을 한 연후에 천천히 자신의 말을 이어나갔다.

"우리 고구려의 시조이신 추모(주몽)대왕께서는 천신天神의 아들 해모수와 수신水神인 하백의 딸 유화부인 사이에서 태어난 아들이므로, 천손이시옵니다. 그래서 고구려의 건국신화를 천손신화라 하는 것이옵니다. 빈도가 왜 지금 천손에 대한 말씀을 드리려고 하는지 아시겠사옵니까?"

순간 석정의 눈에서는 불길이 활활 타오르는 듯했다. 동궁빈은 그 불길을 겁내지 않고 담담한 눈길로 바라보았다.

"무슨 말씀인지 알 듯합니다. 방금 전에 스님께서 우리 고구려의 미래를 밝혀 줄 천손에 대해 말씀하셨지 않습니까? 그때 왜 왕손이 아니고 천손이라 하셨는지 궁금하게 생각하고 있던 참이었습니다. 천손신화에 대해서는 전에 을두미 사부님, 아니 국상 어른으로부터 들은 바가 있습니다."

"그러면 천손신화를 다 이야기할 필요는 없겠군요. 무릇 신화란 무엇입니까? 지어낸 얘기겠지요? 그러나 반드시 사실에 근거하지 않는다면 그 신화는 허황된 이야기에 불과할 뿐입니다. 우리 고구려의 건국신화는 사실을 바탕으로 하되, 거기에 천손의식을 심어주기 위한 하늘과 땅의 이야기가 잘 결합되어 있습니다. 신화에 보면 천신의 아들 해모수는 다섯 마리의 용이 끄는 수레를 타고, 그 뒤를 따르는 1백여 인은 고니를 타고, 풍악이 울리는 가운데 채색 구름 사이로 이 땅에 내려옵니다. 이는 하늘과 땅을 이어주는 것이 바로 용과 고니라는 이야기입니다. 용은 하늘을 나는 상상의 동물이고, 고니는 물가에 사는 새입니다. 그래서 고구려의 대왕들은 용으로, 신하나 백성들은 고니와 같은 새로 상징화시킨 것이옵니다. 천신과 이 땅의 백성들을 만나게 해줄 수 있는 자격은 오직 천손인 대왕만이 가질 수 있습니다. 저 중원에서 수시로 주인이 바뀌는 나라들의 천하관天下觀과 우리 고구려의 천하관이 다른 점 또한 바로 그것입니다. 천손만이 고구려 대왕으로서의 자격을 가진다는 것 말입니다. 동궁빈 전하는 바로 천손을 낳으실 귀하신 몸이옵니다. 저 옛날 천신의 아들 해모수가 지상에 내려와, 유화부인을 만나 천손인 추모대왕을 잉태하셨듯이 말입니다. 유화부인이 하백의 딸이듯이, 동궁빈 전하는 저 하가촌 하대용 대인의 딸로 그 계보가 같다 들었사옵니다. 물론 신화 속의 하백은 '물의 신'을 이르는 이름이지만, 하씨의 조상이 그런 의미를 가진 내력으로 세가를 이루어 세세손손 내려오고 있다면, 이 또한 그 혈통과 연관 관계가 없다 하지 못할 것이옵니다. 이는 바로 천신이 점지해 주신 인연이 아닐 수 없습니다."

짧지 않은 석정의 말을 동궁빈은 조용히 듣고만 있었다. 석정이 하가촌에 대해 말한 것은 을두미로부터 여러 가지 이야기를 들었기 때문일 것이었다.

잠시 침묵이 흐른 뒤 입을 연 것은 동궁빈이었다.

"아버님으로부터 우리 하씨의 시조가 하백 할아버지라 들은 적은 있습니다. 스님 말씀처럼 전설과 같은 얘기라 믿을 수는 없습니다만, 어떤 연결고리가 되었든 우리 하씨는 조상 대대로 하백 할아버지와 유화부인을 사당에 모셔 오고 있습니다."

"천손신화를 만들다 보니, 수신으로 표현된 것이겠지요. 천신의 아들인 해모수는 하늘을 상징하고, 물의 신 하백은 땅을 상징합니다. 즉, 하늘과 땅의 결합에 의해 천손이 태어나는데, 이는 인간을 대표하는 것입니다. 그리고 동궁빈 전하는 추모대왕의 어머니이자 우리 고구려의 부여신(농업신)으로 받들어지고 있는 유화부인의 품성을 그대로 이어받았습니다. 유화부인께옵서도 부여의 금와왕에게 보호를 받으며 아들을 낳았고, 온갖 수모를 잘 견뎌냈습니다. 그리고 마침내는 그 아들이 장성하여 고구려를 건국한 추모대왕이 되었습니다. 여기서 다시 지난 일을 거론하기는 뭣합니다만, 왕후 전하의 사건만 해도 그렇습니다. 분명 왕후 전하의 잘못이 크지만, 그때 동궁빈 전하가 위기에 대처하는 슬기로운 지혜는 실로 놀라웠습니다. 그 이후에도 왕후 전하의 극락왕생을 비는 기도가 지극함에 또한 빈도는 큰 감동을 받았사옵니다. 앞으로 추모대왕처럼 고구려를 빛낼 왕자王者의 탄생을 기대해도 좋을 듯합니다. 반드시 동궁빈 전하의 기도가 하늘까지 닿아 천신을 감동시킬 것이고, 부처님은 곧 그에 대한 응답을 내리실 것이옵니다. 나무관세음보살!"

석정은 말을 마치고 금불상을 올려다보며 합장을 했다. 얼떨결에 동궁빈과 명선도 따라서 합장을 하며 불전을 향해 머리를 조아렸다.

내불전에서 나온 동궁빈은 문득 고개를 들어 하늘을 바라보았다. 깊이를 알 수 없는 물속처럼, 또한 하늘은 푸른빛으로 그윽하게 깊어 끝없이 투명해 보였다. 지상의 푸른빛이 물처럼 맑은 거울에 비쳐 하늘을 그렇게 물들인 것 같기도 했다. 그런 의미에서 하늘과 땅은 하나로 만나고 있었다. 하늘과 땅 사이의 교감이 자연을 조화로운 빛으로 물들이고 있다는 생각이 들었다.

석정의 천손신화에 대한 해석이 동궁빈에게는 새로운 희망을 안겨주었다. 그래서 발걸음이 저절로 공중으로 붕붕 뜨는 것처럼 가벼웠다. 천신이 탄 수레를 끄는 다섯 마리의 용과 1백여 인을 등에 업은 고니들처럼, 그렇게 채색 구름 사이를 걷고 있는 기분이었다.

2

초봄인데도 바다에는 살을 에는 추위가 계속되고 있었다. 파도는 끊임없이 출렁대며 굽이쳐 와 바위 벼랑에 부딪쳤다. 그때마다 흰 포말을 일으키며 산산이 부서지고 주르르 미끄러져 다시 먼 바다로 물결쳐 흘러갔다. 그 왕복의 출렁임 때문에 바다는 살아 있었다.

그렇게 사시사철 살아서 꿈틀대는 바다는 은빛 비늘을 번뜩이는 싱싱한 물고기 같았다. 고래 등 같은 파도의 거친 물살을 볼 때마다 자연의 생명력이 그와 같음을 실감케 했다. 그러나 바위처럼 한군데 붙박여 있는 사람의 삶은 그와 같지 않았다.

외딴섬 바위 벼랑에서 한 사내가 동쪽의 해를 등지고 서쪽 육지를 하염없이 바라보고 있었다. 얼어붙은 몸 그대로 촛대바위가 된 듯 도무지 움직일 줄 모르는 그는, 오래전에 동쪽 바다 절해고도에 위리안치 된 고구려 전 국상 명림수부였다.

벌써 유배당한 지 두 해째 겨울을 견뎌내며 명림수부는 이를 악물었다. 반드시 살아서 이 절해고도를 벗어나겠다고 스스로 다짐에 다짐을 거듭했다. 푸릇푸릇 땅속에서 새싹이 돋아나고 있었지만, 바람은 아직도 살 속 깊이 파고들었다. 옷 속으로 살살 기어드는 봄바람이 겨울 찬바람보다 더 알미울 정도로 으스스한 한기를 느끼게 했다.

대왕이 언젠가는 부를지도 모른다는 기대감으로 견뎌내고 있지만, 그동안 육지에서 절해고도를 향해 노를 저어오는 배는 단 한 척도 없었다. 외딴섬의 해송 언덕 밑에 조개껍질처럼 붙박여 있는 오두막에 살면서, 명림수부는 해초를 뜯거나 갯바위 낚시로 고기를 잡아 연명했다. 뙈기밭에 귀리나 감자 농사도 지어 허기를 겨우 면할 수는 있었지만, 그래도 춘궁기의 부족한 음식은 물고기로 벌충하지 않으면 안 되었다.

처음 그가 섬에 들어올 때는 어부 가족이 두 집 있었으나, 이제는 모두 떠나가고 없었다. 한 가족은 늙은 어부가 죽자 갓난아이를 가진 아들 부부가 미련 없이 육지로 떠나버렸다. 다른 한 가족은 어부 혼자 살아갔는데, 어느 날 바다에 나갔다 돌아오지 않았다. 그는 혼자 사는 어부와 함께 한 집에 기거하다가 졸지에 그 오두막의 주인이 되어버렸다.

그동안 명림수부는 모든 것이 귀찮아 턱수염을 자라는 대로 내버려두었다. 이제는 그것이 가슴까지 내려와 바람에 진저리를 치듯 나부꼈다. 머리카락도 상투를 틀지 않고 제멋대로 놔두어 등 뒤에서 치렁대며 흩날렸다. 눈썹까지 세어서, 누더기 같은 옷차림만 아니라면 마치 하늘에서 내려온 신선의 풍모를 느끼게 했다. 그를 더욱 도사풍으로 보이게 하는 것은 날카로워진 두 눈에서 빛나는 안광이었다. 칼바람을 견뎌내며 한과 원망 같은 것이 응어리져서일까, 허공을 바라보는 그 눈빛이 범상치 않았다.

마음속에 응어리진 한은 칼과 같았다. 벼리면 벼릴수록 예리해지는 칼날처럼, 되새기면 되새길수록 한은 마음 깊은 곳에서 적개심의 날을 세웠다. 눈빛이 날카로워지는 것은 울분으로 쌓인 한이 그만큼 깊어졌다는 증좌였다. 그 날카로운 안광으로 명림수부는 육지 쪽을 바라보았다.

바로 그 순간, 명림수부는 자신의 눈을 의심했다. 저 멀리 넘실대는 파도 끄트머리에 하나의 점처럼 떠 있는 희끗희끗한 물체가 보였다. 바위는 아니었다. 아마도 바위라면 바닷물에 젖어 검게 보일 것이었다. 또한 매일 그쪽을 바라보고 있었으므로, 그의 육안에 들어오는 물체가 바위일 리 없다는 것을 확신했다.

"배다, 돛배야!"

명림수부는 자신도 모르는 사이에 큰 소리로 외쳤다. 아직 멀리 있었지만, 그는 굼실대는 파도의 물결 속에 숨었다 나타났다 하는 흰 물체를 보고 펄럭이는 돛이라고 믿었다. 그에게 배는 새로운 소식이었고, 그것은 곧 해배解配와 같은 희망이기도 했다.

"황공하옵니다. 대왕 폐하!"

명림수부는 배가 점점 가까이 다가오고 있는 쪽을 향하여 무릎을 꿇었다. 날카롭게 빛나던 눈이 갑자기 흐려지며 물기로 젖어들었다. 두 눈에서 눈물이 볼을 타고 흘렀다.

"분명 폐하께서 부르시는 것이야. 드디어 이 몸을 용서해 주셨어!"

명림수부는 열병 환자처럼 몸까지 부들부들 떨었다.

한동안이 지난 후 돛배는 섬에 닿았다. 배에 탄 사람은 사공 둘을 합해 네 명이었다. 명림수부는 흰 머리와 수염을 휘날리며 선착장으로 달려갔다.

"국상 어른!"

배에서 내리자마자 명림수부에게 달려온 것은 대사자 우신이었다. 그 바로 뒤에 칼을 찬 무사 한 명이 따라오고 있었다. 사공 두 명은 그냥 배에 남아 있었다.

"오, 이게 누구신가? 대왕 폐하께서 그대를 보냈구먼!"

명림수부는 우신을 와락 끌어안았다. 너무 반가워서 체면이고 뭐고 없었다.

"면구스럽게도, 이런 곳에서 국상 어른을 뵙습니다. 동부욕살 하대곤입니다."

우신의 뒤를 따라오던 칼 찬 무사가 허리를 깊이 꺾었다.

"오, 하 장군! 너무 오랜만이라 얼굴을 잊었구려."

명림수부는 우신과 떨어져, 이번에는 하대곤의 손을 굳게 잡았다. 전에 한두 번 얼굴을 본 기억이 있으나, 오래되어 이름을 대지 않으면 하대곤을 기억하기 어려웠을 것이다.

"손이 얼었습니다. 날씨가 추우니 어서 들어가시지요."

하대곤이 명림수부를 앞장세웠다.

곧 세 사람은 오두막으로 들어가 좁은 방 안에 둘러앉았다.

"그래, 대왕 폐하로부터 이 몸에 대한 해배의 명이 떨어진 모양이구려."

조급한 마음에 명림수부가 먼저 입을 열었다.

"국상 어른! 우선 마음을 가라앉히십시오. 시생도 작년 동맹제 때 삭탈관직을 당했습니다."

"뭐요?"

우신의 말에 명림수부는 벌어진 입을 다물지 못했다. 그 말을 듣는 순간 한 가닥 희망마저 사라지며 머리가 하얗게 비는 듯한 느낌을 받았던 것이다.

"진정하고 들으세요. 제가 삭탈관직을 당한 것이야 그다지 놀랄 일도 아닙니다."

"그러하면 우리 연나부 대신 중 또 다른 사람이 벼슬자리에서 물러났단 말이오?"

"그게 아니라. 국상 어른께서 유배형을 받아 국내성을 떠나시고 나서 불과 보름도 지나지 않아 후원 별궁에 유폐되셨던 왕후 전하께옵서 그만……."

우신은 더 이상 말을 잇지 못했다.

"왕후 전하께서 어찌 되셨단 말이오?"

명림수부가 다그쳤고, 우신은 대답보다 먼저 울음을 토해 냈다.

"왕후 전하께옵서 자진을 하셨다 하옵니다."

동부욕살 하대곤이 우신을 대신하여 말했다.

"허억! 이럴 수가……?"

명림수부의 몸이 덜덜 떨리기 시작했다. 갑자기 분노가 폭발하면서 그는 시뻘겋게 충혈된 눈을 지릅떴다. 그 눈에선 눈물도 메말라 나오지 않았다.

"국상 어른. 고정하소서."

우신이 앉은 채 옆으로 쓰러지려는 명림수부의 몸을 부축했다.

"왕후 전하!"

명림수부는 국내성이 있는 서쪽을 향해 돌아앉아 나무토막 쓰러지듯 엎어졌다. 한참 동안이나 그의 어깨가 소리 없이 들먹였다.

방 안에는 무거운 침묵만 흘렀다. 한동안이 지나서 명림수부가 일어나 앉았을 때 우신이 조심스럽게 입을 열었다.

"국상 어른이 안 계신 국내성은 계루부의 세상입니다. 연나부는 그저 숨만 쉬고 있어서 살아 있는 것이지, 수족이 모두 묶여 있어 마소나 다름없습니다."

"허어, 그러면 우보 연소불은 어찌되었소? 나를 밟고 올라서서 끝까지 연나부를 지키라 일렀는데."

명림수부는 아직까지도 참을 수 없는 분노로 두 손을 떨고 있었다.

"연소불은 지난해 동맹제 때 대사자에 올랐습니다."

"허면, 그대를 내치고 연소불을 그 자리에 앉힌 것이로구먼!"

"공교롭게도 그렇게 됐습니다."

우신은 고개를 꺾었다.

"그러한 인사가 대왕 폐하의 용단이오? 아니면……?"

"아무래도 새로 국상이 된 을두미의 계략인 것 같습니다. 연나부의 세력을 약화시키자는 의도겠지요."

"흐음, 시골 서생인 을두미가 국상이 되었다? 이것 참, 소가 웃을 일 아니겠는가? 이래서는 안 되지! 암, 안 되고말고!"

명림수부는 그러면서 이를 갈아붙였다.

"국상 어른! 이번에 대사자 어른을 따라서 소장이 이곳에 온 것은 어떻게 하면 다시 연나부를 소생시킬 수 있을 것인가, 긴히 그 방법을 의논드리기 위해서입니다."

하대곤이 두 사람의 대화가 뜸해진 때를 기다려 잽싸게 끼어들었다.

"가만, 가만! 하 장군은 하가촌의 하대용 대인과 가까운 일가가 되지 않소이까?"

명림수부는 갑자기 경계의 눈빛을 보냈다.

"하대용 대인의 종형이 되십니다."

우신이 대신 대답했다.

"그러면 동궁빈의……."

"예, 동궁빈의 당숙이지요. 허나, 국상 어른! 너무 심려치 마시옵소서. 지금 하가촌과는 원수지간이 되어 있습니다. 실은 오늘 그 말씀을 드리려고 국상 어른을 찾아뵌 것입니다."

하대곤은 수양아들인 해평에 대한 이야기를 꺼냈다. 해평이 고국원왕의 왕제王弟 무의 아들이라는 것에서부터 열 살 때 자신에게 보내져 수양아들로 삼은 이야기, 그리고 동궁빈이 된 하대용의 딸 연화와 혼인 약속까지 했었는데 왕자비로 간택되는 바람에 그 언약이 깨져 두 집안이 원수처럼 되었다는 사연까지 숨김없이 털어놓았다.

"무 왕제 전하에게 아들이 있었다고요?"

명림수부의 눈이 갑자기 반짝거렸다.

"저는 원래 무 왕제 전하를 주군으로 모셨던 부장이었습니다. 당시 연나라에 볼모로 잡혀가 있던 태후 전하와 왕후 전하를 뒤늦게나마 귀국케 한 것도 사실상 알고 보면 무 왕제 전하이셨습니다."

"아니, 태후 전하와 왕후 전하가 연나라에 볼모로 있을 때 무 왕제 전하는 국내성으로 돌아오지도 않고 어디론가 자취를 감추지 않았소?"

"연나라 모용황은 무 왕제 전하와 약속을 했습니다. 고구려에 무술과 지략을 겸비한 무 왕제 전하가 있는 한 모용황은 한시도 마음을 놓을 수 없었던 것이지요. 그래서 태후 전하와 왕후 전하를 볼모에서 풀어주는 대신 무 왕제 전하가 고구려 땅에서 영원히 사라지는 조건을 내걸었습니다. 그때 무 왕제 전하께서는 모용황과의 약속을 지켜 연나라와 고구려의 국경에서 사라지셨습니다. 당시 무 왕제 전하께서는 국조이신 추모대왕이 태어난 부여 땅으로 가셨던 것 같습니다. 그곳에서 부여 출신의 여인을 만나 아들을 낳았고, 그 아들의 나이 열 살이 되었을 때 소장에게 보내셨습니다. 아마도 그때 부여 출신의 부인은 명을 달리하신 것 같고, 무 왕제 전하는 세상의 시름을 잊기 위해 도를 닦는다며 깊은 산속으로 들어가신 것 같습니다. 그러므로 나중에 태후 전하와 왕후 전하가 연나라에서 귀환하게 된 것도 따지고 보면 다 무 왕제 전하의 덕분이라 할 수 있지요."

하대곤은 명림수부의 눈을 직시했다. 상대를 바라보는 그 눈에는 진정으로 자신의 말을 알아주기를 바라는 마음이 담겨 있었다.

"아, 그때 무 왕제 전하야말로 왕자王者의 풍모를 타고 나셨는데…… 무 왕제 전하가 왕위에 올랐다면 적어도 우리 고구려가 백제에게 수곡성 전투나 평양성 전투에서와 같은 심히 부끄러운 꼴을 당하지 않았을 것이오."

명림수부는 말끝에 길게 한숨을 빼어 물었다.

"국상 어른! 우리 연나부가 권토중래하기 위해서는 여기 있는 하대곤 장군과 손을 잡아야 합니다. 무 왕제 전하의 아들 해평은 그 아버지 못지않은 무술과 지략을 겸비하고 있습니다. 더구나 고구려 왕실의 피를 이어받고 있어 군주로서의 자격이 충분합니다."

"평양성 전투가 벌어지기 전, 동맹제에서 뛰어난 무술을 보여주었던 청년 장수가 바로 무 왕제 전하의 아들이렷다?"

"국상 어른도 기억하고 계시는군요?"

하대곤이 반색을 하며 명림수부를 쳐다보았다.

"방금 해평이란 이름을 듣고 알았소이다. 헌데 해평이 고구려 왕실의 피를 이어받았다는 것이 연나부의 권토중래와 무슨 상관이란 말이오?"

명림수부는 두 사람을 번갈아 쳐다보았다.

"이번에 대사자 어른이 이곳으로 오기 전 책성으로 찾아와 소장을 만났을 때 서로 약조한 바가 있습니다. 해평과 대사자 어른의 따님을 혼인시키자는 것입니다. 두 사람은 묘하게도 왕자비 간택 때 본의 아니게 피해를 본 당사자들이기도 합니다. 이 두 사람의 혼인을 성사시킨 연후 때를 기다려 우리 동부의 군사가 국내성을 들이치고, 연나부 출신 조의선인들이 호응하여 궁궐을 차지한다면 혁명에 성공할 수 있습니다. 이 자리에서 국상 어른이 연나부의 결속을 다질 수 있도록 서찰 하나만 써주신다면, 여기 계신 대사자 어른이 연나부의 대동단결을 도모해 보겠다고 하십니다."

하대곤은 자신의 내면을 솔직하게 드러냈다.

"허어…… 혁명을 한다?"

명림수부는 그때 문득 2백여 년 전 명림답부가 차대왕을 몰아내고 신대왕을 세웠을 때의 이야기를 떠올렸다. 당시 명림답

230

부는 혁명을 달성한 공으로 국상의 자리에 올랐다. 그때 처음으로 고구려에서는 신하로서 최고의 지위인 '국상'이란 관직이 만들어졌던 것이다.

고구려 최초의 국상인 명림답부는 명림수부의 직계 조상이기도 했다. 명림수부가 태어났을 때 부친은 그에게 명림답부처럼 국상이 되라고 '답答' 자 대신 '수秀'자를 넣어 이름을 지어주기까지 했던 것이다. 그리고 실제로 그는 나중에 국상이 되었다. 국상은 대왕 다음으로 무소불위의 권력을 가진 자리였다.

이런 생각을 하게 되자 명림수부는 또다시 욕심이 생겼다. 이제 다시 국상의 자리에 오르지 말라는 법도 없었다.

"요는 누가 하늘이 내려준 천손이냐 하는 문제인데……. 엄밀히 따지면 구부 대왕 다음 대를 잇게 될 이련보다 무 왕제 전하의 아들 해평이 더 천손으로서의 자격이 있는 셈이 되겠군."

명림수부는 혼잣말처럼 중얼대며 오래도록 머리를 끄덕거렸다.

"만약 무 왕제 전하가 국내성에 있었다면 다음 왕위는 이련보다 해평에게 돌아가는 것이 순서 아니겠습니까? 고국원왕이 승하하신 후 당연히 동생인 무 왕제 전하가 왕위를 이었을 것이고, 그렇게 되었다면 해평이 적통이 돼야 마땅하지요. 왜냐하면 고국원왕의 아들인 구부 왕자에게는 불혹의 나이에도 다음 대를 이을 왕손이 없었으니까요."

우신이 옆에서 추임새를 넣었다.

"천손이신 추모대왕의 적통으로 해평이 적격이로군! 하 장군! 우리 고구려를 감히 구이九夷들이 넘보지 못할 강국으로 만들려면 강력한 군주가 필요합니다. 무 왕제 전하의 아들 해평을 그런 군주로 추대합시다."

명림수부는 드디어 마음을 굳히고 하대곤의 손을 덥석 잡았고, 동시에 우신에게도 의미 있는 눈길을 보냈다.

"여기 지필묵을 가져왔습니다. 연나부의 대동단결을 촉구하는 서찰을 써주시기 바랍니다."

우신이 가져온 보따리를 풀었다.

곧 두 사람이 지켜보는 가운데 명림수부는 붓을 들어 연나부 대신들에게 보내는 서찰을 적어 나가기 시작했다. 붓이 칼처럼 날을 세워 종이 위를 달리는 가운데, 문밖에선 철썩대는 파도소리가 귀청을 때렸다.

부웅, 부우우웅!

오두막을 지나가는 세찬 바닷바람이 문풍지를 울렸지만, 명림수부의 붓을 든 손은 한 치의 떨림도 없이 힘차게 글자의 획을 내리그었다. 우신과 하대곤, 그 두 사람은 무엇에 홀린 듯 그 장면을 뚫어져라 주시하고 있었다.

3

374년(소수림왕 4년).

대왕 구부가 왕위에 오른 지도 네 해째가 되었다. 강남에서 제비가 돌아온다는 3월, 서남쪽으로부터 큰 소식이 하나 국내 성으로 날아들었다. 중원의 강남에서 큰 세력을 형성하고 있는 동진으로부터 천축승 아도가 고구려 땅을 밟았던 것이다.

아도는 동진에서 고구려로 보낸 승려가 아니라, 그 스스로가 찾아왔다는 점에서 전진이 보낸 승려 순도와 달랐다. 석정이 전진에 갔을 때, 강남에 가서 아도를 만나 고구려로 와달라는 부탁을 했던 것이다.

그 무렵 동진은 아도를 보낼 만큼 고구려와의 관계가 돈독하지 못했다. 한 해 전에 동진에선 나라를 좌지우지하며 권력을 휘두르던 환온이 죽고, 11세에 제위에 오른 효무제를 대신하여 그 모후인 숭덕태후가 섭정하고 있었다.

원래 동진은 고구려보다 백제와 가까운 사이였다. 그러나 그때까지도 동진은 백제에 승려를 보내지 않고 있었다. 그동안 환온이 군주를 자기 마음대로 갈아치우고, 나중에는 자신이 그 자리에 오르려고 욕심을 부리던 시기였으므로 백제와의 외교에 신경 쓸 겨를이 없었다.

고구려 대왕 구부는 동진에서 승려 아도가 온 것에 대해 내심 큰 기대감을 갖고 있었다. 상징적인 것이지만 백제보다 고구려에서 먼저 불교를 받아들인 것은, 그것도 해를 걸러 전진과 동진에서 천축승이 연달아 찾아온 것은 문화를 선점한다는 면에서 매우 고무적인 일이 아닐 수 없었다.

어느 날 대왕이 석정을 위시하여 순도와 아도를 편전으로 불렀다.

"아도 대사께선 천축승이라 들었소. 우리 고구려에도 오래전에 아도라는 승려가 있었다고 하던데, 그 아도와는 어떤 연관이 있는지 궁금하오."

대왕은 태자 시절 석정으로부터 '아도'라는 이름을 들은 바가 있었다. 그리고 고구려에 초전 불교가 들어온 것이 이미 1백여 년 전부터라고 알고 있는 터였다.

"아도 대사는 아직 고구려 말에 익숙하지 못하므로 빈도가 대신하여 답을 올리겠사옵니다."

석정이 나섰다.

"오, 그래요? 석정 대사와 인연이 깊다 들었으니 그럼 그렇게 하시오."

"아도 대사는 천축을 떠나 서역을 거쳐 중원 땅을 밟았을 때, 사막에서 길을 헤매다 쓰러진 빈도를 구해 준 은인이옵니다. 아도 대사는 당시 묵호자라 불리고 있었지요. 보시는 바와 같이 얼굴이 흑갈색으로 검어 '묵墨' 자가 이름 앞에 붙었습니다. 또한 중원에서는 서역에서 온 사람들을 무조건 낮춰 호인胡人이라 칭했으므로, '호자胡子'란 이름이 별명처럼 따라붙었던 것이옵니다."

"오, 묵호자라! 헌데, 어찌 아도라는 법명을 다시 얻으셨는지?"

"그때 돈황의 석굴에 머물면서 몸조리를 할 때, 빈도가 고구려에도 1백여 년 전에 일찍이 불교가 들어와 민간신앙으로 자리를 잡았다고 하자 매우 놀라더군요. 당시 고구려 최초의 승려가 '아도'라고 민간에 전해지고 있었다는 이야기를 하자, 그때부터 이 스님은 중원 사람들 사이에 별명처럼 불리던 묵호자란 이름을 대신하여 스스로 아도라는 법명을 쓰기로 했습니다. 고구려에 불법을 전하려면 그럴듯한 법명이 있어야 하는데, 아도라는 이름이 고구려 사람들에게 익숙할 터이니 그대로 쓰겠다는 것이었사옵니다."

아도는 석정보다 스무 살 이상 젊은 승려였다. 순도와 석정이 쉰 살이 넘었으므로, 아도는 겨우 서른 살 안팎의 나이에 불과했다.

"오, 그런 사연이 있었구려. 허면 아도 대사께서는 이미 그 법명에서부터 우리 고구려와 깊은 인연을 갖고 있는 것이 아니겠소?"

대왕의 말을, 순도가 천축 말로 아도에게 통역해 주었다.

"그렇습니다. 석정 대사로부터 고구려의 불교에 대한 이야기를 듣는 순간, 우리 천축의 불교를 제대로 전파해야겠다는 사명감을 갖게 되었습니다. 어머니의 말씀도 있고 해서, 차후에는 신라에도 불교를 전하고 싶습니다."

아도는 자신의 포부를 구부에게 털어놓았다. 순도의 통역을 통해 아도의 이야기를 들은 대왕은 매우 놀란 얼굴로 물었다.

"어머니라니? 아도 대사의 어머니가 어떤 당부를 하셨기에 신라에까지 불교를 전파하겠다는 것이오?"

"아도 대사가 말하는 어머니는, 최초의 고구려 승려인 원래 아도의 어머니 고도녕을 말하는 것이옵니다. 고도녕은 당시 위나라에 가서 불도를 닦고 승려가 되어 돌아온 아도에게, 앞으로 3천 개월이 지난 후 신라에도 크게 불교가 일어날 것이라고 말했다 하옵니다. 아마도 예언이 아니었을까 생각되옵니다만, 빈도로부터 그 이야기를 듣고 여기 이 아도 대사는 자신이 바로 신라에 불교를 전할 적임자라 판단한 모양이옵니다. 아도라는 법명을 쓰게 되면서 일종의 의무감 같은 걸 느낀 것 같사옵니다. 그래서 고도녕까지도 친어머니처럼 생각하고 있는 것이옵니다."

석정이 아도 대신 대왕에게 자세히 설명했다.

"오. 그렇소? 아도 대사! 신라에 불법을 전하는 것도 좋지만,

지금은 우리 고구려의 불교 중흥에 힘써 주시오. 그런 연후에 나중에 기회를 보아 신라에 불교를 전하도록 하면 되지 않겠소?"

대왕이 말했다.

"물론 여기 계신 순도 대사와 함께 고구려의 불교 중흥에 앞장서도록 하겠습니다. 그런 다음 신라로 갈 수 있도록 폐하께서 주선을 해주시기 바랍니다."

아도의 말을 들은 대왕은 매우 만족스런 얼굴로 두 천축승을 바라보았다.

"천축에서 두 대사가 우리 고구려에 온 것은, 이 땅에 드디어 광명이 비치기 시작했다는 의미가 아니겠소? 그래서 두 대사가 머물 사찰을 국내성에 짓기로 할 것이니, 석정 대사는 책임지고 사찰 건립에 전력을 다해 주시기 바라오."

"폐하! 성은이 망극하오이다. 전국의 내로라하는 대목수들을 국내성으로 불러들여 우리 고구려만의 건축술을 가지고 대사찰을 건립토록 하겠나이다. 국내성의 동남쪽과 서북쪽에 두 개의 사찰을 건립하여 순도 대사와 아도 대사가 각기 머물 수 있도록 윤허하여 주시옵소서."

석정은 그동안 대왕에게 사찰 건립의 필요성에 대하여 피력하고자 했으나, 아직 안정이 되지 않은 나라 안팎의 사정을 고려하여 적절한 시기가 오기를 기다리고 있었다. 그런데 때마침 대왕이 먼저 사찰을 건립하라는 명을 내리자 절로 신바람이 나지 않을 수 없었다.

"좋습니다. 석정 대사께서 사찰 터를 잡는 일부터 건축하는 일까지 모든 것을 책임지고 진행토록 하시오. 그런데 지금 동남쪽과 서북쪽에 사찰을 짓겠다고 했는데, 거기에 무슨 깊은 뜻이라도 있는 것이오?"

대왕은 그러면서 석정을 바라보았다.

"폐하! 고구려는 사방이 적국들에 둘러싸여 있사옵니다. 서북으로는 선비와 거란이 호시탐탐 고구려 국경을 넘보고 있습니다. 그리고 동북쪽으로는 부여와 숙신이, 남쪽에는 신라와 백제가 또한 우리 고구려에게 위협을 가해 오고 있지 않사옵니까? 특히 작금의 백제는 우리 고구려의 남경을 함부로 침범하여 큰 우환거리가 아닐 수 없습니다. 이들 주변 나라들로부터 고구려를 지킨다는 의미에서 국내성의 서북과 동남 방향에 두 개의 사찰을 건립하려는 것이옵니다. 평화는 전쟁을 종식시킨 이후부터 가능해지며, 종교도 호국을 실천하여 나라가 안정되어야 만백성을 널리 교화하고 모두가 마음의 평안을 얻게 되는 것이옵니다."

석정은 미리 준비해 두었던 것처럼 술술 말을 풀어 나갔다.

"허허, 석정 대사께서 그렇게 깊은 뜻을 가지고 계시었소? 사찰을 건립하는 데 있어 그 나름대로 의미를 두고 기원을 담는 것은 더더욱 좋은 일이겠지요."

대왕 구부는 매우 만족스러운 눈길로 석정을 바라보았다.

그로부터 며칠 후, 왕명을 받은 전국의 대목수들이 국내성으로 속속 몰려들었다. 사찰을 건립하는 데 필요한 목재는 태백산 기슭의 1백 년 이상 묵은 적송을 베어 사용키로 했다. 봄부터 시작된 벌목 작업은 그리 오래 걸리지 않았으나, 통나무를 국내성까지 옮겨오는 일이 문제였다. 뗏목을 만들어 압록강을 통해 옮기는데, 상류 지역은 유속이 빠르고 강바닥에서 돌출한 바위들이 많아 인부들의 고생이 심했다. 국내성 인근의 강안에 도착한 뗏목들을 강둑 위로 건져 올려 다시 오랜 기간 말려야만 비로소 목재로 사용할 수 있었으므로, 시일이 꽤나 걸리는 작업이었다. 그러나 고구려에서는 국내성 증축 등 각종 건물과 선박을 건조하기 위해 전부터 태백산 적송들을 베어다 압록강 둔덕에 적재해 놓고 있었으므로, 당장이라도 두 개의 사찰을 짓는 데는 큰 무리가 없었다.

사찰 터를 정하고 마당 한가운데 석탑을 중심으로 절 입구에서부터 일직선으로 맨 앞에 일주문·사천왕문·불이문이 들어서도록 배치했다. 석탑 양쪽에는 석등을 세우고, 바로 그 뒤에 대웅전 자리를 마련했다. 또 대웅전 뒤로 명부전·관음전 등의 전각을 세우고, 다시 그 뒤로 칠성각과 독성각을 세우기로 했다.

이때 석정은 순도와 아도 두 대사에게 다음과 같이 청했다.

"칠성각은 원래 저 중원에서 도교를 받아들여 사찰 뒤편에 세운 전각입니다. 불교가 전통 종교를 배척하지 않고 받아들인 대표적인 경우겠지요. 그리고 독성각은 스승 없이 홀로 깨달음을 얻은 나반존자를 모시는 전각입니다. 우리 고구려에는 산신을 모시는 민간 종교가 있습니다. 아주 오랜 옛날 이 땅에는 단군왕검이 세운 조선이란 나라가 있었습니다. 이제는 전설이 되어버렸지만, 하느님인 환인이 아들 환웅을 이 땅에 내려 보내 곰을 숭배하는 부족의 여인을 얻어 단군이란 아들을 낳았습니다. 즉, 조선을 세운 단군왕검은 천손인 것입니다. 단군왕검은 오랫동안 나라를 다스리다 산속에 들어가 산신이 되었다고 합니다. 그 이후 단군왕검의 자손이 대를 이어 무려 1천5백 년 동안 조선을 경영했습니다. 그리고 그 후손들이 각자 나라를 만들어 부여가 되었고, 다시 거기에서 파생하여 고구려가 되었습니다. 이들 나라 모두가 단군왕검의 조선처럼 산신을 토속 신앙으로 받들고 있습니다. 따라서 우리 고구려도 사찰 뒤편에 칠성각·독성각과는 별도로 산신각을 세우는 것이 좋을 듯합니다."

석정의 말에 순도와 아도 역시 반대할 이유가 없었다.

"불교는 이 세상 모든 종파와 교단을 아우르는 바다처럼 큰 종교입니다. 부처는 온 세상을 고루 비추는 해처럼 나라와 인종을 가리지 않고 자비심을 베푸십니다. 부처야말로 곧 진리이며, 우주 그 자체입니다. 그러므로 고구려 백성들이 전통신앙으로 믿는 산신도 곧 부처와 다를 바가 없습니다. 고구려 백성들에게 불교를 빨리 전파하기 위해서는 당연히 산신각도 세워야 하겠군요. 좋습니다."

순도가 흔쾌하게 대답하자, 아도 역시 긍정한다는 의미로 고개를 끄덕거렸다.

4

석정을 비롯하여 순도와 아도가 거의 매일 두 군데 사찰 건축 현장에 나가 있었으므로, 내불전은 한적하기 이를 데 없었다. 그러다 보니 법당은 거의 동궁빈의 차지가 되고 말았다.

동궁빈이 하루도 거르지 않고 매일 내불전을 찾는 이유는 혼인한 지 벌써 4년째가 되어가는데도 태기가 전혀 없기 때문이었다. 왕태제의 나이도 이팔청춘을 지나 열일곱 살이 되었다. 남자로서 가장 힘이 넘칠 때였다.

'혹시 내가 왕후 전하처럼 석녀라면 어쩌지?'

동궁빈은 결혼 3년을 넘기면서부터 은근히 초조감에 시달렸다. 어서 빨리 왕손을 낳아 고구려 왕실을 굳건히 지켜야 한다는 막중한 책임감이 심리적으로 압박을 가해 왔던 것이다.

동궁의 후원은 가을색이 완연했다. 대낮에는 땡볕이 대지를 달구었지만, 아침저녁으로 서늘해지면서 나무 이파리마다 붉은 기운이 감돌고 있었다. 새싹이 움트는 봄은 대지로부터 오는 것 같고, 낙엽을 지우는 가을은 하늘로부터 그 기별이 전해지는 것 같았다. 날씨만 선선해지면 높은 산에서부터 가을 단풍이 물들기 시작하여 하루가 다르게 붉은 기운이 하강하면서, 어느 순간 온 산야를 불태우는 것이었다. 그리고 그 붉은 나무 이파리들은 하나둘 허공을 맴돌며 시나브로 땅에 떨어져 내렸다.

내불전으로 향하던 동궁빈의 발길이 후원의 연못 앞에서 저절로 멎었다. 푸른 하늘 가장자리에 물구나무선 단풍나무가 수면을 붉게 물들이고 있었다.

'부처님께 열심히 소원을 빌면 반드시 응답이 있을 것입니다.'

언젠가 석정이 하던 말을 동궁빈은 문득 떠올렸다.

비늘을 번뜩이는 금빛 잉어의 유영을 바라보며 동궁빈은 포옥, 한숨을 내쉬었다. 갑자기 친정인 하가촌이 그리워졌다. 사부 을두미 밑에서 무술을 배울 때가 엊그제 같은데 그동안 많은 세월이 흐른 느낌이었다. 이미 사부도 국내성으로 들어와 국상의 자리에 올랐고, 자신도 몸가짐을 정제해야 하는 어엿한 왕실의 여자가 되어 있었다.

잉어 두 마리가 다시 수면 위로 폴짝 뛰어오르며 쩍, 하고 하늘을 향해 주둥아리를 벌렸다. 연못은 잉어들이 마음대로 노니는 세상이었다.

'저 잉어처럼 나도 자유롭게 유영할 수 있었으면!'

동궁빈의 입에서 자신도 모르는 사이에 자꾸만 한숨이 되뇌어졌다. 궁궐이 마치 감옥처럼 답답하다는 생각을 오래전부터 해오고 있었던 것이다.

하가촌 같았으면 지금쯤 추수와 함께 태백산 자락으로 사냥을 떠났을지도 몰랐다. 동궁빈의 생각이 추수에게로 옮아갔다. 추수는 평양성 전투 이후 행방불명이 된 상태였다.

당시 추수와 함께 대왕을 호위하던 무사의 말로는, 화살을 맞아 왼쪽 눈을 다쳤는데도 백제의 기마대를 맞아 싸우는 걸 목격했다고 했다. 그러나 그 이후 살았는지 죽었는지 도무지 알 길이 없었다. 당시 백제군이 물러가고 나서 고구려군이 평양성 주변의 강안을 샅샅이 수색했지만, 추수의 시신은 발견되지 않았다.

'추수를 전쟁터에 내보내는 것이 아니었는데……'

동궁빈은 하가촌 도장에서 사부 을두미에게 무술을 배울 당시 추수만큼 호흡이 잘 맞는 상대를 만나지 못했다. 두 사람은 무술도 수준급이었지만 눈빛 하나만으로도 마음이 통할 만큼 서로를 잘 알고 있었다.

가만히 사방을 둘러보던 동궁빈은 주위에 아무도 없는 것을 보고 문득 추수와 대련을 할 때처럼 검술 자세를 취해 보았다.

그때, 왕태제가 내불전 쪽으로 오다가 동궁빈의 그런 모습을 본 모양이었다. 급히 걸음을 옮겨 가까이 다가온 그가 싱글싱글 웃으며 말했다.

"몸도 근질거리는데 우리 무술 시합 한번 할까요?"

"어머나, 보고 계셨어요?"

동궁빈의 얼굴이 화끈 달아올랐다.

처음 국혼을 치렀을 때, 동궁빈은 아무래도 이련의 나이가 어리다는 생각에 스스럼없이 대했었다. 그러나 이제 열일곱 살이 되었으니 부부로서의 예가 남다를 수밖에 없어, 전보다 더 어렵게 생각되었다.

"내가 칼을 가져올 테니 한번 겨뤄봅시다. 아마도 하가촌에 있을 때와 다를 거요. 그동안 나는 계속 검술 연습을 했지만, 그대는 궁궐에 들어오면서부터 연습을 할 기회가 없었지 않소?"

왕태제 이련은 팔까지 걷어붙였다.

"아니 되옵니다, 전하! 많은 눈들이 있지 않사옵니까?"

"볼 테면 보라지! 우리가 무술 놀이 좀 하자는데 누가 말리겠소?"

"전하와 소첩은 다르옵니다. 몸가짐을 바르게 해야 하는데,

전하와 무술 대련을 하다니요! 절대로 아니 될 말씀이옵니다."

"우리가 살을 섞는 부부 사이인데, 무엇이 그리 흠이 된단 말이오?"

이련은 장난스런 몸짓으로 동궁빈의 손을 잡았다.

"말을 삼가세요. 고귀한 신분으로 여염집에서나 하는 말을 함부로 쓰다니요?"

동궁빈은 더욱 얼굴을 붉히며 이련에게 잡힌 손을 슬며시 빼냈다.

"미안하오. 지금도 하가촌에 있다면 이리 따분하지 않은, 자유로운 삶을 살아갈 텐데……. 나를 만나는 바람에 매일 궁궐에서 감옥 아닌 감옥 생활을 하니 얼마나 답답하겠소?"

"지금 내불전에 불공을 드리러 가는 길입니다. 같이 가서 부처님께 소원을 빌도록 하시지요."

동궁빈은 그때서야 내불전으로 향하던 발걸음을 잠시 멈춘 걸 기억하고 이련을 이끌었다.

"오, 우리 어서 왕손을 낳게 해달라고 기원을 드리도록 합시다."

이련은 내불전으로 향하면서 다시 손을 슬쩍 뻗어왔다. 이번에는 동궁빈도 애써 잡힌 손을 빼지는 않았다.

내불전의 금불상은 언제나 온화한 미소를 짓고 있었다. 왕태제 이련과 동궁빈 하씨는 불당에 들어가 나란히 서서 불공을 드렸다. 두 사람은 쉬지 않고 계속 절을 올렸다.

이련은 동궁빈의 절하는 모습을 곁눈질하며 천천히 따라서 했다. 얼마만큼 지났을까, 두 사람의 이마에는 구슬 같은 땀이 맺히기 시작했다.

"좀 쉬었다 하면 안 되겠소?"

이련이 슬며시 동궁빈의 옆구리를 찔렀다.

"쉿잇!"

동궁빈은 오른손 검지를 입술에 갖다 대며 이련의 말을 막았다. 그러고는 더욱 열심히 절을 올리는 것이었다.

백팔 배가 넘었을 터인데도 동궁빈의 절은 계속되었다. 이련은 도중에 그만둘 수도 없어, 매우 난감한 표정으로 어서 빨리 절을 끝내기만 기다렸다. 그러면서 절을 하는 것이 이렇게 힘든 줄 몰랐다고 생각하며, 그는 지치지도 않고 절을 하는 동궁빈의 모습을 놀란 눈으로 바라보았다.

"왕태제 전하! 대왕 폐하께서 찾으시옵니다."

대왕을 모시는 내관이 찾아와 법당 문 앞에서 아뢰었다.

그때서야 이련은 절을 멈추고 비로소 동궁빈에게서 해방이 된 듯 밝게 웃었다.

"편전에 다녀와야겠소."

"어서 가보세요."

동궁빈은 왕태제를 불당에서 내보내고 나서도 계속해서 절을 올렸다. 삼천 배라도 마다하지 않고 올릴 심산인 듯, 절을 하는 자세가 시종일관 조금도 흐트러지지 않았다. 얼마나 더 시간이 흘렀을까, 어느 순간 힘을 잃고 엎드린 자세에서 더는 움직일 줄 몰랐다. 절하던 자세 그대로 지쳐 쓰러져서 마침내는 잠이 들고 말았던 것이다. 금불상은 그런 동궁빈의 모습을 내려다본 채 그저 부드러운 미소를 보낼 뿐이었다.

어디선가 마른번개가 치더니 쿠르르릉, 하며 천둥이 울었다. 그 소리에 부스스 일어난 동궁빈은 갑자기 하늘에 먹장구름이 포장을 치는 것을 보고 자신도 모르는 사이에 불당에서 나와 내불전 앞마당으로 내려섰다.

남서쪽 방향에서 번쩍, 하며 번개가 치더니 하늘이 갈라지는 듯한 천둥소리까지 천지를 뒤흔들었다. 비는 오지 않으니 마른번개인데, 그 번개가 치는 곳에서 먹구름이 갈라지며 황룡 한 마리가 금빛 비늘을 세운 채 요동치듯 하늘을 빠르게 질러왔다.

동궁빈은 하늘을 나는 용의 위용에 압도되고 말았다. 무서움도 잊은 채 신비한 듯 바라보았다. 몸 전체를 꿈틀대며 먹구름을 가르고 날아온 황룡은 국내성 주변을 힘차게 돌았다. 그렇게 몇 바퀴를 돌고 나더니, 이제는 동궁빈의 앞가슴을 향해 정면으로 달려들었다.

동궁빈은 자신의 앞으로 달려드는 황룡을 애써 피하지 않았다. 온몸에서 빛나는 황금빛이 성안을 환하게 밝혔다.

황룡은 동궁전의 하늘 아래 낮게 떠서 한동안 연못을 내려다보았다. 연못에도 용의 비늘이 비쳐 수면이 온통 황금색으로 가득 찼다. 그 연못에 꼬리를 척 내리고는 하늘을 향해 머리를 꼿꼿하게 들고 곧추선 황룡은, 물을 철석이며 하늘로 오르는 듯하더니 순식간에 동궁빈의 머리 위를 지나 내불전 안으로 들어가는 것이었다.

내불전 안은 황금색으로 환하게 빛났다. 금불상과 황룡이 서로를 향해 황금빛을 발산하고 있었다. 그런데 동궁빈의 눈에는 금불상과 황룡의 형상이 서로 바뀌면서, 어느 것이 황룡이고 어느 것이 금불상인지 도무지 분간할 수 없는 지경에 이르렀다. 어떤 때는 금불상과 황룡이 둘이 아닌 하나로 보이기도 했다.

어느 순간 동궁빈은 문득 정신을 차리고 눈을 떴다. 그리고 자신이 아직도 절을 하며 엎드린 자세 그대로 있다는 것을 알아차렸다. 절을 하다 지쳐 쓰러진 채 잠이 든 모양이었다.

동궁빈이 눈을 들어 올려다보니 황룡은 간 데 없고 금불상만 언제나처럼 온화하게 미소를 짓고 있었다. 그 순간, 동궁빈의 손이 자신도 모르는 사이에 배로 갔다. 두 손으로 살며시 배를 안아보았다. 혹시 태몽일지도 모른다는 생각을 했던 것이다. 그리고 보니 매달 치르는 달거리를 할 때가 지난 것 같은데,

아직 기별이 없었다.

그로부터 며칠 동안 동궁빈은 몸을 조심하며 기다려보았다. 여전히 달거리 소식이 없었다. 왕태제에게 황룡의 꿈을 꾼 이야기와 함께 혹시 자신이 잉태를 한 것인지도 모른다고 말했다.

"그렇다면 그 꿈이 정녕 태몽 아니겠소? 이는 하늘이 내려준 큰 선물이오. 천손이 내어날 것이라는 하늘의 계시가 아니고 무엇이겠소?"

왕태제 이련은 뛸 듯이 기뻤다. 그 역시 오래도록 기다려온 소식을 듣게 된 것이었다.

"아이, 그러다 아니면 어쩌려고 그러세요?"

동궁빈은 매사에 조심스럽기만 했다.

"지금 당장 대왕 폐하께 이 기쁜 소식을 전하고, 어의를 불러 진맥을 짚어보도록 합시다."

이련은 편전으로 달려가려고 서둘렀다.

"폐하께 먼저 알려서는 아니 되옵니다. 일단 어의를 불러 진맥을 짚어본 연후 태기가 확실하다는 진단을 받고 나서 폐하께 알려드리는 것이 순서 아니겠습니까?"

"음, 딴은 그렇군!"

이련은 동궁빈의 허리를 살며시 끌어안았다.

어의를 불러 진단한 결과 동궁빈에게 태기가 있는 것이 확실했다. 그 소식이 대왕 구부를 비롯하여 국내성 안팎으로 알려지자, 고구려는 왕실이나 일반 백성들까지도 온통 축제의 분위기에 휩싸였다.

5

산은 거기 그 자리에서 늘 무거운 침묵을 지키고 있었다. 그러나 계절이 바뀔 때마다 산은 옷을 갈아입으면서 그 색깔로 자신의 존재 이유를 드러내곤 했다. 봄은 연녹색으로 생명의 기쁨을 알렸고, 여름은 진초록으로 더욱 자연의 기운을 뿜냈으며, 가을은 불타오르는 단풍의 빛깔로 피 끓는 열정을 보여주었다. 겨울 또한 그 맹렬한 추위로 건재함을 과시했다. 산을 뒤덮은 나무들은 잠시 생명의 분출을 억제한 채 다음 해 봄을 맞이할 준비를 하고 있었다.

국내성 북서쪽 산지에 환도성이 자리를 잡았고, 그 서쪽 편으로 칠성산이 병풍을 두른 듯 방어벽을 형성하고 있었다. 환도성은 주위를 둘러싼 높고 낮은 산봉우리들에 의해 분지 형태를 이루고 있는 요새였다. 그중 가장 험준한 칠성산 너머는 그야말로 무인지경이었다.

칠성산은 인근 수십 리에 인가가 거의 없을 정도로 산이 깊어, 사시사철 적막하기 이를 데 없었다. 봉우리가 높았으므로 여러 갈래로 뻗어나간 계곡도 깊었다. 높은 곳에서 낮은 데로 흐르는 물줄기는 계곡이 중첩되면서 굽이굽이 돌고 돌아, 그 사이로 또한 굽이굽이 길이 나 있었다. 계곡으로 깊이 들어갈수록 길은 험했고, 높은 고개를 넘고 넘어도 다시 고개가 눈앞을 가로막곤 했다.

겨울에는 한번 눈이 쌓이면 쉬 녹지 않아 무릎까지 푹푹 빠졌다. 그런 눈길을 걸어, 10여 명의 장정이 등짐을 진 채 산을 오르고 있었다. 맨 앞에 가벼운 차림으로 걸어가는 사람은 전에 대사자의 벼슬을 지낸 우신이었다. 그리고 등짐을 지고 뒤따르는 장정들은 그가 사병으로 데리고 있는 무사와 머슴 들이었다.

"날이 저물기 전에 어서 가자."

우신은 일행들을 재촉했다.

"어르신께서 서두르라고 하신다. 어서 발을 재게 놀려라!"

집사 장쇠가 짐을 진 장정들에게 그렇게 말했지만, 눈길에 짐까지 잔뜩 진 장정들의 발걸음은 더딜 수밖에 없었다. 우신은 맨몸이었으므로 발길이 가벼웠지만, 장정들은 행여 눈 속에 짐이라도 처박지 않을까 하여 종종걸음을 치고 있었던 것이다.

동부욕살 하대곤과 함께 동해 고도에 유배된 명림수부를 만나고 온 다음부터, 우신은 동부의 책성과 긴밀한 연락 관계를 유지하는 한편 연나부의 결속에 힘을 기울였다. 이 모든 것은 비밀리에 진행되었다. 명림수부의 서찰을 읽은 연나부 세력들은 의기투합되어, 고구려 왕실 세력인 계루부의 힘을 와해시키기 위해 전력을 다하기로 했다.

가장 시급한 것은 연나부 세력들 각자 사병을 길러 맹훈련을 시키는 일이었다. 때를 기다려 계루부 세력을 무너뜨릴 기회가 오면, 바로 그때 동부의 하대곤이 군사를 일으키고 연나부 세력이 키워온 사병들이 국내성에서 내응하기로 되어 있었다. 그리하여 대왕 구부를 척살하고, 해평을 새로운 대왕으로 추대하자는 전략을 비밀리에 세워놓았던 것이다.

그런데 일단 혁명에 성공하려면 백성들의 지지를 얻어야만 했다. 백성들이 원하지 않는 정권은 지지기반이 약해 곧 무너지고 말 것이기 때문이었다. 따라서 대왕 구부가 민심을 잃는 정책을 펼쳐 백성들의 원성이 높아질 때까지 기다려야 한다는 것이 가장 어려운 과제였다.

혁명이란 비밀리에 준비해야 하므로 기밀 유지가 중요한 데다, 그 준비 과정에서도 한 치의 빈틈이 있어서는 안 될 일이었다. 그런데 동부와 연나부가 첫 연계 고리를 엮는 문제부터 간단치 않았다. 먼저 동부와 연나부의 결속을 위해서는 해평과 소진의 정략결혼을 성사시키는 것이 순서인데, 그것이 생각대로 진행되지 않았던 것이다.

문제는 당사자들이 서로를 원치 않는다는 데 있었다. 해평은 우신의 딸 소진이 이미 왕자비 간택에서 연화에게 밀려났다는 것을 탐탁지 않게 생각했다. 왕자비 간택 당시 고구려 왕실에서 들고 나온 결격 사유가, 소진 낭자의 혈통을 볼 때 석녀일 가능성이 높다는 것이었다. 해평은 전부터 자신과 혼사 이야기가 오가던 상대인 연화가 이련과 국혼을 하게 되자, 그 분한 마음을 쉽게 떨쳐버릴 수가 없었다. 더구나 그는 왕자비 간택에서 밀려난, 결격 사유가 있는 낭자를 배필로 삼고 싶지 않았다.

만약 소진과 혼인을 하게 될 경우 매사 연화와 비교할 수밖에 없다는 것이 해평으로서는 몹시 괴로운 일이었다. 두 사람 다 낙오자끼리의 결합이란 것을, 해평이나 소진의 자존심이 끝내 허락해 주지 않았다.

어느 날 소진은 혼인을 하지 않겠다는 결심을 아버지 우신에게 고백했다. 해평과 결혼을 하지 않겠다는 것이 아니라, 아예 평생토록 처녀로 살겠다는 것이었다. 그 이유는 이미 국내성뿐만 아니라 고구려 전역에 자신이 석녀로 소문이 났는데, 누구하고 결혼을 한다고 해서 그 오점이 사라지지는 않을 것이라는 이야기였다. 설혹 결혼을 했는데 정말 아이를 갖지 못하게 될 경우 소문이 사실로 입증된다는 두려움 또한 감당할 길이 없다고 생각했다.

우신의 마음은 쓰리고 아팠다. 그러나 양쪽 당사자가 싫다는 데야 어쩔 수 없는 노릇이었다. 정략결혼이라는 것이 양가 부모끼리 마음만 맞으면 강제로라도 진행할 수 있고, 그게 크게 흠될 일은 아니었다. 하지만 만약 혁명에 성공할 경우 해평이 새로운 대왕으로 추대될 위치이고 보면, 그 개인의 의사를 전혀 무시할 수 없었다.

그래서 일단 연나부에서는 대신의 자제들 중 해평의 배필로 마땅한 다른 낭자를 찾아보기로 했다. 우신으로서는 그래도 서운한 마음을 금할 길이 없었다. 만약 자신의 딸 소진이 해평과 결혼하고 혁명에도 성공하게 된다면, 그는 일약 부원군이 되어 고구려 최고의 관직인 국상의 자리에 오를 수도 있기 때문이었다.

'내 복이 거기까지인 모양이지……'

우신은 눈길을 걸으며 마음속으로 그렇게 중얼거렸다.

해가 노루꼬리만큼 서쪽 산등성이에 걸렸을 때에서야 우신 일행은 어느 산막에 도착했다. 깊고도 깊은 골짜기에 제법 훤히 트인 평지가 나왔는데, 너른 마당을 가운데 두고 통나무로 지은 산막 여러 채가 세워져 있었다.

너른 마당에서는 장정들이 한창 무술 연습에 열중하고 있었다. 그곳은 연나부의 무술도장이었다. 우신 일행이 그곳에 나타나자 검은 도복을 입은 여러 장정들이 뛰어왔다.

"어르신, 어려운 걸음을 하셨습니다."

군례를 올리듯 허리를 꺾은 장정은 턱수염이 수북한 텁석부리였는데, 허리엔 장검을 차고 있었다.

"연 사범! 수고가 많네."

턱석부리 연정균은 연나부의 조의선인으로 오래전부터 칠성산에 도장을 열어 장정들에게 무술을 가르치고 있었다.

"그런데 어르신께서 어찌 이런 한겨울에……."

연정균은 우신을 연나부의 큰 어른으로 떠받들고 있었다.

"내일이 설 아닌가? 소를 잡고 떡을 해왔으니, 여기 있는 장정들과 함께 새해를 맞이함세."

우신은 껄껄 웃었다.

"우선 몸부터 녹이셔야겠습니다. 어서 들어가시지요."

연정균은 우신을 자신의 막사로 안내했다.

이곳 칠성산의 산막은 연나부와 동부가 비밀 동맹을 맺고 나서 만든 새로운 도장이었다. 우신은 휘하에 데리고 있던 무사 연정균으로 하여금 연나부 청장년들을 모아 아무도 모르게 칠성산 깊은 곳에서 무술을 닦도록 했던 것이다. 칠성산은 국내성과 가까우면서도 산이 험하여 비밀리에 군사조련을 시키기에는 최적지였다.

섣달그믐 밤이었다. 눈 덮인 산속의 밤은 깊고 그윽했으며, 문풍지를 간단없이 울려대는 바람은 자정을 향해 줄달음질치고 있었다. 우신과 연정균은 밤이 늦도록 술잔을 기울이며 의미심장한 대화를 나누었다.

"머지않아 국내성에 두 개의 절이 창건될 모양이네. 대왕 구부는 지금 불교를 통해 백성들의 정신을 하나로 모아 국력을 키우겠다는 심산인데, 그것은 왕즉불 사상을 신봉하여 고구려를 불국정토로 만들겠다는 허황된 꿈에서 비롯된 것이지. 이 모두가 요승 석정과 천축승 두 놈이 구부의 귀에 듣기 좋은 소리만 지껄이고 있기 때문에 일어난 일 아니겠나? 요승 석정은 우리 고구려의 대표적인 민간신앙인 무속을 절 안으로 끌어들여 산신각을 짓는 등 혹세무민의 작태를 일삼으려 하고 있네. 이는 결코 좌시하고 넘어갈 일이 아닐세. 순수한 우리 전통신앙을 갖고 있는 백성들의 정신을 혼미하게 만들겠다는 발상이 아니고 무엇이겠나? 어찌하여 외래에서 들어온 불교가 산신을 모시는 고구려 민간신앙을 흡수해 버리도록 방관할 수 있단 말인가? 이는 나라를 팔아먹는 것과 진배없는 일이니, 백성들이 저들의 농간에 놀아나게 놔두어서는 안 될 것이네. 백성들의 혼을 외래 종교인 불교에 빼앗기는 것을 이대로 두고 볼 수는 없는 일 아니겠나?"

유교 덕목을 중시하는 우신은 불콰하게 술이 오른 눈빛으로 연정균을 응시했다. 유교도 중원에서 온 것이지만, 오래도록 학문으로 익혀서 낯설지 않은 데다 토속신앙과 결합되어 자연스럽게 한 몸처럼 느껴지게 된 지 오래였다.

"어르신, 어찌하면 저들의 농간을 막을 수 있겠습니까?"

연정균의 눈에서 불길이 이는 것을 본 우신은, 술을 한 잔 입안에 털어 넣고 나서 무릎을 앞으로 끌어당기듯 상대에게 몸을 기울였다.

"저들이 지금 공사 중인 두 개의 절을 완공하고 나면 어떤 형태로든 큰 행사를 벌이게 될 것이네. 아마도 백성들까지 참여하는 축제를 열 테지. 이때를 기하여 우리가 어떤 방법을 동원하든 축제를 망쳐 놓는다면, 불교를 믿으려던 백성들의 마음이 돌아서게 되지 않겠나? 국내성 분위기를 봐가면서 그 방법을 계속 연구할 테니, 내가 기별을 하면 연 사범은 무술에 아주 뛰어난 무사들을 가려 뽑아 국내성으로 보내주게. 만약 저들에게 한 사람이라도 붙잡히면 탄로가 날 염려가 있으므로, 언제라도 자신의 목숨을 내놓을 수 있는 그런 자들로만 차출해야 하네. 혹시라도 저들에게 붙잡히게 되면 그 자리에서 자진할 용기가 있어야 한다는 말이야. 이것이 내가 오늘 추위를 무릅쓰고 눈길을 헤치며 연 사범을 만나러 온 이유일세."

우신은 다짐을 박듯 깊고 서늘한 눈길로 연정균을 쏘아보았다.

"어르신, 잘 알겠습니다! 명심, 또 명심해서 준비하겠습니다."

연정균도 우신의 눈길을 피하지 않았다. 어두운 불빛 아래서 두 사람의 눈길은 허공에 부딪치며 강렬한 불꽃을 일으켰다.

"연 사범!"

우신은 연정균의 손을 덥석 잡았다.

"어르신!"

연정균도 두 손을 마주 잡으며 이를 사려 물었다.

"핫핫핫! 내일은 아마도 여느 새해보다 밝고 눈부신 해가 뜰 것일세."

우신은 연정균의 결심을 확인하고 적이 안심되는 눈빛으로 그를 보았다.

6

375년 2월, 마침내 고구려 최초로 두 개의 사찰이 창건되었다. 국내성 서북쪽엔 초문사를, 남동쪽엔 이불란사를 지어 각 절에 순도와 아도가 주석하게 된 것이었다. 이렇게 되면서 동궁 후원에 있는 내불전은 전적으로 석정이 주재하게 되었고, 고구려 왕실만을 위한 도량으로 활용하게 되었다.

초문사와 이불란사에서는 다가올 사월 초파일 행사를 성대하게 거행하기 위해 일찍부터 서두르고 있었다. 창건 초기에 두 절을 자주 찾아오는 신도들은 주로 무당들이었다. 두 절을 건축할 때 산신각을 마련하여 토속신앙을 신봉하는 고구려 백성들을 불교 신자로 끌어들여야 한다는 석정의 주장이 주효했던 것이다.

고구려는 대부분 산악지대로 이루어져 아주 오래전부터 백성들 사이에서 산신을 숭배하는 토속신앙을 믿었다. 그것은 단군신화와도 관련이 깊었다. 조선을 세운 단군이 깊은 산속에 들어가 산신이 되었다는 전설이 전해 내려오면서, 고구려에서는 성산聖山으로 떠받드는 높은 산마다 반드시 산신각을 지어 제사를 지냈다.

국내성의 경우 가까이에 있는 초문사와 이불란사에 산신각이 생겼으므로 일반 백성들도 즐겨 그곳을 찾게 되었다. 무당을 중심으로 하여 산신을 믿는 백성들이 절을 찾아가 산신각에 기도를 드리면서, 이들은 자연적으로 토속종교와 아울러 불교를 믿는 신자로 거듭나게 되었다.

대왕 구부는 초문사와 이불란사를 창건하고 나서 처음으로 맞는 사월 초파일 행사에 지대한 관심을 갖고 있었다. 흐트러진 백성들의 마음을 하나로 묶을 수 있는 유일한 길이 바로 불교라고 생각했기 때문이다. 그는 특히 왕즉불 사상을 토대로 한 호국불교를 백성들로 하여금 숭상케 하여 고구려를 불국정토로 만들겠다는 강한 의지를 불태웠다.

그래서 대왕은 초문사와 이불란사를 창건하고 나서 얼마 지나지 않았을 무렵, 내불전에 주석한 석정을 편전으로 불렀다.

"석정 대사! 이번 사월 초파일 행사에 내탕금을 내서라도 지원을 아끼지 않을 것이니, 순도와 아도 두 대사로 하여금 준비에 차질 없도록 당부해 주시오."

"폐하! 황공무지로소이다. 이번 초파일은 대단히 경사스러운 날이 될 것이옵니다. 고구려의 힘을 하나로 모을 수 있는 기회로 삼으소서."

"옳은 말씀이오. 헌데 동궁빈은 요즘도 내불전에서 불공을 열심히 드리고 있소?"

대왕은 왕태제 이련에게 직접 물어보고 싶은 말을 석정에게 묻고 있었다. 그런 말을 물어보기에는 아무래도 아우보다는 석정이 편했던 것이다.

"동궁빈 전하의 불심이 아주 깊사옵니다. 산달이 얼마 남지 않아 거동이 불편할 터인데도, 매일 법당에 나와 지극정성으로 불공을 드리고 있사옵니다."

"너무 무리를 하면 안 될 터인데……."

"힘에 부치는 절은 약식으로 하고, 주로 빈도에게 불경에 대한 강론을 부탁하곤 하옵니다. 그 덕에 빈도가 아주 열심히 불경 공부를 하고 있지요."

"허허히! 아니, 석정 대사도 불경에 대해 더 공부할 것이 있으시오?"

"부끄럽사옵니다. 빈도 같은 석두로선 불경 공부를 평생토록 해도 모자랄 수밖에 없습니다. 폐하께서도 빈도의 법명에 돌 석石 자가 들어가 있는 것을 잘 아시지 않사옵니까?"

석정의 말에 대왕은 호탕하게 웃었다.

그로부터 한 달 남짓이 지난 후, 초문사와 이불란사에서는 사월 초파일 행사가 거창하게 진행되었다. 국내성 백성들뿐만 아니라 성 밖에 사는 농민들도 집에서 가까운 쪽을 택하여 두 절로 구름처럼 몰려들었다.

하늘은 맑았고, 간혹 새털구름이 강물 위에 뜬 돛배처럼 편편히 떠다니고 있었다. 버드나무와 소나무 가지를 흔들며 산들바람까지 솔솔 불어오는 화창한 날씨였다.

초문사와 이불란사에서는 동시에 법요식과 연등행사가 펼쳐졌다. 대왕 구부도 대신들과 함께 행사에 참여했다. 낮에는 초문사에서 열리는 법요식에 참석하고, 밤에는 이불란사로 가서 연등회를 구경했다. 백성들과 함께 탑돌이 행사에도 동참하여, 직접 눈으로 민심을 확인하는 기회로 삼았다.

밤이 되어 연등행사가 펼쳐질 때 갑자기 먹구름이 하늘을 뒤덮었으나, 짙은 어둠이 오히려 연등의 불빛들을 더욱 환하게 밝혀주었다. 그래서 멀리서 바라보면 연등이 마치 절의 기와지붕 아래로 잘 익은 연시가 주렁주렁 매달려 있는 듯이 보이기도 했다.

그런데 대왕 구부가 이불란사에서 탑돌이를 하고 있을 무렵, 초문사에서는 일대 소동이 벌어졌다.

초문사의 연등행사에 참여한 군중들 가운데 수상한 그림자가 끼어드는 것을 눈치챈 사람들은 아무도 없었다. 국상 을두미가 만약의 사태에 대비하여 군사들에게 사복을 입혀 곳곳에서 감시망을 펼치도록 했으나, 그들도 연등행사에 정신이 팔려 수상한 그림자들의 이동을 발견하지 못했던 것이다.

수상한 무리는 두 패로 나누어져 있었다. 한패는 법당 뒤쪽으로 돌아가고, 다른 한패는 칠성각 뒤쪽으로 접근했다. 먼저 법당 뒤쪽으로 간 무리들 중 하나가 미리 준비한 송진 기름을 묻힌 종이에 불을 붙였다. 그리고는 연등회에 온 불자를 가장하여 소리쳤다.

"불이야!"

그 소리를 신호로 칠성각 뒤쪽에서도 불길이 솟았다.

갑자기 법당과 칠성각 뒤편에서 동시에 불길이 타오르자 연등회에 참석했던 사람들 사이에 일대 혼란이 일어났다. 어서 빨리 불길을 피해 행사장을 벗어나려고 발버둥치는 사람, 불을 끄기 위해 우물에서 물을 길어 나르는 사람, 불을 지른 범인을 잡기 위해 혈안이 되어 있는 사복 입은 군사들까지, 절 안팎이 금세 아수라장으로 변해 버렸다.

그러는 사이에 법당과 칠성각에 불을 놓은 무리들은 군중에 섞여 몰래 절을 빠져나갔다. 어찌나 동작이 민첩한지 사복 입은 군사들도 그들의 움직임을 눈치채지 못했다. 그런데 그들 무리 중 하나가 절 뒷담을 넘다가 발이 미끄러져 땅바닥으로 나뒹굴고 말았다.

"저놈이 범인이닷! 저놈 잡아라!"

사복 입은 군사 하나가 그것을 보고 달려가 오라를 지웠다. 그런데 그 순간 절 뒷담 위로 검은 그림자 하나가 불쑥 솟아오르더니, 붙잡힌 사내를 향해 비수를 날렸다.

"으으, 윽!"

사내는 가슴에 비수를 맞고 푹 고개를 꺾었다. 그는 사지를 푸들푸들 떨더니 그대로 늘어졌다.

법당과 칠성각에 난 불이 막 지붕으로 올라붙으려고 할 때였다. 갑자기 하늘에서 번개가 번쩍이더니 천둥소리와 함께 폭우가 세차게 쏟아지기 시작했다. 그러자 하늘로 치솟던 불길이 금세 꺾여 버렸다. 불은 사람의 손길도 닿기 전에 폭우를 맞아 점점 불꽃이 사그라지기 시작하더니 곧 소진되었다.

불을 지른 것으로 짐작되는 사내는 독이 묻은 비수를 맞고 그대로 절명해 버렸다. 비밀을 유지하기 위해 동료의 입을 틀어막은 것이었다. 군사들이 절 주변을 샅샅이 뒤졌으나 비수를 날린 사내의 종적은 찾을 수 없었다.

국내성에서는 초문사 방화 사건을 두고 말들이 많았다. 범인의 정체를 밝히지는 못했지만, 분명 불교를 반대하는 세력의 짓이 틀림없다는 것이었다. 대체로 두 부류 중 하나의 음모라고 추측하였다.

첫째는 유학을 숭상하는 무리들이라고 주장하는 쪽이 있었고, 둘째는 왕권을 부정하여 역모를 꾸미려는 자들의 소행일 것이라는 쪽도 있었다. 그러나 범인을 찾아내지 못한 상황에서는 섣부르게 예단할 수 없는 일이므로, 사건은 결국 오리무중으로 빠지고 말았다.

그런데 방화 사건이 일어나고 나서부터 백성들 사이에선 신비한 이야기들이 입에서 입으로 부풀려지며 퍼져 나갔다. 갑자기 폭우가 내려 법당과 칠성각의 불을 끈 것을 보면 부처님의 영험함이 증명된 것이라고 했다. 또한 사월 초파일날 절에 불이 난 것은 앞으로 불교가 크게 번창할 징조라는 말도 일파만파로 퍼져 나갔다.

대왕 구부는 순도와 아도, 그리고 석정을 불러놓고 말했다.

"이를 두고 전화위복이라 하지 않을 수 없군요. 방화 사건으로 불교 신도가 부쩍 늘어나고 있다 들었습니다."

"연못에 피는 연꽃은 진흙 속에 뿌리를 내리고, 수심 깊이만큼 줄기를 뻗어 올려 잎사귀가 수면과 만나야만 비로소 꽃을 피울 수 있사옵니다. 한 송이 꽃을 피우는 일도 수고가 따르고, 봉우리를 터뜨릴 때까지 숱한 진통을 겪어야 하옵니다. 연은 그 이파리가 수면과 일치하여 평화를 상징하고, 그 꽃이 우아하고 아름다워 자비의 마음을 나타내고 있사옵니다. 이처럼 연이 진흙탕의 더러운 물에서 아름다운 꽃을 피워 올리듯, 불교를 믿게 되면 고난 속의 백성들이 마음의 안식을 찾고 서로서로 사랑으로 감싸주어 온 나라가 평화로운 세상을 이루는 것이옵니다. 작은 고난은 큰 사랑을 위한 씨앗이므로, 오히려 축복이라 아니할 수 없습니다."

순도의 말은, 그것 자체가 하나의 설법이었다. 그 설법에 공감한다는 듯, 대왕은 가만히 고개를 끄덕거렸다.

순도 일행이 편전에서 물러가고 난 후, 국상 을두미가 대왕에게 알현을 청했다.

"폐하! 초문사 방화 사건이 오히려 전화위복이 된 것은 참으로 다행스러운 일이오나, 한 가지 걱정이 있사옵니다."

"국상! 말씀해 보시지요."

"방화범의 배후가 누구냐 하는 것이옵니다. 방화범이 잡혔을 때 그 무리 중 하나가 독 묻은 비수를 날려 그 자리에서 절명케 했습니다. 비밀을 유지하기 위해 입을 봉한 것입니다. 이는 그들이 철저히 어떤 일을 모도하기 위해 훈련을 받아 온 무리들이라는 걸 미루어 짐작하기 어렵지 않사옵니다."

을두미는 여기서 일단 말을 멈추고 대왕을 바라보았다.

"딴은 그러하오. 짐도 그것이 좀 마음에 걸리긴 했소만……."

대왕의 심중을 헤아리며 을두미가 다시 입을 열었다.

"초문사를 방화한 것은 불교를 반대하는 세력이 아닐지도 모릅니다."

"허면 그들이 대체 무엇 때문에 방화를 했단 말이오?"

"대왕 폐하의 개혁에 반대하는 세력들일 가능성이 높사옵니다."

"개혁에 반대를 한다?"

"폐하께선 고구려를 불국정토로 만들겠다는 원대한 꿈을 갖고 불교를 공인하려는 것이 아니옵니까? 소신은 태학에서 유생들을 가르칠 때도 그 점을 누누이 강조한 바 있사옵니다. 불교는 강력한 왕권을 세우는 데 절대적으로 필요하고, 유교는 백성들의 질서를 유지케 함으로써 국가 기강을 바로잡는 데 매우 유용한 학문이라고 말입니다. 그런데 일부 유교론자들은 불교가 유교의 덕목을 해치고 교화를 방해하는 종교라 생각하고 있습니다. 그러하므로 이번 초문사 방화 사건은 유교를 숭상하는 사람들 중 누군가가 저질렀을 가능성이 높다고 판단되옵니다."

"그러하다면?"

"하온데 문제는, 유교를 숭상하는 사람들의 방화로 보이도록 하면서 사실은 다른 음모를 꿈꾸는 이중성을 가진 자들의 행위일지도 모른다는 의문입니다. 동료에게 독이 묻은 비수를 날릴 정도로 철저한 비밀을 요하는 세력이라면, 분명 그들은 다른 음모를 꾸미고 있을 것이옵니다. 즉, 폐하가 왕권을 강화하는 것에 반대하는 세력들을 의심해 보지 않을 수 없습니다. 차제에 그 불씨를 제거하지 않으면 큰 우환이 염려되므로, 폐하의 결단이 필요한 때라 사료되옵니다."

"대체 짐의 개혁을 반대하는 무리들이 어떤 자들이란 말이오?"

대왕이 언성을 높였다.

"의심할 자들은 단 한 세력뿐이옵니다."

"그들이 누구냔 말이오?"

"연나부입니다. 아직도 연나부의 수장은 전 국상 명림수부이옵니다. 비록 동해 바다 외딴섬에 유배되어 있긴 하나, 그의 입김은 연나부 전체에 작용하고 있을 것이옵니다. 화로 속의 잿불에서 다시 불씨가 살아나는 법이옵니다. 죄인 명림수부야말로 화로 속의 잿불이옵니다. 차제에 사약을 내려 연나부의 음모 세력들에게 경종을 울리도록 해야 하옵니다."

국상 을두미는 전부터 대왕이 명림수부를 살려둔 것에 대해 우려하고 있었다.

"흐음! 국상의 생각이 그러하다면, 깊이 한번 생각해 보겠소."

대왕은 별궁에서 자진한 왕후에게 생각이 미치자, 자꾸만 왕후의 친부인 명림수부에 대한 마음 또한 누그러지는 것을 어찌할 수 없었다. 그는 눈을 꾹 감고 장고의 시간을 거듭했다.

7

가뭄이 오래도록 계속되었다. 거북의 등처럼 땅이 쩍쩍 갈라지는데도 하늘은 비를 내려주는 데 인색했다. 구름이 잔뜩 낀 날씨에도 병아리가 오줌 지리듯 몇 줄기 빗방울만 듣다 말았다. 그러다 보니 농민들의 한숨소리가 밤낮으로 이어졌다. 궁궐 안의 연못도 말라가기 시작하여, 이제는 겨우 물에 등을 담근 잉어가 하늘을 향해 입만 내민 채 뻐끔댈 뿐이었다.

대왕 구부는 국상 을두미의 지휘 아래 기우제 지낼 준비를 하라 일렀다. 궁궐을 가운데 두고 국내성 서쪽에는 국사國社가, 동쪽에는 종묘宗廟가 있었다. 국사는 기우제를 지내는 곳이고, 종묘는 역대 왕과 왕후의 신주를 모시는 왕실의 사당이었다.

평양성 전투에서 부왕이 전사하고 나서 대왕은 먼저 내탕금을 내어 종묘부터 재건하는 데 심혈을 기울였다. 그러나 국사까지 재건할 여력은 없었으므로, 돌로 쌓은 제단은 풀만 무성했다. 그동안 관리가 제대로 안 된 탓이었다.

을두미는 국사의 제단에 난 잡초부터 말끔히 제거토록 하고, 기우제의 일종인 용제龍祭를 지내기로 했다. 먼저 큰 소나무를 베어 몸통을 짚으로 감고, 그 위에 황토 진흙을 바른 후 청색으로 비늘을 그려 넣었다. 그리고 나서 돼지머리를 비롯하여 육지와 바다에서 나는 각종 음식을 제단에 올렸다. 바로 그 앞에는 소나무로 만든 청룡을 가로로 길게 뉘어 놓았는데, 그 길이가 제단의 좌우 끝에 맞물릴 정도로 컸다.

용제에는 산신을 모시는 무당을 비롯하여, 머리를 빡빡 깎은 맹인 점쟁이인 판수와 승려 들이 참여했다. 먼저 무당은 청룡의 머리 부분에 자리를 잡고 기우제 굿을 했으며, 판수는 그 중간의 몸통 부분에서 용왕경이라는 경문을 외었고, 승려는 꼬리 부분에서 염불을 했다. 이처럼 기우제는 전통신앙과 종교가 한데 어우러져 총체적으로 백성들의 마음을 하나로 모으는 행사라고 할 수 있었다.

그러나 구름이 오락가락하는 하늘에서는 마른번개만 칠 뿐, 빗방울을 뿌리지는 않았다. 가끔 거리를 가늠할 수 없는 곳에서 마른번개가 치고 천둥소리가 미미하게 들려와 사람들의 가슴만 새카맣게 타들어가도록 만들었다.

바로 그 시각, 동궁빈 하씨의 처소에선 긴박한 움직임이 있었다. 산통이 시작되자 어의가 달려와 동궁빈의 진맥을 보았다. 그리고 시녀들은 산모를 거든다, 물을 끓인다 해서 난리법석이었다.

왕태제 이련도 기우제를 지내다 그 소식을 듣고 급히 달려와, 동궁빈의 처소 앞에서 안절부절못한 채 그저 마른번개가 치는 동쪽 하늘만 바라보고 있었다. 그는 처음 연화를 만났을 때 같이 태백산 천지에 올라갔던 기억을 떠올렸다. 태백산 언저리를 가늠하며 동쪽을 바라보고 있는데, 그쪽 하늘에서 먹구름이 몰려들며 마른번개가 쳤다. 먹구름 위로 붉은 기운이 뻗쳐오르고 있었다. 잠시 후 용이 트림을 하듯 천둥소리가 쿠르릉, 하며 울렸다. 그리고 마른번개가 연속적으로 치더니, 미미하던 천둥소리가 가깝게 들려왔다. 산 너머에서 천둥소리가 들려오는 하늘을 바라보던 이런은, 전에 연화와 천지에서 보았던 황룡의 꼬리를 다시 본 듯했다.

산을 넘어온 먹구름이 점차 국내성 하늘로 배밀이를 하듯 밀려왔다. 먹구름이 번개로 인하여 주황빛으로 물들면서 또한 천둥이 쿠르릉, 하며 계속 울었다. 바로 그때 동궁빈의 처소에서 아기 울음소리가 우렁차게 들려왔다.

'순산을 했구나!'

마당에서 어정대고 있던 왕태제는 동궁빈의 처소로 달려갔다. 시녀 길례가 방에서 나오다가 그를 보고는 예를 올렸다.

"어찌 되었느냐?"

"전하! 왕손이 탄생하셨사옵니다. 기뻐하소서."

"오오, 우렁찬 울음소리로 아들인 줄 알았노라."

이런은 뛸 듯이 기뻤다. 동궁빈의 처소로 들어가려 하자, 길례가 말렸다.

"아직은 들어가시면 아니 되옵니다. 잠시 기다리소서."

"산모가 궁금해서 그러지 않느냐?"

"동궁빈 전하는 순산하셨으니 안심하셔도 좋습니다."

시녀 길례는 가마솥에 끓인 물을 떠가지고 서둘러 동궁빈의 처소로 향했다.

이련은 마구 가슴이 뛰었다. 흥분을 감출 길이 없어 뜰 앞에서 덩실덩실 춤이라도 추고 싶었다.

바로 그때, 국내성 위에 포장을 친 듯한 시커먼 하늘에서 빗방울이 듣기 시작했다.

"와! 비다, 비가 온다!"

이련은 자신도 모르는 사이에 소리치며 두 손을 하늘 높이 번쩍 들어올렸다. 하늘에서 천손을 보내주시면서, 축복의 비까지 내리게 했다고 그는 생각했다.

궁궐 곳곳에서 사람들이 뛰어나와 하늘을 향해 만세를 부르며, 세차게 쏟아져 내리는 빗줄기를 몸으로 받았다. 이련은 편전으로 달려갔다.

때마침 대왕 구부도 편전 앞의 뜰로 나와 비가 오는 광경을 지켜보고 있었다.

"오오! 오늘 기우제의 정성을 보고 하늘이 감동한 모양이로다."

대왕이 왕태제 이련의 달려오는 모습을 보고 기쁨에 들떠 말했다.

"대왕 폐하! 드디어 동궁빈이 왕손을 낳았사옵니다."

"무엇이라? 왕손이 태어났어? 하늘이 큰 축복을 주셨구나. 왕손과 함께 비까지 내려주시다니, 이것이 천신의 섭리가 아니고 무엇이냐?"

대왕도 왕손의 탄생에 대하여 크게 감동한 눈빛이었다.

며칠 간 지속되던 장맛비가 그치고 나서 남쪽 국경으로부터 급보가 날아들었다. 청목령(송악산)의 백제 군사들이 부소갑 북쪽 인근의 고구려 인삼 재배단지를 기습하여 삼농인蔘農人 수십 명을 납치해 갔다는 비보였다. 주로 인삼 재배로 먹고사는 한 마을을 쑥대밭으로 만들었다는 것이다.

고구려는 수곡성을 백제에게 빼앗길 때 인삼 재배의 중심지인 부소갑까지 잃었다. 그리하여 청목령을 경계로 그 남쪽은 백제 땅이 되었고, 백제왕 구는 그곳에 성을 쌓음으로써 부소갑 이남 지역을 백제 권역으로 확실하게 묶어놓았다.

백제가 전부터 부소갑을 호시탐탐 노려온 이유는 그곳에서 생산되는 양질의 인삼이 중원에서 비싼 값으로 거래되고 있었기 때문이다. 고구려는 부소갑을 백제에게 빼앗기면서, 그 인근 지역에서 나오는 인삼 생산량의 8할 이상을 잃었다.

고구려가 발해와 황해의 해상권을 장악하고 있을 때는 부소갑에서 생산되는 인삼을 해로를 통해 요동반도나 산동반도와 직거래를 했었다. 그러나 백제가 해상권을 완전히 장악한 이후 고구려는 육로를 통해 패수·압록강·요하 등을 건너 중원으로 진출하는 어려운 노정을 거쳐야만 했다. 그런데 부소갑마저도 백제에게 넘겨주면서 고구려는 인삼 교역의 주도권까지 빼앗기는 치명적인 상처를 입었다.

"아니, 백제 군사들이 우리의 인삼 재배단지를 침탈하도록 고구려 군사들은 대체 무엇을 하고 있었단 말인가?"

대왕 구부는 부소갑 인근의 고구려 남경에서 달려온 전령을 꾸짖었다.

"청목령이 부소갑 북쪽에 위치해 있으므로 늘 경계를 철저히 하고 있었사옵니다. 그런데 이번에 오랜 가뭄으로 인삼의 잎이 타들어가는 등 피해가 속출하고 있사옵니다. 지하수를 파고 관개시설을 하는 등 사역이 많아지자 급기야 부족한 인력을 보충하기 위해 군사들까지 대민지원에 나서게 되었는데, 적들이 그 틈을 노려 기습을 한 것이옵니다. 적의 기병 수백 기가 야습을 하여, 낮에 폭염 속에서 일하다 지쳐 곤하게 잠든 삼농인을 마치 보쌈이라도 하듯이 자루에 담아 말 위에 싣고 도망친 것이옵니다."

"보쌈이라? 허허, 해괴한 일이로고. 어찌 저들이 무고한 삼농인을 붙잡아 갔단 말이더냐?"

대왕의 목소리는 분노에 가까웠다.

"백제가 부소갑 서남쪽 바다 가운데 있는 갑비고차(강화도)란 섬에 대단위 인삼 재배단지를 만들고 있는데, 붙잡아간 고구려 삼농인들로 하여금 영농기술을 전수케 하기 위함인 것 같사옵니다."

"일리가 있는 말이로다. 하루빨리 지원 군사를 보낼 터이니, 그동안 경계를 더욱 철저히 하도록 하라!"

대왕의 명을 받고 전령은 곧 부소갑이 있는 고구려 남경을 향해 말을 달렸다.

국내성에서는 청목령의 백제군에 대한 대책을 마련하기 위해 연일 대신들의 회동이 있었다. 그러는 가운데 어느 사이 동궁빈 하씨가 왕손을 낳은 지 삼칠일이 지났다.

고구려 풍속에는 아기를 낳은 지 스무하루가 되는 날을 삼칠일이라고 하는데, 이때 금줄을 내리고 이웃들도 아기를 볼 수 있었다. 이러한 민가의 풍속대로 대왕도 삼칠일이 되기만을 기다리고 있다가 동궁전으로 거둥했다.

"대왕 폐하 납시오."

내관의 소리에 동궁빈의 처소는 갑자기 부산스러워졌다.

풍속에 따라 동궁빈은 삼칠일 이른 아침에 삼신에게 보리밥과 미역국을 올렸다. 그러고 나서 산모도 미역국을 먹고, 처소 앞에 쳤던 금줄을 걷어냈다. 시녀들은 수수경단이다 보리떡이다 해서 음식을 장만하느라 바쁘게 움직이고 있었다.

그런 부산을 떠는 가운데 대왕이 나타나자, 왕태제가 먼저 달려 나오고 동궁빈이 뒤미처 따라와 처소 앞에서 급히 허리를 굽혔다.

"폐하! 어서 드시옵소서."

이련이 대왕을 방 안으로 안내했다.

"산모는 좀 어떠신가?"

대왕이 이련에게 물었다. 대왕에게 동궁빈 하씨가 사사롭게는 제수弟嫂가 되므로, 차마 마주 대하고 물어보기가 어려웠던 것이다. 궁중의 법도에서도 그런 풍속은 지켜지고 있었다.

"산모와 아기 모두 건강하옵니다."

이련이 대답했다.

그때 마침 아기의 울음소리가 우렁차게 들려왔다.

"허허, 우리 왕손이 깨어나셨구나! 울음소리가 대왕감이야!"

대왕은 소리 나는 쪽으로 눈길을 돌렸다. 이때 시녀 길례가 아기를 안아 올려 대왕에게로 다가가 아뢰었다.

"폐하! 가까이서 보시옵소서."

"오, 그래! 눈썹이 아주 굵고 검은 것이 범상치 않아 보이는구나!"

대왕은 길례에게서 아기를 받아 안아보며 입이 귀에 걸렸다. 그 순간 왕후가 이런 아기를 낳았더라면, 하는 생각을 그는 잠깐 했다.

"폐하! 왕손 아기의 이름을 지어주십시오. 부탁드리옵니다."

이련이 공손하게 허리를 굽혔다.

"음, 그렇지 않아도 삼칠일이 되기를 기다리며 깊이 생각해둔 것이 있다."

"그것이 무엇이옵니까?"

"오늘 우리 왕손 아기를 처음 대하고 보니, 짐이 생각해 둔 이름이 딱 들어맞는 것 같구나!"

"궁금하옵니다. 어서 말씀해 주시옵소서."

왕태제 이련과 동궁빈 하씨는 나란히 서서 잔뜩 기대에 찬 눈길로 대왕을 바라보았다.

"담덕이 어떨까 싶네. 을두미 국상과 논의한 결과 짐이 담談 자를, 국상이 덕德 자를 내놓았지. 기본 뜻으로는 말 담 자인데, 그 안에는 '깊고 그윽하다'라는 의미가 들어 있지. 덕 자 또한 기본은 크다는 뜻인데, 그 안에는 '은혜를 베풀다', '바로 서다'라는 의미가 들어 있네. 여보게, 아우! 담덕이 어떠한가?"

대왕은 단둘이 아닌 다른 사람들이 있을 때는 아우라는 말을 잘 쓰지 않는데, 이번에는 특별한 자리여서 친근감 있는 어투로 그렇게 불렀다.

"폐하! 황공하옵니다. 그런데 그 뜻이 이름자로는 너무 큰 것이 아닐는지요?"

"아우가 모르는 소리네. 우리 고구려가 천하를 호령하려면 그런 큰 이름을 가진 대왕이 나와야 하네. 우리 왕손이 충분히 그런 대업을 성취할 것일세. 이것 보게. 이렇게 울음소리가 천지를 진동케 하지 않는가?"

대왕은 다시 아기가 크게 울음을 터뜨리자 얼른 길례에게 안겨주었다.

"황공하옵니다, 폐하! 아기가 폐하께서 내리신 이름을 알아 듣고 큰 울음소리로 고마움을 전한 것 같사옵니다."

동궁빈이 비로소 아기를 빌어 대왕에 대한 고마움을 표했다.

"허허허! 신통하기도 하구나. 벌써 말귀를 알아든다니……"

대왕은 우렁찬 아기 울음소리를 뒤로하고 동궁빈의 처소를 나왔다.

궁궐 후원 숲속에서 뻐꾸기 소리가 들려왔다. 봄에 우는 뻐꾸기 소리는 귀에 걸리지만, 여름에 우는 뻐꾸기 소리는 가슴에 얹히는 듯했다.

제6장

자객의 무리

1

왕손을 안아본 대왕 구부는 자신도 모르는 사이에 힘이 불끈 솟았다. 그는 다음 날 새벽 종묘 사당에 가서 고구려 역대 제왕의 위패 앞에 다음과 같이 고했다.

"이제 우리 고구려에도 새로운 희망이 생겼사옵니다. 천신께서 천손을 내려주시었사옵니다. 바야흐로 오래도록 구름에 가렸던 해가 나와 천하를 밝게 비추고 있사옵니다. 기뻐해 주시옵소서."

구부는 다시 부왕의 위패 앞으로 옮겼다. 녹슨 화살촉이 거기 그대로 있었다. 그는 화살촉을 손에 들고 바라보았다. 날카롭고 딱딱한 쇠의 촉감이 그의 폐부를 찔렀다.

그야말로 절치부심의 세월이었다. 시신을 부검한 어의가 부왕의 사인을 화살에 묻힌 짐독이 순식간에 온몸에 퍼져 해독이 불가능해 붕어하였다고 말했을 때, 그는 백제군에 대한 분노가 치밀어 오르는 것을 참을 길이 없었다.

독이 묻지 않은 화살을 맞았다면 그리 위험할 정도의 상처는 아니었다. 그러나 짐독은 해독하기 쉽지 않은 맹독에 속했다. 이는 적이 부왕을 겨냥해 죽이기로 작정하고 쏜 화살이 분명했다.

대왕은 화살에 짐독을 묻혀 쏜 것이 바로 백제의 태자 수와 그 무리들일 것이라고 짐작했다. 그는 부왕을 호위했던 군사들로부터 보고를 듣고 그렇게 판단했다.

'언젠가는 이 손으로 백제 태자 수의 목을 거두고 말리라. 앞으로의 전투에서 반드시 맞부딪칠 날이 있을 것이다.'

대왕은 녹슨 화살촉을 부왕의 위패 앞에 다시 놓으며 두 주먹을 부르쥐었다.

"이제 소자는 저 불구대천의 원수 백잔을 치러 가겠사옵니다. 그동안 태학을 세우고 율령을 반포했으며, 불교를 받아들여 불국정토의 토대를 마련했사옵니다. 때마침 왕손이 태어나 새로운 힘이 생겼고, 이를 계기로 하여 철천지원수를 갚기 위해 군사를 일으켜 백잔의 무리들을 단숨에 쓸어버리겠나이다."

대왕의 눈에는 피눈물이 고였다.

사실상 부소갑 부근의 고구려 남경에서 전령이 달려와 백제군에게 기습당한 일을 고했을 때, 고구려 대신들 사이에선 백제를 치자는 쪽과 아직 시기가 이르다는 쪽으로 패가 갈려 쉽게 결단을 내리지 못하고 있었다. 대왕도 욕심 같아서는 당장 군사를 일으키고 싶었으나, 국상 을두미가 시기상조라며 반대하고 나서는 바람에 최종 결단을 내리지 못한 채 망설이고 있는 중이었다.

그런데 삼칠일을 기다려 왕손을 만나고 난 다음, 대왕은 이번 기회에 백제의 군사들을 아예 한수(한강) 남쪽으로 몰아내겠다고 새롭게 결심을 굳혔다. 그러한 결심을 종묘의 역대 제왕들에게 고한 뒤, 그는 다시 백제와의 전쟁에 대한 논의를 하기 위해 대신들을 편전으로 불렀다.

"짐은 오늘 새벽 백제를 치기로 마음을 굳혔소. 선왕이 평양성에서 훙거하신 지 햇수로 5년이 지났소. 당시 짐은 당장이라도 백제군을 쳐서 선왕의 원수를 갚고 싶었으나 이를 악물고 참았소. 휘하 장수들이 분노하여 패수를 건너 철수하는 백제군의 뒤를 치자고 강력히 주장했지만, 당시 짐은 때가 아니라고 생각했소. 절대로 서둘러서 될 일이 아니라고 판단했기 때문이오. 당장 우리 고구려에게 급한 것은 내부의 결속이었소. 백성들의 피폐해진 삶을 보살피고, 그럼으로써 고구려의 정신을 하나로 묶는 것이었소. 그리하여 짐은 그동안 내부 결속을 위하여 부단한 노력을 기울여 왔소. 이제 우리 고구려도 충분히 재충전을 했다고 판단되오. 오래도록 기다리던 왕손이 태어나 고구려 왕실이 튼튼해졌소. 전에는 한수에서 산동반도를 잇는, 그 북쪽 서해와 발해의 해상권을 우리 고구려가 장악하고 있었소. 그런데 백제왕 구가 요서지역을 경영하게 되면서부터 사실상 우리는 바다를 잃어버렸소. 이제 해상권을 장악한 백제는 부소갑의 인삼까지 8할 이상을 가져갔소. 이번에는 저들이 우리 고구려의 삼농인을 납치해 갔지만, 다음에는 아예 그나마 2할밖에 남지 않은 부소갑 북쪽의 인삼 재배단지를 통째로 차지하려고 들 것이오. 차제에 짐은 부소갑이 아닌 수곡성의 백제군을 기습하려 하오. 부소갑보다 북동쪽에 위치한 수곡성을 탈환하면, 백제는 부소갑 북쪽 경계인 청목령을 지키는 데 부담을 느낄 것이오. 사실 우리는 수곡성을 잃으면서 그 서남쪽 아래에 위치한 부소갑을 경계하기가 어려워 너무 손쉽게 백제에게 그 지역을 내주고 말았소. 그래서 우리는 이번 기회에 수곡성을 탈환하고 부소갑을 되찾은 다음, 고구려의 국경을 남쪽 한수 북변까지 넓혀야 한다고 생각하오. 그래야만 부소갑의 인삼 재배지를 되찾을 수 있고, 저 중원의 제국들과 해상을 통한 인삼 교역도 가능해지게 될 것이오. 부소갑의 인삼 교역은 국고에도 적지 않은 보탬이 되기 때문에 결코 좌시할 수 없는 문제라고 생각하오."

대왕은 좌우를 굽어보며 눈으로 대신들의 의견을 물었다.

"옳으신 말씀이옵니다. 당장이라도 군사를 일으켜 백잔의 무리들을 패하의 물귀신으로 만들어야 할 것이옵니다."

대사자 연소불이 나섰다. 얼마 전까지만 해도 그는 국상 을두미와 의견을 같이하여 전쟁을 반대하던 편이었다. 그런데 이번에는 무슨 이유에선지 대왕 구부의 주장에 적극 찬동하고 나섰다.

"폐하! 지금은 전쟁을 일으킬 때가 아니옵니다. 오랜 가뭄에 흉작이 염려되는 데다 한창 곡식이 익어가는 여름이옵니다. 보리를 거두어들여 어렵게 백성들이 곡기를 모면하기는 했으나, 가을에 추수할 작물들이 한창 여물기 시작할 때라 농부들의 손길이 바빠지고 있사옵니다. 모병을 하기가 매우 어려운 실정임을 헤아려 주시옵소서."

국상 을두미는 여전히 신중론을 내세우고 있었다.

"국상의 말씀을 모르는 바 아니오. 백잔은 오랜 가뭄으로 우리 인삼 재배단지에서 농민들이 지하수를 파고 관개시설을 정비할 때 기습공격을 감행하지 않았소. 저들 또한 오랜 가뭄으로 흉작을 예상하고 있는 것은 우리가 걱정하는 바와 다르지 않을 것이오. 즉, 저들도 모병이 어려울 것이란 점을 오히려 우리가 절호의 기회로 삼아야 한단 말이오. 짐은 모병을 하지 않을 생각이오. 국내성에서 날랜 기병 1천을 가려 뽑아 출정하고, 나머지 정병은 평양성에서 차출해 청목령을 치는 척하면서 기습으로 수곡성을 들이칠 생각이오. 백제군이 기습으로 우리의 허를 찔렀으니, 우리도 기습으로 저들의 허를 찔러야 하지 않겠소? 손자병법에도 기병과 정병을 잘 이용하여 변화무쌍한 전략을 펼치면 적의 허를 찔러 승리할 수 있다 하였소."

대왕은 자심감에 넘쳐 있었다.

몇몇 대신들의 찬동과 반대 의사가 있었으나, 대왕은 자신의 결단을 끝까지 밀고 나가기로 했다.

이때 을두미는 연나부를 대표하는 대사자 연소불이 갑자기 전쟁 반대론에서 전쟁 불사론으로 생각을 바꾼 것에 대해 의심을 품지 않을 수 없었다. 얼마 전부터 연소불이 동부욕살 하대곤과 사돈을 맺기로 했다는 소문이 떠돌고 있었다. 하대곤의 아들 해평과 연소불의 딸 정화 낭자가 결혼을 하게 되었다는 것이다.

을두미는 동부와 연나부의 결탁을 은근히 걱정하고 있었다. 전에 해평과 우신의 딸 소진 낭자와의 결혼설이 있었으나, 무슨 이유 때문인지 결렬되었다. 그런데 이번에 다시금 하대곤이 연나부와 사돈 관계를 맺으려는 것이 심히 의심스럽기 짝이 없었던 것이다. 더군다나 연나부 수장이었던 명림수부가 동부와 가까운 동해 고도에 유배되어 있는 것이 아무래도 마음에 걸렸다. 아직도 명림수부의 입김이 동부를 통해 연나부에 전해지고 있을지도 모를 일이었다.

대신들이 물러가고 나서 을두미는 대왕 구부와 독대했다.

"폐하, 지난번 초문사 방화 사건이 아무래도 마음에 걸립니다. 아직 그 배후가 누구인지조차 밝혀지지 않은 상태이옵니다. 궁궐 내부의 단속을 더욱 철저히 해야 할 이때에, 국내성에서 1천 기병을 차출한다는 것은 위험천만한 일이옵니다."

을두미는 초문사 방화 사건의 배후로 연나부를 지목하고 있었고, 아직도 자신의 판단이 그르지 않다고 생각했다.

"짐은 이번에 원정군의 군사軍師로 문무를 겸비하고 있는 국상을 대동할 계획이었소. 가만히 생각해 보니 아우 이련에게만 국내성을 맡길 수 없는 노릇이고, 국상도 궁궐에 남아 국내성을 안전하게 지켜주셔야 짐이 마음을 놓을 수 있을 것 같소이다."

"폐하께서 그렇게 말씀하시는데, 이제 소신이 더 이상 원정을 반대할 수는 없게 되었사옵니다. 다만 동해 고도에 있는 죄인 명림수부에 대한 처단을 가납하여 주시기 바라옵니다."

을두미는 연나부의 싹부터 잘라내 만약에 있을지 모를 저들의 준동을 미연에 방지해야 한다고 생각했다.

"명림수부 문제는 원정을 다녀와서 다시 논의하면 안 되겠소?"

대왕은 아직까지도 왕후에 대한 미안함 때문에 그 친부의 목숨까지 거두는 일은 피하고 싶었다. 왕손을 안았을 때, 그 아기를 왕후가 낳은 자신의 아들이었으면 하고 생각했던 것도 그런 미련이 남아 있었기 때문이다.

"이 문제는 원정을 떠나기 전에 해결해야 할 시급한 사안이옵니다. 연나부의 준동을 미리 막고자 한다면, 그 수장부터 제거해야 하기 때문입니다. 그래야 폐하께서도 안심하고 원정을 다녀오실 수 있을 것이옵니다."

이러한 을두미의 강력한 주장에 대왕도 결국 두 손을 들고 말았다. 그보다도 사실은 백제에 대한 원한을 갚는 일이 더 시급하게 생각되었기 때문이다. 이제는 더 이상 참을 수가 없었다.

"국상이 전부터 염려하던 바이니, 죄인 명림수부에게 사약을 내리도록 하겠소."

쇠뿔도 단김에 빼랬다고, 을두미는 다시 한번 다짐을 받아둘 필요가 있다고 생각했다.

"반드시 군사를 출동시키기 전에 시행해야 하옵니다."

"내일 당장 사약을 내리도록 명하겠소. 그러면 국상의 마음이 편하겠소?"

"폐하, 성은이 망극하오이다. 폐하께옵서 원정을 다녀오시는 동안 성심을 다해 국내성을 지키고 왕실의 안전을 꾀하겠나이다."

을두미는 그때서야 안심하고 편전에서 물러갔다.

2

대왕 구부는 국내성에서 날랜 군사로 기병 1천을 뽑았으며, 젊은 장수 동관을 선봉장으로 삼아 출진할 준비를 갖추도록 했다. 동관은 고국원왕 시절 연나라에서 고구려로 망명하여 장하독을 지낸 동수의 아들로, 여러 해 전 동맹축제에서 해평과 추수 다음으로 뽑힌 청년 장수였다.

압록강을 건넌 고구려 1천 기병은 일단 평양성으로 향했다. 말을 최대 속도로 달려 하루하고도 한나절 만에 평양성에 도착한 대왕은, 평양성 성주 손원휴 장군과 함께 긴급히 수곡성 공격 계책을 논의했다.

"손 장군! 이번 전투에는 군사들을 많이 동원하지 않을 생각이오. 기습작전으로 나가되, 시간을 오래 끌지 않고 성을 점령해야 하오. 따라서 평양성에서 날랜 군사 5천을 가려 뽑아 출전시키도록 하시오."

대왕은 이미 국내성을 출발할 때 나름대로 전략을 세워놓고 있었다.

"수곡성의 백제군은 5천이 넘사옵니다. 공성전투를 벌이려면 적어도 세 배 이상의 군사가 필요한데, 평양성 군사 5천과 국내성 기병 1천 가지고는 수곡성을 함락시키기 쉽지 않을 것이옵니다."

손원휴는 공성전투의 어려움을 호소했다.

"물론 정면공격은 어려울 것이오. 평양성 군사 5천은 수곡성 동문 쪽으로 진격하여 집중적으로 공성전투를 벌이시오. 이는 물론 적을 속이기 위한 작전이오. 그러므로 군사들의 희생을 최대한 막기 위해 공격하는 척하다 후퇴하고, 다시 공격하는 형식만 취하면 될 것이오. 성문을 부수고 들어가는 것은 국내성에서 차출한 기병 1천으로 족하니, 손 장군은 적을 속이는 전략만 잘 구사해 주시오."

"폐하, 기병 1천으로 가능하겠사옵니까? 평양성 기병 1천을 더 차출해 보강을 하는 것이 어떻겠습니까?"

"그렇다면 평양성 기병 1천은 따로 비밀리에 이동시켜 수곡성 서문 근처에 매복시키도록 하시오. 국내성 기병 1천이 서문을 부수고 성안으로 공격해 들어갈 때 합류토록 하면 되겠군!"

"그렇게 하겠사옵니다."

"이번 전투는 속전속결로 나가야 하오. 백제가 한성에서 원군을 보낼 시간을 주면 곤란하기 때문이오."

대왕 구부의 목소리는 자신감에 넘쳐 있었다.

백제가 성곽을 새로 쌓은 청목령은 부소갑의 최후 방어선이었다. 대왕은 세작들을 미리 앞으로 보내 고구려 기병들이 청목령으로 출진한다는 소문을 민가에 퍼뜨리게 했다.

평양성에서 청목령은 수곡성보다 멀었다. 평산에서 신계 쪽으로 가면 수곡성이 나오지만, 국내성에서 온 고구려 기병은 일단 평산까지 가서 서남쪽으로 방향을 틀어 청목령을 향해 말을 달렸다.

한여름인 7월의 더위는 기병들이나 말 모두를 지치게 만들었다. 고구려 기병들의 질주로 인하여 길 좌우의 산야는 뿌옇게 흙먼지로 뒤덮였다. 땀에 전 기병들의 얼굴도 방금 진흙 구덩이에서 빠져나온 땅강아지 형상과 다를 바 없었다.

"한시가 급하다. 더욱 말에 채찍을 가하라!"

선봉장 동관은 기병들을 다그쳤다.

청목령 인근인 패하의 하류 북편에 도착한 고구려 기병들은 체력을 보강하기 위해 한나절 동안 휴식을 취했다. 말들에게도 충분히 마초를 먹여 나무 그늘에서 쉬도록 조처했다.

밤이 되었을 때, 대왕 구부는 청년 장수 동관으로 하여금 기병들에게 하무를 입에 문 채 소리 없이 수곡성을 향해 진군토록 했다. 이때 1천 기병의 막사를 그대로 둔 채 허수아비로 만든 군졸들이 경계를 서는 것처럼 꾸며놓고 군사를 이동시켰다. 청목령에서 백제군의 첨병들이 고구려 군진을 염탐하러 올 것에 대비한 계책이었다.

그런 연후, 패하 북편 기슭을 따라 고구려 기병들은 어둠을 뚫고 기민하게 이동했다. 수곡성은 바로 패하 중류에 자리 잡고 있었으므로, 강변길을 따라 가면 자연스럽게 만나게 되어 있었다. 그믐밤인 데다 강변에는 무성하게 갈대가 자라 기병들의 진군을 자연스럽게 은폐시켜 주었다.

그렇게 밤을 새워 진군한 끝에 고구려 기병들은 마침내 새벽녘쯤 수곡성 서문 근처에 도착했다. 대왕 구부는 하루 전부터 평양성 군사들을 이끌고 수곡성 동문을 공격하는 손원휴 장군에게 전령을 보냈다. 수곡성을 지키는 백제군이 동문 쪽을 집중적으로 방어하도록 고구려군으로 하여금 총공격을 개시하라는 명령이었다.

어둠이 걷히기 시작하는 새벽부터 수곡성 동문에서는 군사들의 함성이 들려왔다. 평양성 군사들이 집중 공격을 시작한 것이었다. 공격하는 고구려군과 방어하는 백제군의 함성이 동문 쪽에서 어지럽게 울려 퍼졌다. 그에 비하면 서문 쪽은 쥐 죽은 듯 조용했다.

대왕 구부는 발석거를 앞으로 끌어내라고 명령했다. 고구려군은 미리 준비해 둔 돌과 함께 둥그렇게 묶은 건초에 기름을 적셔 불을 붙인 후 발석거를 이용하여 수곡성 안으로 마구 날렸다. 불붙은 건초 덩어리가 까마득한 하늘로 날아올라 성안으로 떨어졌다.

여러 대의 발석거에서 수십 개의 건초 덩어리가 발사되면서 성안은 금세 불바다로 변했다. 서문 근처의 성벽을 지키던 백제군은 성안의 불을 끄랴 성을 방어하랴 갈팡질팡 정신을 차리지 못했다.

"충차로 성문을 부숴라!"

대왕의 명에 따라 동관은 수곡성 서문을 향해 충차를 돌진케 했다. 백제군의 화살이 일제히 충차로 날아들었다.

"잠시도 공격을 멈추지 마라. 우리도 맞서 화살을 쏘며 공격하라!"

동관은 선봉에 서서 고구려 기병들에게 명령을 내렸다.

숲속에 숨어 있던 기병들이 일제히 쏟아져 나오며 달리는 말 위에서 화살을 쏘았다. 백제군의 화살을 맞아 말에서 떨어지는 기병들이 속출했다. 그러나 죽음을 무릅쓰고 성벽 가까이 접근한 고구려 기병들은 쇠갈고리가 달린 밧줄을 빙빙 돌려 성 위로 날렸다.

척, 척!

성벽 위에 쇠갈고리가 걸리자 말 위에 있던 기병들은 밧줄을 타고 거미처럼 성벽을 기어오르기 시작했다.

한편, 충차는 서문을 향해 여러 차례 공격을 시도했으나 워낙 문이 튼튼하여 쉽게 파괴되지 않았다. 이때 밧줄을 타고 성벽을 넘은 고구려 기병들이 서문으로 내려가 그곳을 지키던 백제군을 칼로 난자한 후 성문을 활짝 열어젖혔다.

성문이 열리자 대왕 구부는 곁에 남아 있던 국내성 기병들과 미리 와서 매복해 있던 평양성 기병들을 향해 소리쳤다.

"성문이 열렸다! 총공격을 가해 백잔의 무리들을 남김없이 섬멸하라! 가장 먼저 수곡성 동문을 열어 공성전투를 하고 있는 평양성 군사들을 성안으로 끌어들이는 자에게 큰 상을 내리리라!"

기병들은 시위를 떠난 화살처럼 앞으로 질주했다. 급물살을 탄 듯 성문 안으로 쏟아져 들어가는 기병들은 순식간에 수곡성 안을 아수라장으로 만들어놓았다.

서문이 열리자 말을 타고 가장 먼저 통과한 젊은 장수 동관은 전속력으로 질주해 곧바로 동문으로 달려가면서 전후좌우의 백제군을 제압했다. 자루가 긴 언월도를 쓰는 그는 동문을 지키던 백제군 수십 명의 목을 순식간에 날려버렸다. 그러자 그 주변에 있던 백제군들은 겁을 잔뜩 집어먹고 도망치기에 바빴다.

동관이 성의 중앙로를 가로질러 달려가 동문을 활짝 열자, 공성전투를 벌이던 평양성 군사들이 일제히 소리치며 달려 들어왔다.

"드디어 성문이 열렸다! 백잔의 무리들을 쳐부수자!"

평양성 성주 손원휴가 거느린 기병들이 가장 먼저 동문을 통과했고, 이어서 보병들이 창칼을 번쩍이며 뛰어들었다.

"백잔의 무리들을 마구 짓밟아라! 사정 두지 말고 목을 쳐라! 적의 목을 가져오는 자에게는 후한 상을 내릴 것이다."

손원휴가 앞장서서 말을 달리며 소리쳤다.

백제군도 군사 수에서 크게 밀리지 않는 편이었으나, 파죽지세로 몰려드는 고구려군의 숨 막히는 공격에 기가 죽어 순식간에 지리멸렬되어 버렸다. 백제군은 남문을 통해 달아나기에 바빴다.

남문을 빠져나가면 곧바로 패하와 통하는 길이 나왔다. 미리 대기하고 있던 배가 별로 없었으므로, 백제군은 강물로 뛰어들어 갈팡질팡 정신을 차리지 못했다.

바로 뒤이어 추격에 나선 고구려군의 창칼에 쫓기던 백제군은 무참하게 도륙되었고, 도강을 하던 백제군 또한 고구려군이 날리는 화살에 맞아 물속으로 곤두박질쳤다. 한나절 동안 계속된 전투에서 백제군은 살아남아 도망친 자가 불과 1천을 넘지 못했다. 수천의 군사가 고구려군의 창에 찔려 죽고, 칼에 베어 죽고, 불에 타 죽고, 강물에 빠져 고기밥이 되었다.

대왕 구부는 해가 중천에 떴을 때 징을 울려 군사들을 거두었다. 드디어 부왕의 원수를 갚았다는 생각에 그는 꽉 막혔던 체증이 풀리듯 속이 시원했다. 그러나 전장에서 한을 안고 숨을 거둔 부왕의 영혼을 이제야 자유롭게 풀어줄 수 있게 되었다는 것에 대하여 안쓰러운 마음 또한 없지 않았다. 그동안 참고 참았던 인내심의 승리가 아닐 수 없었다.

"이번 전투에서 동관 장군의 공이 매우 크오. 역시 장하독 동수 장군의 아들답군!"

대왕은 평양성 성주 손원휴를 위시하여 제장들에게 공과에 따라 부상과 함께 직급을 올려주었다. 젊은 장수 동관에게는 수곡성 성주의 직책을 주어 성을 정비하고 굳건하게 방어토록 했다.

혹시 백제가 원군을 보낼지도 모른다고 생각하여 시급히 수곡성을 정비하고 있는 중에, 백제 대왕 구가 병에 걸려 위독하다는 소식을 접했다. 그래서 원군을 보내고 싶어도 보낼 처지가 못 된다는 것이었다. 미리 한성의 백제군 동태를 파악하기 위해 파견해 놓은 세작이 보내온 소식이므로 믿을 수 있는 정보임에 틀림없었다.

"폐하! 한수까지 진격해 들어갈 절호의 기회입니다."

평양성 성주 손원휴가 제안했다.

"지금 우리 고구려군의 사기가 충천해 있사옵니다. 소장에게 군사를 주시면 먼저 청목령을 쳐서 부소갑을 찾고, 한수 이북까지 확실하게 고구려 땅으로 만들겠사옵니다."

동관이 또한 앞으로 나섰다.

"짐도 그런 생각을 안 해본 것이 아니오. 국내성에서 기병을 이끌고 올 때만 해도 수곡성을 탈환하면 한수까지 밀고 나갈 결심이었소. 그런데 백제왕 구가 병상에 있다는 소식을 접하고 마음이 바뀌었소. 5년 전 평양성 전투에서 부왕이 전사했을 때 백제왕 구는 순순히 군사를 물려 돌아갔소. 이번에 백제왕이 투병하고 있다는 소식을 접하고, 그것을 약점으로 이용해 백제를 칠 기회로 삼는다면 우리 고구려는 천하의 웃음거리가 되고 말 것이오. 절호의 기회인 것은 사실이나 군사를 일으키는 것도 때가 있는 법. 이번에는 수곡성을 탈환한 것으로 만족합시다.”

이러한 대왕 구부의 말에 제장들은 더 이상 백제를 공격하자는 주장을 내세우지 못했다.

3

소나무 가지에 만월이 걸려 있었다. 스쳐 지나가는 달을 소나무가 손짓해 잠시 붙잡아 두고 있는 듯, 한동안 그렇게 만월은 가지 끝을 옮겨 다니며 저택의 후원 뜰을 밝게 비추었다.

검은 도복을 입은 낭자가 후원 뜰에서 혼자 검술 연습을 하고 있었다. 발소리도 들리지 않을 만큼 가벼운 동작으로 기민하게 움직이는 몸놀림이 한두 해 익힌 솜씨가 아니었다. 달빛을 자르고 허공을 가르는 칼끝이 제법 날카로웠다.

“이얍! 엽!”

짧게, 그리고 가늘게 끊어 외치는 기합 소리와 함께 칼끝이 소나무 가지에 걸린 만월을 향해 곧장 뻗어나갔다. 밤의 적요가 흐르는 가운데, 어디선가 부엉이가 울었다.

낭자는 칼을 거두며 만월을 올려다보았다. 그러더니 가쁜 숨을 토해 내던 끝에 길게 한숨을 빼어 물었다. 만월 때문인지 부엉이 소리 때문인지 알 수 없었다. 낭자는 남모를 괴로운 심사를 혼자서 검술 연습으로 달래고 있었던 것이다.

그 저택은 우신의 집이었고, 검술 연습을 하던 낭자는 그의 딸 소진이었다. 달포 전에 궁궐에서 왕손 탄생 소식이 들려왔다. 그 소리를 들으며 무심하게 넘기려고 했으나, 그게 그렇게 뜻대로 되지 않았다.

왕손이 태어났다는 소식과 함께 세간에서는 엉뚱하게도 이상한 풍문이 떠돌고 있었다. 만약에 5년 전 왕자 이련이 우신의 딸과 결혼했다면 그런 왕손을 볼 수 있었겠느냐는 것이었다. 그런 소문은 사람의 입을 타고 자꾸만 부풀려져, 동부욕살 하대곤의 아들 해평과 결혼을 하지 않은 것도 사실은 소진이 석녀였기 때문이라는 이야기로 확대되어 바람결에 들려왔던 것이다.

소진이 한동안 접어두고 있던 검술 연습을 시작한 것도 그러한 뜬소문이 나돌기 시작한 직후부터였다. 도무지 방 안에서 서책을 접하거나 얌전하게 수틀을 놓고 앉아 있을 만큼 마음의 여유를 갖기 힘들었다.

지금은 해평의 무술사범이 되어 있는 우적에게서 소진은 처음으로 검술을 배웠다. 벌써 그 세월이 한쪽 손가락으로는 헤아리기 어려울 정도로 흘러갔다. 정신력을 집중시키는 데 있어서 검술만큼 효과가 좋은 것은 다시없었다. 특히 마음이 심란하여 한숨을 잠재우고 싶을 때는 그것이 특효약이었다.

그런데 검술에 그렇게 열중했는데도 한숨이 튀어나오다니! 소진은 지금 만월이나 부엉이 소리를 탓할 만큼 감상적인 기분에 취해 있지 않았다. 아버지는 왕자비 간택에서 밀려나자 서둘러 해평과의 결혼을 추진했고, 그것이 제대로 성사되지 않자아예 딸의 결혼에 대해서 마음을 접고 있었다. 그렇게 후딱 5년의 세월이 흘러갔다.

이제 소진의 나이도 스무 살이었다. 여자로서는 결혼 적령기가 이미 지나 있었다. 스스로도 결혼할 생각을 접은 지 오래지만, 그렇다고 언제까지나 집안에 틀어박혀 처녀귀신이 될 수는 없는 노릇이었다. 그러니 쌓이는 것은 한숨이고, 느는 것은 근심뿐이었다.

소진은 칼을 거두어 칼집에 꽂고 별당으로 가기 위해 천천히 발걸음을 옮겼다. 후원 별당에서 조금 떨어진 곳에 연못과 정자가 있었고, 거기서 그리 멀지 않은 곳에 객사가 자리 잡고 있었다.

정자 쪽을 바라보던 소진의 시선이 객사에 한동안 머물렀다. 거기, 객사에 불이 환하게 밝혀져 있었던 것이다. 요즘 와서 자주 외부 손님들이 찾아들곤 했다. 그것도 여러 명이 한꺼번에 와서 이슥한 밤중까지 아버지와 긴밀한 이야기를 주고받다 돌아들 갔다.

객사는 정원 깊이 외따로 떨어진 곳에 있어서, 오래도록 묵는 방문객이 아니면 잘 사용하지 않는 편이었다. 잠깐 방문하는 손님은 사랑채에서 아버지와 담소를 나누는데, 요즘 들어 부쩍 자주 찾아오는 손님들이 객사에 모여 밀담을 주고받곤 했던 것이다.

소진은 그 모임이 연나부의 비밀 회동임을 느낌으로 알고 있었다. 예전에 왕자비를 간택할 때에도 그들은 저 객사에 모여 밀회를 했었다. 당시 몰래 객사 문밖에 숨어 엿듣다가 어둠 속에서 얼굴을 붉혔던 기억을 잊지 않고 있었다.

객사에서 흘러나오는 불빛을 바라보다 말고 소진은 다시 짧게 한숨을 토해 냈다. 그러면서 발걸음이 자신도 모르게 객사 쪽으로 향하고 있었다. 별당 후원과 객사 사이에는 그리 높지 않은 담장이 있었고, 그 양쪽으로 통하는 작은 문이 있었다.

소진은 작은 문을 소리 없이 열고 달빛을 밟듯 사뿐사뿐 움직여 객사 쪽으로 접근해 갔다. 달빛은 기와지붕에 가려 추녀 밑에 짙은 어둠을 드리웠다. 그 어둠의 그늘 속으로 숨어든 소진은 들창문 밑에 몸을 옹송그린 채 안에서 흘러나오는 소리에 귀를 기울였다.

"그때 우리 연나부가 소진 낭자를 강력하게 왕자비로 추천했어야 했는데, 그렇게 되도록 힘을 쓰지 못한 것이 큰 실수였습니다. 오늘의 이런 사태가 오도록 한 것이 후회막급이올시다."

누군가가 언성을 높였다.

"그 일을 지금 와서 후회한들 무슨 소용이오? 지금 저들은 동궁빈 하씨를 중심으로 점점 강력한 세력을 형성해 가고 있어요. 얼마 전 을두미는 감히 대왕 폐하께 주청하여 국상 어른에게 사약을 내리도록 했소. 이로써 우리 연나부의 기둥이 뿌리째 뽑혔단 말입니다. 더구나 저들은 동궁빈 하씨가 왕손을 생산하면서 기고만장해 있어요. 이번에 태어난 왕손이 커서 권좌에 오른다고 생각해 보시오. 그때가 되면 우리 연나부는 지리멸렬되어 권력 밖으로 밀려날 것이오. 지금이야말로 무슨 대책이 필요할 때입니다. 대책이! 연정균 사범이 한번 말해 보시게."

이렇게 열변을 토하는 사람은 우신이었다. 그는 권력에서 밀려난 후 그 분함을 참지 못해 전 같지 않게 과격한 발언을 서슴지 않았다. 사실 딸 소진이 왕자비로 간택되었다면 지금 을두미가 차지하고 있는 국상의 자리가 그에게 주어질 수도 있었기에, 그 울분은 더욱 가슴 찢어질 듯 아픈 느낌으로 다가왔다.

아버지의 그런 목소리를 들으며 소진은 어둠 속에서 부르르 몸을 떨었다. 한여름인 데도 온몸에 오소소 소름이 돋는 기분이었다. 아버지가 왜 저렇게 변했을까. 다소 이해가 되지 않는 것은 아니지만 성격까지 과격해지리라고는 꿈에도 상상할 수 없던 일이었다.

"칠성산 깊은 산자락에 묻혀 우리가 왜 무술을 닦아왔습니까? 이제야말로 갈고닦은 실력을 보여줄 때라 생각합니다."

연나부 조의선인 연정균의 목소리였다. 그는 칠성산 깊은 산속에서 기백의 수하 졸개들에게 무술을 가르치는 사범 역할을 맡고 있었다. 지난번 초문사 방화 사건도 그의 수하들이 벌인 일이었다.

"어떻게 실력을 보여주겠단 말인가?"

우신이 다그쳐 물었다.

"지금 대왕 폐하는 수곡성을 치러 가고 궁궐에 없습니다. 이처럼 좋은 기회는 다시없습니다. 궁궐을 들이칩시다."

"어허! 함부로 지껄인다고 말이 되는 게 아닙니다. 지금은 때가 아니오. 참고 기다려야 하오. 백성들로부터 지지를 받기도 힘들뿐더러, 지금 당장은 외부의 군사들을 끌어오기도 어려운 입장이오. 아직 그쪽의 준비가 제대로 갖추어져 있지 않단 말이오."

맨 먼저 이야기를 꺼냈던 사람의 목소리였다.

"대사자의 말씀이 맞습니다. 지금은 군사를 일으키기 힘든 상황이니, 특단의 조치를 취해 쥐도 새도 모르게 동궁빈과 을두미 세력을 물리칠 계략을 세워야 해요."

이번에는 우신이 목에 힘을 주었다.

소진은 아버지의 말을 듣고 방금 전 목소리의 주인공이 대사자의 자리에 있는 연소불임을 알게 되었다. 그는 명의 노인 살해 사건을 해결한 공로를 인정받아 우보에서 전격적으로 대사자의 자리에 오른 인물이었다.

얼마 전, 소진은 연소불의 딸이 동부욕살 하대곤의 아들 해평과 결혼할 것이라는 소식을 풍문으로 전해 들은 적이 있었다.

"문제는 하가촌의 촌부가 낳은 왕손 때문이 아니겠습니까? 고구려 왕실의 피가 하찮은 상인 가문의 피와 섞인다는 것은 우리 연나부에게 매우 수치스런 일입니다. 계루부와 연나부는 오래도록 고구려 왕실의 피로 굳건하게 맺어져 내려온 전통이 있습니다. 이번 왕손의 탄생으로 그 전통이 무참하게 깨졌으며, 우리 연나부의 위상이 추풍낙엽처럼 여지없이 짓밟혔습니다. 따라서 이번에 태어난 왕손을 쥐도 새도 모르게 처치하게 되면, 차제에 우리 연나부가 다시 부상하는 좋은 기회를 잡을 수 있지 않겠습니까?"

연정균의 목소리에서는 젊은 혈기가 느껴졌다.

"허어, 목소리를 낮추시게."

연소불이 주의를 주었다.

"이 기회에 왕손뿐만 아니라 그 어미인 하가촌 촌부까지 제거해야 합니다. 그래야 다시 연나부 낭자를 왕태제 이련과 맺게 할 수 있지 않겠습니까?"

아까보다 소리를 죽였지만, 역시 연정균의 목소리에는 그대로 결기가 실려 있었다.

그로부터 한동안 침묵이 흘렀다. 누구도 연정균의 말에 반대를 하거나, 그렇다고 먼저 나서서 동조하지도 않았다. 방 안의 긴장감이 밖에서 엿듣고 있는 소진에게도 그대로 전해지는 느낌이었다. 그만큼 숨이 막혔다.

소진은 너무 긴장한 나머지 기침이 나오려는 것을 참기 위해 손으로 입을 가렸다.

"그것도 한 방법이긴 하겠군!"

우신이 먼저 말했고, 대사자 연소불의 목소리가 그 뒤따랐다.

"이번에 사약을 받고 유명을 달리하신 국상 어른의 한을 어떤 방법으로든 풀어드리긴 해야겠지요."

여기까지 듣던 소진은 더 이상 버틸 힘이 없었다. 다리에 힘이 쭉 빠져 그 자리에 털썩 주저앉아 버릴 것만 같았다. 무서운 음모가 바로 들창문 하나를 사이에 두고 꾸며지고 있었다.

소진은 어떻게 자신이 별당으로 걸어와 침소에 들었는지 몰랐다. 방문을 닫으며 참았던 숨을 거칠게 몰아쉬었다. 방 안에는 촛불을 켜놓았는데, 그 일렁이는 그림자 때문일까. 마치 천장이 오르락내리락하는 것 같았다. 아니, 그것은 거친 숨을 쉬느라 가슴이 벌렁거리기 때문에 그렇게 느껴지는 것인지도 몰랐다.

'나로 인해 벌어진 일이야. 만약 나라는 존재가 없었다면 아버지가 저렇게 이상하게 변하시지는 않았을 거야. 아아, 내가 원흉인 것이야……'

소진은 마구 벌렁거리는 가슴을 두 손으로 감싸 안고 있었다. 그렇게라도 하지 않으면 가슴이 터져버릴 것만 같았다.

그때 문득 어디선가 무술사범 우적의 목소리가 들려왔다.

'나는 젊은 시절 무술을 배우려고 무술 고수로 소문난 스승을 찾아다녔다. 그러던 중 한때 엿장수 노릇을 하며 떠돌다가 부여의 이름 모를 산속에 들어가 무술을 닦는다는 한 선사를 만났지. 이름이 없다고 했는데, 그래서 그는 무명선사를 자처했어. 고구려 검술의 최고 실력자였다고 하는데, 욕심 부려 역행을 하지 않고 순리대로 살기 위해 엿장수로 떠돌다 큰맘을 먹고 입산했다고 하더군. 그 자세한 내막을 네게 다 얘기할 수는 없다만. 머리와 수염이 온통 하얀 도인이었는데, 단군왕검이 그랬듯이 산신이 되겠다는 꿈을 꾸고 있었지. 나는 그 무명선사에게서 무술을 배웠단다.'

소진이 무술사범 우적에게서 검술을 배울 때 들은 이야기였다. 지금 왜 갑자기 그 이야기가 떠올랐는지 자신조차 도무지 그 이유를 알 수 없었다.

문득 소진은 아버지의 얼굴을 떠올렸다. 자상했던 아버지였다. 어머니가 이름 모를 병으로 세상을 떠나고 나서 아버지는 오직 외동딸 하나만 끔찍하게 위하며 살아왔다. 아들이 없었으므로 소진을 금이야 옥이야 키웠다.

아들이 없다는 것도 소진이 왕자비 간택 때 결격사유 중 하나로 작용했을 것이다. 손이 귀한 집안이라는 것이야말로 큰 흠이었다.

'차라리 내가 아들로 태어났다면 우리 집안에 이런 우환은 없었을 터인데…….'

소진은 아버지 생각을 하다 말고 다시금 한숨을 빼어 물었다.

지금 아버지는 무서운 밀계를 꾸미고 있었다. 소진으로서는 나라 정사에 대해서 잘 몰랐다. 그러나 방금 전 객사에서 아버지를 위시한 연나부 대표들이 모여 꾸미고 있는 것은 분명 반역, 역린逆鱗에 다름 아님을 잘 알았다.

고구려의 미래를 위해서도 반역만큼은 일어나서는 안 될 일이었다. 아니, 연나부나 모의를 하고 있는 사람들 각자의 집안을 위해서도 절대로 도움이 되지 않았다.

'내가 사라져 준다면 역심을 품은 아버지의 마음을 돌릴 수 있을까?'

소진은 자신도 모르는 사이에 이렇게 되뇌고 있었다.

'상선약수上善若水'라는 도덕경에 나오는 구절이 문득 소진의 머리를 스치고 지나갔다. 왕자비 간택 진통을 겪은 이후 시름을 잊기 위해 읽은 것이 바로 노자老子였다. 5년여 동안 소진은 책갈피가 너덜너덜해질 정도로 그 서책을 읽고 또 읽었다. 마음의 티끌을 씻어내 주는 특효약을 검술 이외에 도덕경에서도 찾고 있었던 것이다.

'최고의 도는 물과 같다.'

소진은 상선약수의 뜻을 마음속으로 되뇌어 보았다.

그랬다. 물처럼 흐르면 되는 것을, 지금 아버지는 역행을 하려고 억지를 쓰고 있었다. 무술사범 우적이 이야기한 무명선사라는 도인이 세상을 버리고 깊은 산속에 들어가 도를 닦는 것은, 역행을 하지 않고 순리대로 살기 위해서라고 했다.

'과연 무명선사는 세상의 순리에 어긋나는 어떤 역행을 피하기 위해 스스로 입산을 택한 것일까?'

지금 이 순간 소진으로선 그것이 더욱 궁금해지지 않을 수 없었다. 무명선사는 바로 그러한 소진의 고민에 대한 해답을 알려줄 수 있는 인물일 것만 같았다.

소진은 벌떡 일어나 붓을 들었다. 벼루에 먹을 갈아 종이를 펼치고 큼직하게 글씨를 써내려갔다.

'상선약수.'

네 글자가 선명하게 종이의 흰 바탕 위에 떠오르고 있었다. 먹물이 서서히 번지면서 종이 위에 나타나는 형상은, 그 뚜렷

한 모양이 소진의 마음을 조금은 안정시켜 주는 느낌이었다. 상선약수는 바로 도덕경의 핵심이며, 노자의 사상을 한마디로 결집해 놓은 명구였다.

4

국상 을두미는 종이쪽지를 놓고 한동안 고뇌에 잠겨 있었다. 방금 전 국내성 서문의 수문장이 그것을 가지고 왔다. 그는 새벽에 누군가가 문루를 향해 화살을 쏘았는데, 거기에 그 종이쪽지가 묶여 있었다고 했다.

'형가역수荊軻逆水.'

이 네 글자를 보는 순간, 을두미는 수문장에게 그 사실을 비밀에 붙이라고 단단히 일렀다.

수문장이 돌아가고 나서 을두미는 그 네 글자에 담긴 속뜻을 풀기 위해 골몰했다. 형가荊軻는 한나라 때의 사가史家 사마천의 '사기史記'에 나오는 유명한 자객 이름이었다. 그는 전국시대 말 연나라 태자가 보낸 자객으로, 진나라 왕인 정(진시황)을 죽이러 가기 위해 역수易水에서 결의를 다지는 노래를 불렀다. 그것을 일러 '역수가'라고 했다. 그런데 그 역수의 '역易' 자가 종이쪽지에선 '역逆'으로 바뀌어 있었다. 그것은 반역을 뜻하므로, 대왕 구부가 국내성을 비운 상태에서는 왕태제 이련이나 왕손 아기씨인 담덕이 그 표적임에 틀림없었다.

"······흐음!"

을두미의 입에서는 저절로 그런 소리가 튀어나왔다. 그는 쥘 부채로 탁상을 두드리며 심사숙고하던 끝에 자리를 박차고 일어섰다.

'왕손이 위험하다.'

이렇게 판단한 을두미는 종이쪽지를 접어 소매 속에 넣고 부지런히 왕태제 이련이 있는 동궁전으로 향했다.

종이쪽지에 문제의 네 글자를 적에 보낸 자가 누구인지는 도무지 알 수 없었다. 자신을 밝히지는 않았지만 그 네 글자에는 극비를 요한다는 의도가 숨어 있음이 분명했다. 웬만큼 학문이 깊지 않고서는 그 네 글자에 숨어 있는 뜻을 이해할 사람이 없었다. 그만큼 비밀을 요한다는 뜻이었다. 그 익명의 비밀 서찰은 바로 국상인 그 자신에게 보낸 것이 분명했다.

'대체 누구일까?'

을두미는 도무지 감을 잡을 수 없었다.

"아니, 국상께서 이른 아침에 어쩐 일이십니까?"

동궁전에서 을두미가 왕태제의 알현을 청하자, 이련이 반가운 얼굴로 그를 맞았다. 때마침 동궁빈 하씨도 곁에 있었다.

"잠시 주위를 물려주시기 바랍니다."

을두미는 누가 들을까 염려되어 작은 소리로 이련에게 부탁을 했다. 그러자 동궁빈은 얼른 길례에게서 담덕을 받아 안으며 눈짓을 보냈다.

길례가 문밖으로 사라지는 것을 보고 나서 을두미는 이련과 탁자를 마주하고 앉았다. 왕태제 옆에 아기를 안은 동궁빈도 자리를 같이했다.

"국상, 무슨 긴급한 일이라도? 수곡성에서 무슨 소식이 왔습니까?"

이련이 을두미를 근심스런 얼굴로 쳐다보았다.

"왕태제 전하! 우선 이것을 읽어보시지요."

을두미는 소매 속에 간직하고 온 종이쪽지를 이련에게 건넸다.

이련은 얼른 종이쪽지를 펼쳐 네 글자를 읽었다. 동궁빈도 곁눈으로 읽고 금세 그 뜻을 알아차린 듯 얼굴색이 변했다.

"흐음, 어떤 자들인지 모르지만 대왕 폐하가 없는 틈을 노리고 있는 것 같군요."

이련은 을두미를 바라보다가 그 눈길을 그대로 동궁빈에게로 옮기며 말했다.

"동해 고도에 위배된 명림수부에게 사약을 내린 것이 단초를 제공한 모양입니다. 좀 더 두면 그곳에서 곧 세상과 이별하게 될 사람을, 신이 너무 서둘러 사약을 내리게 한 것은 아닌지 후회되는군요. 연나부의 준동을 막기 위해 족쇄를 채운다는 것이 그만……."

을두미의 말에 이련이 곧바로 뒤를 달았다.

"국상께서는 연나부의 음모를 의심하시는군요?"

"달리 의심할 만한 세력이 없질 않습니까? 그들은 지금 명림수부에 대한 보복을 하려는 것입니다. 이 종이쪽지의 내용이 말해 주듯, 그들은 분명 조만간 자객을 보낼 것입니다. 그 전에 왕손 아기씨를 안전하게 보호할 수 있는 대책을 마련해야 하옵니다. 물론 왕태제 전하와 동궁빈 전하께서도 방심해선 안 될 문제입니다."

을두미의 말에 동궁빈은 안고 있던 아기를 더욱 가슴 가까이 끌어당기며 불안한 눈빛을 보냈다.

"연나부 세력이라면, 딴은 그럴 수도 있겠군요."

이련은 여러 차례 고개를 주억거렸다.

"어찌하면 좋을까요?"

동궁빈은 을두미와 이련을 번갈아 쳐다보았다.

"저들의 음모를 미리 알았으니까. 철저하게 대비하면 그리 염려하지 않으셔도 될 것입니다. 우선 궁궐 경비를 더욱 철저히 하도록 하겠습니다. 그리고 별도로 신이 태학의 유생들 중 무술이 뛰어난 자들을 골라 궁궐 곳곳에 숨겨두겠습니다."

을두미는 국상이면서 태학의 최고 수장까지 겸하고 있었다. 특히 태학의 유생들에게 무술을 가르치는 일은 그가 전적으로

도맡아서 진행하였다.

"국상께서 그리해 주시면 고맙겠습니다. 나도 비밀리에 궁궐 밖으로 사람을 보내 무술도장에 있는 유청하를 불러들이도록 하겠습니다."

"유청하라면?"

이련의 말에 을두미가 눈을 빛냈다.

"지난번 명의 노인 살해 사건 때 죽은 기찰포교의 동생이 유청하입니다. 사실 그동안 나는 알게 모르게 유청하가 무술을 배우는 도장에 도움을 주고 있었지요. 나중에 크게 쓰일 날이 있을 것이란 생각에 물적 지원을 해주었는데, 마침 잘되었네요. 유청하에게 도움을 청하면 날랜 청년 무사들 기십 명은 곧바로 동원시킬 수 있을 것입니다. 그들을 비밀리에 입궐시켜 이곳 동궁전 주변에 매복해 있도록 하면 자객의 침투를 막을 수 있지 않을까요?"

"전하, 그것 참 좋은 생각입니다. 그러나 철저하게 기밀을 요해야 하옵니다. 그들을 어떤 방법으로 입궐시키실 생각이십니까?"

"내가 군사들을 이끌고 매사냥을 나갔다 오는 것처럼 꾸며, 돌아오는 길에 군사들 무리 속에 그들을 끼워 넣으면 누구에게도 의심받지 않고 궁궐로 들오게 할 수 있을 것입니다. 군사들의 숫자가 조금 불어난다고 해도, 그것을 눈여겨볼 사람은 없을 것이니 말입니다."

이련의 이 같은 계획을 들은 을두미는 일단 안심하고 동궁전을 나섰다.

다음 날, 이련은 매사냥을 나가 유청하 일행을 데리고 왔다. 그들을 동궁 인근에 매복시킨 채 경계를 게을리하지 않도록 했다.

궁궐은 예나 다름없이 조용했다. 사전에 철저히 준비했기 때문에 궐내는 평상시의 분위기를 그대로 유지하도록 하면서, 자객의 출몰에 대한 대비책에 만전을 기하였다.

을두미의 거처는 태학의 박사들이 머무는 곳에 있었다. 국상이 되고 나서도 태학에서 거처를 옮기지 않았다. 가족이 없었으므로 저택이 필요치 않았고, 또 숙식을 비롯하여 생활에 필요한 모든 것이 완벽하게 갖추어져 있는 태학의 숙사가 편했기 때문이다.

그러나 대왕 구부가 수곡성을 치기 위해 원정군을 이끌고 간 다음부터 을두미는 태학의 숙소를 이용하지 않고, 정무를 보는 곳에서 숙식을 해결했다. 궁궐을 비운 대왕을 대신하여 국가 정사를 총괄하는 막중한 책임을 맡고 있었기 때문에 그렇게라도 해야 오히려 마음이 편했던 것이다.

동궁전에서 돌아온 을두미는 태학에 들러 무술이 뛰어난 유생들을 가려 뽑아 궁궐 곳곳에 배치했다. 동궁전뿐만 아니라 정무를 보는 정전 주변에도 매복해 있도록 했다.

그날 밤, 을두미는 대신들이 다 퇴궐한 뒤에도 정전에서 서책을 뒤적이고 있었다. 바로 사마천의 '사기' 중 인물열전 자객편에 나오는 형가의 이야기를 읽고 있었던 것이다. 형가가 역수를 지나다가 읊었다는 '역수가'는 이러했다.

風蕭蕭兮 易水寒(풍소소혜 역수한)
壯士一去兮 不復還(장사일거혜 불복환)
探虎穴兮 入蛟宮(탐호혈혜 입교궁)
仰天噓氣兮 成白虹(앙천허기혜 성백홍)

바람은 쓸쓸하게 불고 역수의 강물은 찬데
사나이 한 번 가면 다시는 돌아오지 못하리
호랑이 굴을 찾음이여, 교룡궁으로 들어간다
하늘을 우러른 큰 외침이여, 흰 무지개 이루었다

을두미는 이 '역수가'를 몇 번이고 거듭하여 읽었다. 그러면서 새벽에 화살에 밀서를 붙여 날려 보낸 자가 누구인지 곰곰이 생각해 보았다. 분명 연나부와 어떤 연결의 끈을 갖고 있는 자일 터인데, 그가 왜 사전에 그들의 음모를 알려준 것인지 이해가 되지 않았다. 혹시 궁궐에서 어떤 반응을 보이는지 시험

해 보기 위하여 찔러본 것이라면 저들의 농간에 놀아난 꼴이
되고 말 것이었다.

그러나 을두미는 분명 밀서를 보낸 자는 적군이 아닌 우군이
란 생각이 들었다. '역수가'를 다시 한번 읽다가 교룡 교蛟 자와
흰 백白 자에 가서 그의 눈길이 머물렀다. 교룡은 때를 못 만나
뜻을 이루는 데 실패한 영웅호걸을 의미하는데, 머리는 작고
목둘레에 흰 띠가 있다고 전해지는 상상의 동물이었다. '역수
가'를 읊으며 장부의 기개를 내세운 자객 형가는, 그러나 진왕
을 죽이는 데 실패했다. 진왕은 교룡이 아니었다. 그는 후에 중
원의 나라들을 모두 공략해 최초로 전역을 통일한 진시황이 되
었기 때문이다.

'교룡궁이라? 흰 무지개를 이룬다? 교룡궁이 동궁이란 말인
가? 그렇다면 흰 무지개는 무엇을 뜻하는 걸까? 교룡의 목에
걸린 흰 띠가 무지개처럼 붉게 물든다? 교룡의 목이 떨어진다
는 뜻인가?'

을두미는 자신의 흰 수염을 쓰다듬다 말고 손이 목 부분에
가서 저절로 멈추었다. 그때 그는 문득 새로운 것을 깨달았다.

'혹시 저들이 연나부 세력이 맞다면 왕손뿐만 아니라 내 목
숨까지도 노리고 있을지 모른다. 명림수부의 죽음에 대한 보
복이라면, 나도 저들의 목표물이 되지 말란 법이 없다. 그래, 잘
생각해 보자. 이것을 역이용하는 방법이 있지 않을까?'

을두미는 한동안 맞은편 벽을 주시하며 깊은 생각에 잠겼다. 그러다가 마침내 무릎을 치며 일어섰다. 그는 정전 입구를 지키고 있는 유생을 불렀다.

"거기, 정호 있느냐?"

을두미의 부름에 유생 하나가 문을 열고 들어섰다.

"부르셨습니까?"

"그래! 지금 너는 즉시 정전 주변에 있는 유생들을 데리고 동궁전으로 가거라. 기민하게 움직일 필요는 없다. 정전을 비우고 동궁전의 경비를 더욱 강화한다는 것을 저들에게 보여줄 필요가 있으니, 될 수 있으면 이쪽의 움직임이 드러나도록 하라."

태학의 유생들 중에는 연나부 자제들도 포함되어 있었다. 만약 궐 밖의 연나부 세력과 내통하는 자가 있다면 그 자제들일 가능성이 컸다. 그래서 이번 자객들의 준동에 대비하여 뽑은, 무술이 뛰어난 유생 중 애써 연나부 자제들은 배제하려고 노력을 기울였던 것이다. 그러나 분명 연나부 자제들 중 내통하는 자가 있다면 이번에 뽑은, 무술이 뛰어난 유생들의 움직임을 예의 주시하고 있을 것이란 생각이 들었다. 이를 역이용하자는 것이 을두미의 전략이었다.

"예, 분부대로 거행하겠사옵니다."

정호라고 불리는 유생은 을두미의 명령대로 즉시 행동에 옮겼다. 그는 유생들 중에서도 무술이 가장 뛰어나서 특히 을두미가 아끼는 인재였다.

유생 정호가 나가고 나서 을두미는 미리 준비해 두었던 장검을 뽑아 등불에 비춰 보았다. 예리한 칼날이 불빛에 번뜩였다.

동궁전에 유생들을 재배치하고 돌아온 정호가 을두미에게 와서 보고했다.

"분부대로 거행하였습니다."

"잘했다!"

을두미는 칼을 다시 칼집에 집어넣으며 정호를 쳐다보았다.

"그러하온데, 이곳 정전의 경비를 소홀히 해도 괜찮겠사옵니까?"

정호가 사뭇 근심스런 표정을 지었다.

"일부러 저들에게 허를 보여주자는 것이야. 저들이 동궁전으로 집중시키려는 전력을 정전 쪽으로 빼돌려야 해."

"그러하면 이곳 정전이 위험하지 않사옵니까?"

"나 혼자 이 정전을 지키려고 한다. 이미 나는 다 늙었는데 무슨 욕심이 있겠느냐?"

을두미는 껄껄대고 소리 내어 웃었다.

"그렇다면 제가 이곳을 지키겠습니다. 한 발짝도 떠나지 않고 정전을 사수하겠습니다."

"나는 너까지 동궁전으로 보내려고 했는데……."

"아닙니다. 저는 이곳을 지키겠습니다."

정호는 국상 을두미가 자신을 희생해서라도 동궁전을 안전하게 보호하려는 의도를 잘 알고 있었다. 을두미의 무술 실력을 굳게 믿고 있긴 했지만, 그러나 제자의 입장에서 볼 때 그것은 어쩌면 매우 위험한 전략이란 생각이 들었던 것이다.

　"그래 주겠느냐?"

　"예, 기꺼이 이 한 목숨 바치겠나이다."

　"정호야, 그럴 필요까진 없느니라. 목숨은 소중한 것이야. 너는 장차 우리 고구려를 위해 할 일이 많아. 그러니 어떠한 사태가 벌어지더라도 절대 무리를 해선 안 돼!"

　을두미의 눈길이 정호의 눈과 마주쳤다. 정호는 그 눈길 속에 무한한 사랑이 깃들어 있음을 마음으로 느낄 수 있었다.

5

　달이 떴지만 구름 속으로 숨어버려 국내성 일대는 캄캄한 어둠에 묻혀 있었다. 궁궐 곳곳에 화톳불이 밝혀져 있었으나, 불빛에 쫓겨 나무 그늘로 숨어든 어둠은 짙은 암회색이었다.

　이경二更이 무르익은 시각, 궁궐 담장을 넘는 검은 그림자들이 있었다. 그들은 모두 복면을 쓰고 검은 옷을 입고 있었다. 그래서 그들이 나무 그늘 밑으로 스며들자 그대로 어둠과 하나가 되어버렸다.

삼엄하게 궁궐 경비가 펼쳐지고 있었지만, 어찌나 동작이 민첩한지 검은 복면들은 군사들에게 들키지 않았다. 간혹 맞닥뜨릴 경우 간단하게 단도로 목을 그어 끽, 소리도 낼 틈을 주지 않고 목숨을 거둬버렸다.

검은 복면들의 침투로는 두 방향으로 나뉘어 있었다. 한 무리는 서문 쪽의 궁궐 담을 넘어 정전으로 접근해 갔고, 다른 한 무리는 동문 쪽으로 범궐하여 동궁전을 노리고 달려갔다. 그들은 추녀 밑으로 접근하는 자들과 지붕 위로 달리는 자들, 나무와 나무 그늘 사이로 숨어서 이동하는 자들 등 각양각색으로 목표 지점을 향해 기민하게 움직였다.

국상 을두미는 정전 집무실에 불을 환하게 켜놓은 채 서책을 뒤적이고 있었다. 그때 갑자기 밖이 시끄러워졌다. 어지러운 발소리와 날카롭게 칼날 부딪치는 소리가 들려왔다. 정전 문밖에서 지키고 있던 정호의 외치는 소리도 들려왔다.

"이놈들! 감히 여기가 어디라고 뛰어드느냐?"

정호는 크게 외치며 을두미에게 복면 사내들의 침투를 알리고 있었던 것이다.

을두미는 탁자 옆에 세워두었던 칼을 뽑아들었다. 그때 정전 집무실 뒷문이 부서지듯 나가떨어지면서 복면을 쓴 괴한 세 명이 뛰어들었다. 한 녀석은 날렵한 몸놀림으로 길게 이어붙인 탁자 위에 뛰어올라 달려오며 칼을 겨누었고, 두 녀석은 양쪽

탁자 사이로 접근해 왔다.

벽을 등진 을두미는 세 녀석에게 포위된 형국이었다.

"웬 놈들이냐?"

을두미는 큰 소리로 외치면서 탁자 위에서 정면으로 칼을 내리치며 달려드는 괴한을 옆으로 슬쩍 피해 칼을 수평으로 그었고, 동시에 오른쪽에서 접근하는 녀석의 칼을 막았다. 탁자 위에서 몸을 날리던 녀석이 바닥에 떨어지면서 엎어졌다. 바닥에 개구리처럼 처박힌 녀석의 옆구리에서 피가 분수처럼 뿜어져 나왔다.

칼을 쓰는 을두미의 동작은 그리 분주하지 않았다. 최대한 운동의 반경을 줄이면서 상대의 급소를 노렸다. 오른쪽에서 달려들던 녀석도 을두미가 막고 찌르는 한칼에 가슴을 움켜쥐며 쓰러졌다. 그는 다시 뒤로 돌아서면서 다가오던 또 한 녀석을 향해 칼을 비스듬히 내리 그었다. 오른쪽 어깨에서 왼쪽 옆구리로 칼이 지나가면서 상대는 뒤로 벌렁 나가떨어졌다.

정전 밖에서는 여전히 정호와 괴한들의 칼싸움이 벌어지고 있는 모양이었다. 칼과 칼이 부딪는 소리와 외마디 비명 소리, 거친 숨소리가 어둠을 갈기갈기 찢어놓고 있었다. 그 소리만으로도 정호 혼자서 여러 명의 괴한을 상대하고 있음을 간파할 수 있었다.

'정호가 위험하다!'

을두미는 정전 앞문을 제치며 밖으로 튀어나갔다. 앞마당 양쪽에 화톳불이 타고 있었지만, 달이 없는 마당 한가운데는 그래도 어둠침침했다. 어둠에 눈이 채 익기 전이어서 그는 짐짓 주춤하며 동작을 멈추었다.

바로 그때 복면 괴한의 칼이 을두미의 목을 향해 날아왔다. 본능적으로 몸을 벽 쪽으로 비스듬히 기울이면서 그는 상대를 향해 칼을 갖다 댔다. 상대가 나무토막처럼 쓰러지면서 피비린내가 훅, 하고 코끝을 스쳤다.

그때 을두미는 한쪽 팔에 쓰라린 느낌을 받았다. 상대가 그의 앞으로 쓰러지면서 휘두른 칼로 인해 자상을 입은 모양이었다. 벽에 기대어 앞마당의 싸움판을 바라보는 사이 점차 어둠이 눈에 익었다.

정호는 여러 명의 괴한에게 둘러싸여 고전을 면치 못하고 있었다. 어림잡아 예닐곱은 되는 것 같았다. 빠르게 움직이는 양 발은 사람 머릿수의 두 배가 되므로, 마당은 그들의 발자국 소리로 어지러웠다.

을두미가 정호를 둘러싼 괴한들을 향해 돌진할 때 지붕 위에서 막 뛰어내리는 괴한들의 무리를 보았다. 괴한들은 그의 앞을 가로막으며 덤벼들었다. 순식간에 그는 괴한들의 한 무리 가운데 둘러싸이고 말았다.

정전 앞마당에선 두 무리로 갈라져 칼싸움이 벌어졌다. 을두미는 정호 쪽을 바라볼 겨를이 없었다. 사방에서 눈코 뜰 새 없이 달려드는 괴한들의 칼끝을 피하기에도 바빴다.

을두미는 최대한 동작을 아껴 적의 급소가 아니면 함부로 칼을 휘두르지 않는 절약적인 검법을 사용했다. 아무래도 나이가 많아 체력이 금세 떨어질 것을 우려해서였다. 그러나 괴한의 수가 너무 많다 보니 상대의 공격을 막아내는 것만으로도 절약적인 검법은 이미 그 의미를 상실해 버렸다.

을두미는 팔에서 점점 힘이 빠져 달아나는 것을 의식했다. 감으로 휘두르는 그의 칼끝에 걸려 쓰러지는 상대가 두세 명 있었으나, 이제는 더 이상 버티기 어려운 지경에까지 이르렀다. 그때 괴한의 칼 하나가 그의 옆구리를 씀벅 베면서 지나갔다. 눈앞이 아찔했다. 불에 덴 듯한 느낌이 들어 옆구리에 손을 대자 꿀럭, 하고 강한 핏줄기가 뿜어져 나왔다.

의식이 가물가물해진다고 느낄 때 을두미는 정호의 등에 업혀 있었다. 그사이 정호가 괴한들을 물리치고 그를 위기에서 구출해 낸 것이었다.

다시 또 다른 괴한들이 덮쳐오기 전에 정호는 을두미를 업고 그 자리를 일단 피했다. 지혈부터 하고 보는 것이 우선이라 생각했기 때문이다.

한편, 동궁전에서도 일대 혈전이 벌어지고 있었다. 왕태제 이련은 동궁전 앞마당에서 괴한들을 맞았다. 유청하와 그가 이끄는 청년무사들도 합세하여 동궁전을 철저히 지켰다. 뒤늦게 을두미가 정호에게 일러 유생들을 보내지 않았다면 대적하기 힘들 만큼 괴한의 무리는 많았다.

그런데 묘한 것은 그렇게 밖에서 칼싸움이 벌어지고 있는데도 후원의 내불전 법당에선 목탁 소리와 함께 석정의 염불 소리가 낭랑하게 들려오고 있었다. 다른 건물들은 소등을 해 캄캄한데 유독 법당만 환하게 촛불을 밝혀놓아, 마치 괴한들의 침입을 도외시하기라도 하는 듯했다.

동궁전 앞마당에서 수십 명의 괴한들과 왕태제를 위시한 태학의 유생들, 그리고 유청하가 이끄는 젊은 무사들이 한창 어지럽게 칼싸움을 벌이고 있을 때였다. 동궁전 지붕 위에 납작 엎드려 있던 괴한 둘이 몰래 처마 밑으로 미끄러져 내려와 동궁빈의 처소로 들이닥쳤다.

동궁빈은 그런 소란 속에서도 침소에 누워 잠이 든 척 눈을 감고 있었다. 왕태제 이련이 절대 밖으로 나오지 말고 숨어 있으라고 했지만, 괴한들이 목표로 삼고 있는 것이 과연 담덕인지 알아보기 위해 이불 속에 아기가 들어 있는 것처럼 베개를 넣어 불룩한 모양으로 꾸며 놓고 있었다.

괴한 두 명은 살금살금 다가가 칼을 치켜들고 동궁빈과 그 옆의 불룩한 베개를 동시에 내리쳤다. 그런데 그 순간 땅바닥으로 나뒹굴며 피를 흘리고 쓰러진 것은 두 괴한이었다.

미리 준비하고 있었으므로 동궁빈의 동작은 빨랐다. 두 괴한이 칼로 내리찍으려 할 때 재빠르게 이불 속에 숨겨두었던 칼을 빼어 그들을 한칼에 베어 넘긴 것이었다. 그 바람에 걷혀진 이불 안에는 작은 베개만 하나 나뒹굴고 있었고, 아기는 보이지 않았다.

그날 저녁 동궁빈은 시녀 길례로 하여금 몰래 왕손을 안고 내불전으로 가서 석정 스님에게 숨겨줄 것을 부탁하도록 했던 것이다. 동궁전에서 아기와 함께 잠이 든 척 꾸민 것은 조금이라도 괴한들의 관심을 내불전 쪽으로 돌리지 않게 하기 위한 방책이라고 할 수 있었다.

두 괴한을 제거하고 나서 동궁빈은 칼을 들고 밖으로 튀어나왔다. 동궁전 앞뜰에서 무리지어 싸우던 복면 괴한들은 갑자기 뛰어든 흰옷 입은 여인을 보자 일순 당황했다.

동궁빈의 칼 쓰는 솜씨는 날렵했다. 가볍게 스치는 듯하면서 날카롭게 허공을 가르는 칼날에 괴한들이 한 명씩 차례로 쓰러졌다. 이를 계기로 하여 거의 대등했던 싸움판의 전세가 바뀌었다. 위기를 느낀 괴한들이 주춤주춤 뒤로 밀리기 시작했다.

그 무렵, 목탁 소리가 들려오는 내불전 법당으로도 복면을 쓴 괴한들이 뛰어들었다. 석정은 그러거나 말거나 목탁을 두드리며 염불을 하고 있었다.

"꼼짝 마라! 이 오밤중에 무슨 염불이냐?"

복면 괴한 중 우두머리인 듯한 자가 소리쳤다.

그러나 석정은 눈을 감은 채 태연하게 목탁만 두드렸다.

"이봐! 아무래도 여기가 수상해. 이곳 어디엔가 왕손을 숨겨 놓았지?"

"부처님 앞에서 왜 이리 시끄러운가?"

석정은 뒤도 돌아보지 않고 준열하게 꾸짖었다.

"아니, 이 중놈이? 너는 목숨도 아깝지 않느냐? 이 중놈을 당장 끌어내라."

우두머리가 두 졸개에게 명령을 내렸다.

두 졸개가 석정에게 달려들어 양쪽 겨드랑이를 하나씩 끼고 일으켜 세우려고 했다. 그런데 석정이 어떻게 했는지 그들은 허방을 짚은 듯 앞으로 고꾸라지더니 둘 다 벌렁 자빠져 사지를 벌벌 떨었다.

"이 중놈이 미쳤나?"

복면 우두머리는 갑자기 긴장하여 칼을 치켜올렸다.

"사내자식이 칼을 빼어들었으면 호박이라도 찔러야지. 왜, 내가 그리 무섭냐?"

석정은 뒤도 돌아보지 않은 채 소리쳤다. 그때까지도 여전히 두 녀석은 바닥에 엎어져 사지를 버들버들 떨기만 할 뿐 일어나지 못하고 있었다.

"에에잇!"

복면 우두머리가 석정의 뒤통수를 향해 칼을 내리쳤다.

바로 그 순간, 석정은 앉은 자세 그대로 뒤로 몸을 빼면서 엉덩이로 상대의 무릎을 쳐서 칼과 함께 앞으로 고꾸라지게 했다.

"네 이놈! 부처님이 무섭지도 않느냐? 불제자로서 피를 보일 수는 없고, 어서 네 졸개들을 데리고 썩 물러가라. 이곳은 신성한 법당이니라."

복면 우두머리는 놓친 칼을 주워들고 버들버들 떨고 있는 졸개 두 명을 걷어차며 소리쳤다.

"이곳에 왕손은 없는 것 같다. 어서 가자!"

그때까지 졸개들은 석정이 무서워 일어나지도 못하고 그렇게 버들버들 떨고만 있었다. 우두머리도 역시 도술을 부리는 듯한 석정의 괴력에 잔뜩 겁을 집어먹고 얼른 법당을 벗어나고 볼 일이라 생각한 모양이었다.

복면 사내들이 법당에서 밖으로 뛰쳐나갈 즈음, 동궁빈은 아들의 안위가 근심되어 그곳으로 들이닥치던 참이었다.

"이놈들, 꼼짝 마라!"

동궁빈은 법당 앞마당에서 세 명의 복면 괴한을 향해 칼을 뺐었다. 석정에게 주눅이 든 그들은 이미 싸울 힘을 상실하여 뒤로 주춤주춤 물러서기만 했다. 그러다가 상대가 여자인 것을 알자 일제히 칼을 휘두르며 달려들었다.

어둠을 가르는 매서운 칼끝이 세 괴한을 향했다. 동궁빈의 동작은 바람처럼 빨랐고, 칼끝은 화살촉보다 예리하게 상대의 허점을 노리며 찌르고 베기를 거듭했다.

연속으로 이어지는 그 동작은 마치 춤사위 같기도 했다. 칼날이 공기를 가르는 소리와 칼과 칼이 부딪칠 때 나는 강한 쇳소리가 공중으로 튀어 오르면서 어둠을 상하좌우로 난도질해 대고 있었다. 그 소리에 비하면 복면 괴한들이나 동궁빈의 기합 소리는 땅으로 낮게 깔리는 듯했다.

'흡!' '헙!' 하는 거친 소리는 복면들의 입에서 튀어나오고 있었는데, 상대의 빠른 동작과 예리한 칼날의 번뜩임에 적이 당황한 듯했다. 그에 비하면 동궁빈은 '얍!' 또는 '엽!'으로 응수했으나, 그 소리는 거의 입안에서만 맴돌 뿐 밖으로는 잘 새어나오지도 않을 정도였다.

갑자기 복면들의 호흡이 거칠어지기 시작했다.

"허억!"

복면 사내 하나가 가슴을 부여잡고 앞으로 고꾸라졌다. 그러자 두 사내는 지레 겁을 먹고 등을 돌려 도망치기 시작했다.

"꼼짝 마랏!"

동궁빈은 쓰러진 사내의 목을 향해 칼끝을 들이대며 소리쳤다. 그들의 정체를 밝히기 위해 사로잡으려고 일부러 급소를 피해 상처만 주었던 것이다.

그런데, 갑자기 사내는 자신의 칼로 목을 그어 자결해 버렸다.

"츳, 츳, 츳! 나무관세음보살!"

법당 안에서 한동안 복면의 사내들과 동궁빈이 겨루는 모습을 내다보던 석정이 문밖으로 나서면서 합장을 했다.

이미 동궁전은 조용해져 있었다. 복면 괴한들이 모두 물러간 뒤였던 것이다.

"스님! 아기는?"

"왕손 아기씨는 부처님이 보호해 주셔서 안전하십니다."

석정은 동궁빈을 법당 안으로 안내했다.

동궁빈은 피 묻은 칼을 땅바닥 한쪽으로 던지고 법당 안으로 들어섰다.

석정은 제단 앞에 놓인 나무로 된 불전함을 치웠다. 그리고 제단 밑에 마련된 빈 공간을 열어 길례가 안고 있던 왕손 아기씨를 받아 안았다. 밖에서 일대 활극이 벌어지는 소란의 와중에도 아기는 쌔근쌔근 고른 숨소리를 내며 잠들어 있었다.

"더위에 고생했다."

동궁빈은 석정으로부터 아기를 받아 안으며, 제단 밑에서 막 기어 나오는 길례를 바라보았다.

길례는 이마에서 뚝뚝 땀이 떨어질 정도로 온몸이 축축하게 젖어 있었다. 한여름 밤의 끈적거리는 더위도 그렇지만, 법당에 들어와 석정을 위협하던 복면 사내들의 소리를 들으면서 너무 두려움에 떤 나머지 얼굴까지 사색이 되어버린 것이었다.

"어머, 이 피 좀 보아요. 괘, 괜찮으신 거예요?"

동궁빈의 옷에 온통 피가 튄 것을 발견한 길례가 두려운 목소리로 물었다.

"염려 말거라. 나는 괜찮다."

동궁빈은 아기를 안고 법당을 나서다 말고, 문득 되돌아서며 불상을 바라보았다. 부처가 환하게 미소를 짓고 있었다.

"나무관세음보살!"

석정이 부처를 향해 합장을 했다. 동궁빈도 따라서 아기를 안은 자세로 고개를 숙였다.

6

수곡성을 탈환하고 돌아오는 길에 궁궐에서 복면 괴한들의 난동이 일어났다는 소식을 접한 대왕 구부는, 우선 기병 1백 기만 이끌고 서둘러 국내성으로 말을 몰았다. 수곡성은 청년 장수 동관에게 맡기고, 성을 방위할 군사들이 보충될 때까지 당분간 평양성에서 차출한 군사들로 하여금 지키도록 했다.

"개선을 경하드리옵니다."

미리 연락병으로부터 소식을 접한 왕태제 이련이 국내성 밖의 압록강 선착장까지 나와 대왕을 맞았다.

"동궁전 쪽은 모두 무사하단 얘길 들었다만. 그래, 담덕은 무

탈한 거지?"

대왕은 왕손부터 챙겼다.

"예, 폐하! 하오나, 국상께서 심하게 다쳐 영접을 나오지 못하였사옵니다."

이련은 개선하는 대왕을 마땅히 영접해야 할 국상이 나오지 못한 것에 대해 대신 아뢰고 있었다.

"얘기 들었다. 국상의 상처는 어느 정도인가?"

"중상이라 좀 더 치료를 받아야 할 것 같사옵니다."

"어서 가자."

대왕은 서둘러 국내성으로 입성하기 위해 말에 박차를 가했다.

날씨는 초가을로 접어들고 있었다. 쇠판을 녹여낼 듯 강렬하게 내리쬐던 뙤약볕이 어느 사이 따사로운 햇살로 변해 있었다. 들녘의 곡식들이 알알이 익어가는 소리가 햇살 쏟아지는 밭고랑 사이에서 들려오는 듯했다.

말발굽 소리에 놀라, 이삭들이 고개 숙인 조밭에서 참새 떼가 무리지어 날아올랐다. 바람이 들녘을 한차례 휘젓고 지나가자, 밭 가운데 서 있던 허수아비가 저 혼자 신바람이 난 듯 어깨춤을 들썩이고 있었다.

궁궐로 돌아온 대왕은 먼저 국상의 병상을 찾았다.

을두미는 왼쪽 옆구리에 깊은 상처를 입었다. 피를 너무 많이 흘리는 바람에 사흘간 혼수상태에서 깨어나지 못했을 정도였다. 복면 괴한들의 칼에 맞은 직후 정호가 부축하여 급히 의원에게 가서 응급치료를 받지 않았다면 피를 너무 흘려 목숨을 잃을 수도 있었다.

"폐하!"

대왕 구부가 나타나자 을두미는 벌떡 일어서려다가 왼쪽 허리를 감싸며 다시 누워버렸다.

"누워 계시오."

"이런 모습 보여드려 면목이 없습니다."

"국상에 대한 얘긴 들어서 알고 있소. 국상 덕분에 담덕이 안전할 수 있었다고?"

대왕은 이미 왕태제 이련을 통하여 국상이 동궁전의 전력을 보강하기 위해 정전을 지키고 있던 태학의 유생들을 보냈다는 사실까지 알고 있었다. 그 바람에 경비가 허술했던 정전에서 국상이 괴한들에게 부상을 당했다는 걸 대왕은 미루어 짐작하고 있었다.

국상 을두미는 그로부터 한 달 만에 기력을 되찾았다. 상처를 치료하는 동안 그는 국정을 쇄신하기 위한 고민을 거듭했다.

초문사 방화 사건을 비롯하여 동궁전을 노린 복면 괴한들의 침입은 예사로운 문제가 아니었다. 분명 연나부의 소행일 것이라고 판단되는데, 그들을 강압적으로 다루는 것이 과연 옳은가 하는 점에 대해 을두미는 재고에 재고를 거듭했다. 그렇게 오랜 고심 끝에 내린 결론은, 연나부가 적대시하는 그 자신이 먼저 국상의 자리에서 물러나는 것이 순서라고 판단했다.

여러 왕대에 걸쳐 왕후를 배출하면서 세력을 탄탄하게 다져 온 연나부였다. 그러니 만큼 강하게 밀어붙이면 반발 또한 거세질 수밖에 없었다. 명림수부 사건 때문에 처음부터 강하게 연나부를 몰아붙였던 을두미는, 늦은 감이 있지만 이제부터라도 유화정책으로 나가야 한다고 생각했다. 그러기 위해서는 자신이 먼저 물러나고, 파격적으로 연나부에 국상의 자리를 다시 내주는 것이 좋을 것이란 결론을 내렸다.

을두미는 편전을 찾아가 대왕 구부와 독대했다.

"오, 국상! 이제 상처가 다 나은 것이오?"

대왕이 반가운 얼굴로 을두미를 맞았다.

"이제 걸어다닐 만은 합니다만, 아직은 좀 더 치료를 받아야 하옵니다."

"그만하길 다행이오. 국상께서 어서 쾌차하여 국정을 살펴야 할 터인데……."

"소신도 국정이 걱정되어 이렇게 폐하를 뵙고자 한 것이옵니다. 오래도록 국상의 자리를 비워둘 수는 없는 일 아니겠사옵니까?"

을두미는 그러면서 높은 옥좌에 앉은 대왕을 올려다보았다.

"짐도 그걸 걱정하던 참이었소. 그런데 오늘 국상을 보니 적이 안심이 되는구려."

"폐하! 소신은 이만 국상의 자리에서 물러날까 하옵니다. 태학에서 유생들을 가르치는 데만 몰두할 수 있도록 윤허하여 주시옵소서."

"아니 될 말이오. 국상이 물러난다면 차제에 누가 국정을 보살피겠소?"

"이번에 병상에 누워서 여러 가지로 생각을 해보았습니다. 철과 철이 만나면 둘 중 하나는 부러지는 법, 강한 것을 강하게 다루는 것만이 능사는 아니옵니다. 철은 불에 약한 법, 그 뜨거움으로 감싸 안아 녹이면 새로운 연장을 만들 수 있습니다. 유능한 대장장이는 쇠를 다룰 때 한 번에 두드려서 연장을 만들지 않사옵니다. 여러 번 인내심을 가지고 불에 달구었다 차가운 물에 식히는 이른바 담금질이라는 반복된 과정을 거쳐 더욱 강한 쇠로 만들지요."

"갑자기 국상은 지금 무슨 뜻으로 그런 말씀을 하시는 것이오?"

대왕이 목소리를 높였다.

"연나부를 다독여야 한다는 말씀을 드리는 것이옵니다. 연나부 세력을 계속 압박하기보다는 품안으로 끌어들여 감싸주는 것이 좋을 듯싶사옵니다. 전 대사자 우신이 국상으로 적합한 인물이라 사료되옵니다."

"하지만, 국상이 짐 곁을 지켜줘야 안심이 될 것 같은데……."

"소신이 계속 국상의 자리를 지킨다면 연나부 세력의 견제가 더욱 심화될까 염려되옵니다. 허나 소신이 태학에 있으면 정사에 관여하지 않아도 되니, 더 이상 연나부 세력이 준동하지는 않을 것이옵니다. 이렇게 소신이 태학에 더욱 신경을 쓰고자하는 것은, 앞으로 우리 고구려를 이끌어갈 동량들을 키워내는 일이 무엇보다 중요하다고 생각했기 때문이옵니다."

"경의 말이 틀림은 없는데, 그래도 짐의 곁을 떠난다니 서운해서 하는 말이오."

"아니옵니다. 학당이 멀리 떨어져 있는 것도 아니오니, 폐하를 자주 찾아뵙도록 하겠사옵니다."

"그래도 안심이 안 되오. 허면 왕태제 이련의 태부가 되어 주시오. 짐의 뒤를 이어 아우가 왕위를 이으려면 정사에 밝아야하니, 제대로 좀 가르쳐주시오."

대왕 구부의 부탁은 곧 명령이었다. 그것까지 거부할 수는 없다고 을두미도 생각했다. 더구나 하가촌 무술도장에 있을 때부터 제자였던 동궁빈을 가까이에서 지켜주어야 한다고 판단했다.

"황공하옵니다. 그리하겠사옵니다."

을두미는 편전에서 물러나왔다.

다음 날 대왕은 을두미의 뒤를 이어 연나부의 수장인 우신을 국상으로 임명했다. 그러나 어명을 받은 우신은 국상의 자리에 앉을 입장이 못 되었다. 감히 어명을 받들지 못하는 이유는 바로 집안의 우환 때문이었다.

약 한 달 전에 우신의 외동딸 소진이 가출을 한 것이었다. 서안에 달랑 '상선약수'라는 붓글씨 하나만 남겨놓고 사라져 버렸다. 바로 연나부 세력이 복면을 쓰고 궁궐을 침입하기 전날 새벽의 일이었다. 금지옥엽 같은 외동딸마저 어디론가 사라지고 연나부 조의선인들의 궁궐 침입도 실패로 돌아갔으니, 우신의 상심은 더욱 클 수밖에 없었다.

우신이 아무리 곰곰이 생각해 봐도 '상선약수'는 화두와도 같은 말이었다. 왜 딸 소진이 그 같은 문구를 남겨놓고 가출을 한 것인지 그는 도무지 짐작을 할 수 없었다. 딸이 유학에서부터 도교에 이르기까지 두루 경전을 열심히 읽고 있다는 것은 익히 알고 있던 바였다.

'물이 흐르듯 순리대로 살라는 뜻이겠는데……'

우신은 마음속으로 상선약수라는 문구를 통해 딸 소진이 자신에게 무엇을 전달하고자 했는가를 생각하다가, 문득 가슴이 메어지는 아픔을 느꼈다. 딸을 이련과 맺어주려고 했던 것이나 동부욕살 하대곤의 아들 해평과 결혼시키려 했다 결렬된 것은, 그의 과도한 욕망이 불러온 잘못된 결과가 아닐 수 없었다.

결국 우신이 정략결혼을 시키려고 했던 것은, 딸 소진을 두 번 죽이는 꼴이 되고 말았다. 그 일로 인하여 소진은 주변에 석녀라는 소문까지 퍼져 얼굴을 들고 밖으로 나다닐 수도 없게 되었다. 그 모든 것이 우신, 그 자신의 출세에 급급한 욕망에서 비롯된 것이었다.

딸 소진은 그런 아버지에게 '욕심을 버리고 순리대로 살라'는 뜻을 상선약수라는 도덕경의 문구에서 따다 전하고 싶었던 것인지도 몰랐다. 우신은 딸의 가출 이후 한 달간 노심초사하며 기다렸지만, 끝내 소진은 귀가하지 않았다.

바로 그 무렵, 책성에 가서 해평의 무술사범으로 있는 우적이 때마침 우신을 찾아왔다. 그는 집안으로 들어서자마자 소진에 대해 물었다.

"소진이 집에 없지요?"

"그렇다네. 헌데 자네가 그 먼 데서 어찌 그것을 아는가?"

우신은 갑자기 낯을 붉혔다. 만약 책성에까지 그 사실이 알려졌다면 그런 낭패가 또 없다고 생각했던 것이다.

"사실은 보름 전쯤 소진이 책성으로 저를 찾아왔었지요. 남장으로 변복을 하고 말입니다."

"무엇이? 우리 소진이가 남장을?"

우신은 우적의 입에서 딸의 소식을 듣자 무릎을 바짝 당겨 앉으며 화급하게 묻지 않을 수 없었다.

"예, 집에도 알리지 않고 떠난 모양이로군요?"

"어찌 우리 딸애가 남장을 하고 거기까지 갔더란 말인가? 그렇게 자존심 강한 아이가 해평을 만나러 갔을 리도 없고. 실로 해괴한 일이로다."

"변복을 하고 저를 찾아온 것은 남들에게 들키지 않기 위해서가 아니겠습니까? 염려 마십시오. 책성에 와서는 저만 몰래 만나보고 갔으니까요."

우적은 아무래도 소진의 행동이 수상해서 일부러 자신이 국내성으로 발걸음을 한 것이라고 말했다.

"딸애가 자넬 만나서 뭐라던가?"

"사부님에 대해서 물었습니다."

"사부님이라니?"

"제가 떠돌이 무사 시절에 한때 무술을 배웠던 선사가 있었다 하지 않았습니까?"

"그랬었지."

"소진에게 심심풀이 삼아 무술을 가르칠 때 그 선사 얘길 한 적이 있었지요. 그런데 이번에 제게 와서 귀찮을 정도로 그 선사에 대해 꼬치꼬치 캐묻더군요."

"무엇을 묻던가?"

"그 선사가 어디에서 도를 닦고 계시느냐고요."

"허허, 이것 참! 그때 자네가 말렸어야지."

"그날 제가 하룻밤 재워서 다시 집으로 돌려보내려고 했습니다. 그런데 밤사이에 소진이 감쪽같이 사라져버렸지 뭡니까?"

우적도 그 점에 대해 매우 안타까워하는 표정이었다.

"그 선사가 산다는 곳이 어디더냐?"

"부여 땅에 사는 것만 알 뿐, 이 산 저 산 옮겨 다니며 도를 닦으니 저 역시 알 도리가 없지요."

"선사의 이름이 무엇이던가?"

우신은 턱을 바짝 들이대며 물었다.

"실은…."

우적은 잠시 말을 끊었다.

"실은?"

"이건 절대 비밀입니다만, 그분은 고국원대왕의 실제實弟인 무 왕제이십니다. 그러나 자신의 신분을 숨기고 이름도 없이 다녀서 무명선사라 불리고 있습니다."

"허어……? 무 왕제라면 곧 해평의 친부가 되지 않는가?"

"그러하옵니다. 제가 자원해서 책성으로 가겠다고 한 것도, 거기 가서 해평의 무술사범이 된 것도, 실은 무 왕제 전하의 특별한 명이 있었기 때문이옵니다."

"특별한 명이라?"

"무 왕제 전하께선 부인이 이름 모를 병으로 세상을 떠나신 후 방랑 생활을 하기 전에 동부욕살 하대곤에게 아들을 보냈지요. 그러나 그 직후 무릎을 치며 크게 후회를 했습니다."

"왜 무 왕제 전하께서 후회를 했단 말인가?"

우신은 자신도 모르는 사이 우적의 이야기에 빨려들었다.

"바로 하대곤이 역린의 상이라는 것입니다."

"역린이라면, 반역?"

우신은 그 말을 하다 말고 급히 손으로 자신의 입을 가렸다. 주위에 우적 이외에 아무도 없었지만, 함부로 꺼낼 수 없는 말이 자신의 입에서 튀어나왔기 때문이다.

"그렇습니다. 무술 스승이 되신 무명선사가 하산하는 제게 간곡히 부탁한 것은 아들 해평을 안전하게 지켜달라는 것이었습니다. 하대곤의 꾐에 빠져 반역을 하기 전에, 고구려의 훌륭한 무사로 키워달라고 했습니다."

우적의 말을 듣고, 우신은 긴 한숨을 빼어 물었다. 불과 몇 달 전까지만 해도 그는 하대곤과 사돈 관계를 맺고, 종당에는 해평을 대왕으로 추대하려는 반역을 꿈꾸고 있었기 때문이다.

그때서야 우신은 몇 년 전 하대곤의 명으로 두충이 밀서를 가지고 왔다 갔을 때, 우적이 책성에 답서를 전달하겠다고 자청한 이유를 알 것 같았다.

사실상 우적은 먼 친척뻘이 되는 종친으로 항렬이 같아 우신과 호형호제를 하는 사이였다. 그는 젊어서부터 역마살이 끼어 떠돌이 생활을 하며 무술을 연마했는데, 하산한 이후 우신의 집을 찾아와 기식하고 있었다. 그때 틈틈이 소진에게 무술을 가르치면서, 은근슬쩍 동부욕살 하대곤에 대해 묻곤 했었다. 그러다가 우신이 하대곤의 밀서에 대한 답서를 보낼 적임자를 찾고 있을 때 우적이 문득 자청을 하고 나섰다. 당시 우적은 하대곤의 의심을 사지 않고 자연스럽게 동부의 책성에 들어가 해평의 무술사범이 되고 싶었던 것이다.

우적이 다시 책성으로 돌아가고 나서, 우신은 며칠 동안 고민하던 끝에 결심을 굳혔다. 모든 욕심을 버리고, 가산을 정리해서라도 딸을 찾아 나서기로 했던 것이다.

그렇게 우신이 결심을 굳힌 직후, 바로 대왕 구부가 그를 국상으로 임명한 것이었다. 그러나 그날 편전에 가서 대왕을 알현한 그는, 국상의 자리에 앉을 수 없는 것에 대하여 집안의 우환을 이유로 댈 수 없었다. 그는 지병이 있다며 머리를 조아렸다.

"폐하의 하해와 같은 은혜를 무엇으로 보답하오리까. 하오나 황공하옵니다만 소신은 기력이 쇠하여 감히 어명을 받잡지 못하는 것을 해량하여 주시기 바라옵니다."

우신의 말을 듣고 대왕은 더 이상 강요하지 않았다.

"그러하면 누가 국상의 인물이 될 만하다고 생각하오? 전에 국상 명림수부에 대하여 짐이 마음의 부담을 느끼고 있는 것만은 사실이오. 그래서 부탁인데, 연나부 출신 중에 누가 국상의 자리에 앉을 만한 인재인지 추천을 해주시오."

"대사자 연소불이 어떠하올는지요?"

우신은 앞으로 자신이 딸을 찾아 멀리 떠나고 나면, 연나부를 이끌어갈 수장은 연소불밖에 없다고 생각했다.

"고맙소. 짐이 심사숙고해 보겠소."

대왕의 말이 끝나고 나서 우신은 곧바로 편전에서 물러나왔다.

우신은 집으로 돌아와 본격적으로 가산을 정리하기 시작했다. 그로부터 달포가 지나 대충 정리가 마무리되었다.

다음 날, 우신은 삿갓을 쓰고 달랑 괴나리봇짐 하나를 꾸려 먼 길을 나섰다. 솟을대문을 벗어나 저만치 가다 문득 돌아선 그의 바짓가랑이 사이로 건듯 바람 한 자락이 먼지를 일으키며 지나갔다.

7

하늘을 이고 있는 높은 산봉우리로부터 붉은 기운이 골짜기를 향해 뻗쳐 내려오고 있었다. 서편으로 설핏하게 기운 해가 하늘자락을 붉게 물들이면서, 그 빛이 주르르 산자락을 타고 미끄러졌다. 저녁놀이 질 때면 단풍은 더욱 붉게 타올랐다.

산비탈을 쓸며 내려온 노을빛은 곡식이 익어가는 들판까지 짙은 주황색으로 물들이고 있었다. 노을빛 때문일까, 수확을 앞둔 수수 대궁들이 더욱 붉어 보였다.

양쪽으로 길게 이어진 수수밭 사이에, 들길이 좁은 통로처럼 이어져 있었다. 삿갓을 쓴 사내 하나가 노을이 지는 산마을 쪽으로 바장이듯 바삐 걸음을 옮기고 있었다. 그는 땅만 바라본 채 고개를 숙이고 걸어서, 삿갓 속의 얼굴이 제대로 드러나지는 않았다. 옷은 남루해 보였으나 삿갓과 어깨 사이로 희끗 보이는 살결은 제법 부드러웠다.

저 멀리 산마을에서 저녁연기가 피어오르고 있었다. 사내는 마을 뒷산으로 안개처럼 퍼져나가는 저녁연기를 바라보며 좀 더 걸음을 빨리했다. 걸음걸이는 조금 휘청거렸는데, 아무래도 허기가 진 모양이었다. 그래서 해가 떨어지기 전에 마을에 당도해 주막이라도 찾아들 심산인 듯했다.

수수밭을 끝으로 길은 마을을 향해 휘어져 있었다. 마을 뒤로는 높은 산이 우뚝하게 솟아 있었다. 나그네들이 큰 고개를 넘기 전에 쉬어 가는 마을이라, 하나밖에 없는 주막은 저녁 무렵이면 늘 붐볐다.

사내는 마을 입구의 주막으로 들어섰다. 마당이며 봉노며 하룻밤 묵어가려는 나그네들이 서너 명씩 모여앉아 국밥을 들거나 막걸리 사발을 기울이고 있었다.

삿갓 쓴 사내가 주막 안으로 들어서자 막걸리를 마시며 시끄럽게 떠들어대던 장사치들의 눈길이 한 곳으로 모아졌다. 그러거나 말거나 사내는 한갓진 곳에 있는 빈 탁자에 가서 주저앉았다.

주모가 와서 물었다.

"손님, 뭘 드릴까요?"

"국밥 한 그릇 말아주시오."

사내의 입에서 나온 목소리는 변성기의 소년 같았다.

주모가 그런 사내의 얼굴을 요모조모 뜯어보며 혼잣소리로 주절댔다.

"참으로 잘도 생긴 총각이네. 목소리도 꼭 색시 같구만."

사내는 어깨에 가로 메고 있던 칼을 풀어 탁자 옆자리에 놓았다. 그러나 삿갓은 벗지 않았다.

장사치들은 힐끔힐끔 사내에게로 눈길을 주며 막걸리 사발을 기울였다.

"칼을 들었구먼! 무사인가?"

"미장부일세. 저렇게 예쁜 총각은 처음 보네."

"혹시 남장한 여자 아냐?"

저희들끼리 떠드는 소리지만, 주막 안마당에 다 들릴 정도여서 다른 사람들도 방금 나타난 젊은 사내에게로 관심의 눈길을 던졌다.

그러나 사내는 시끄럽게 떠들어대는 장사꾼들의 소리가 자신을 두고 하는 말인 줄 알면서도 애써 모른 척했다. 등 뒤로 많은 사람들의 눈길이 느껴졌지만 미동도 하지 않았다.

곧 사내 앞에 국밥이 놓였다. 그는 급하게, 그러나 조심스럽게 뜨거운 국밥을 먹기 시작했다. 몹시 시장했던 것이다.

"예쁜 총각, 삿갓이나 벗고 드시오. 그놈의 삿갓은 아예 머리에 붙어버린 것인가?"

주모가 삿갓 안의 사내 얼굴을 요모조모 살피며 좀처럼 곁을 떠나려 하지 않았다. 사내가 말했다.

"체하겠소. 주모는 상관 말고 가서 일이나 보시오. 그리고 조용한 방이나 하나 내주시오."

"혼자 주무시게? 방이 없는데. 봉놋방에서 여럿이 끼어서 잔다면 모를까."

여전히 주모는 사내 곁을 어물쩍거리며 쉽게 자리 뜰 생각을 하지 않았다.

"주모가 예쁜 총각에게 홀딱 반해 버린 모양이구려."

막걸리를 마시고 있는 장사치들 속에서 건너온 말이었다. 그 말과 동시에 여기저기서 낄낄거리는 웃음소리가 들렸다.

"여보게 황보! 주모가 채가기 전에 자네가 오늘 밤 총각 신세 면해 보게. 내가 보기에 저 삿갓 속의 얼굴은 여자가 틀림없으이, 뭔 사연이 있어 남장을 하고 다니는지 몰라도 자네가 배짱이 있으면 수작 한번 걸어보지 그래. 아무래도 삿갓을 벗지 않는 게 수상해. 자네가 요령껏 저 삿갓을 벗겨보란 말일세."

이제 장사치들은 삿갓을 쓴 미장부를 두고 안주삼아 마구 입방아를 찧기에 바빴다.

"에이, 형님두! 농담이 지나치슈. 내 보기엔 지체 있는 대갓집 도령 같소이다. 대갓집 도령들 중엔 여자들 품에서만 자란 미장부가 없지 않아 있는 법이우."

황보가 투덜대며 막걸리 한 사발을 벌컥벌컥 들이켜고 나서 손으로 턱수염을 쓸었다. 그는 손등이 두꺼비처럼 두툼했고, 어깨가 떡 벌어진 것이 힘깨나 쓸 것처럼 덩치 또한 좋았다. 그러나 아직 총각 신세를 면하지 못한 듯 떠꺼머리를 정수리에서 질끈 묶어 등 뒤로 내려뜨리고 있었다.

"이봐! 자네가 저 삿갓을 벗긴다면 까짓거 내 오늘 소금 판 돈 다 내놓겠네. 이 자리 술값도 내가 계산하지."

이번에는 다른 장사치가 황보를 부추기고 나섰다. 아마도 그들은 소금장수들인 모양이었다.

"정말인가? 오늘 술값을 선만이 자네가 내겠다고? 이보게 황보! 자네 배짱 좋은 거 우리가 다 알지 않는가? 밑져야 본전인데, 한번 미친 척하고 저질러봐!"

다시 다른 장사치가, 내기에 소금 판 돈을 걸겠다는 선만이라는 자와 황보를 번갈아 쳐다보며 이죽거렸다.

"에이 형님들, 자꾸 왜들 그러슈? 이 나이에 장가 못 간 것도 서러워 죽겠는데."

"아, 그러니 한번 수작을 걸어보라는 게야. 내 눈에 저 삿갓은 여자가 틀림없으이. 오늘 밤 성공하면 우리가 설령 한뎃잠을 자는 한이 있더라도 저 여자와 자네에게 봉놋방을 신방으로 비워줌세."

맨 처음 황보에게 수작을 걸어보라고 부추기던 자가 이젠 한술 더 떠서 엉덩판까지 들썩이며 큰 소리로 웃고 떠들어댔다.

여기저기서 웃음소리가 터졌다.

단지 삿갓의 사내와는 등을 진 채 한쪽 구석에서 조용히 술잔을 기울이고 있는 중년 사내만 아무런 반응을 보이지 않았다. 그 사내는 떠돌이 무사 같았다. 긴 머리는 산발이었고, 등에 칼을 메고 있었다. 그는 칼도 벗어놓지 않고, 마치 칼과 자신이 한 몸이라도 되는 듯 등에서 가슴으로 가죽 끈을 둘러 칼을 고정시켜 놓고 있었다. 오른쪽 어깨 위로 칼자루가 나와 있는 걸 보면 왼손잡이인 모양이었다.

장사꾼들이 저희들끼리 찧고 까불며 키들거리는 사이에, 삿갓의 사내는 국밥 한 그릇을 거의 비워내고 있었다. 그는 다시 주모를 불렀다.

"방 하나를 내주시오. 피곤해서 일찍 들어가 쉬어야겠소."

삿갓의 사내가 슬쩍 턱을 치켜들며 주모를 바라보았다.

엉덩이를 좌우로 요란하게 휘두르며 주방과 앞마당의 탁자 사이를 오가던 주모는 눈웃음을 살살 치는 투가, 젊어서 사내깨나 밝히던 여자 같았다. 코끝에 주근깨가 있는 얼굴로 배시시 웃으며 호들갑을 떨었다.

"이를 어쩌나, 젊은 총각! 아까도 말했지만 빈 방은 없수. 한 발 늦었구먼! 뒷방이 하나 비어 있었는데, 먼저 온 저 나그네가 잡아놓았지 뭐야. 그러니 봉놋방에서 여럿이 같이 끼어 잘 수밖에 없는데, 이걸 어쩌지?"

주모는 등을 돌린 채 술을 마시는 중년 사내를 가리켰다.

"돈을 배로 내면 안 되겠소?"

삿갓의 사내가 간절한 눈빛으로 주모를 쳐다보았다.

바로 그때, 소금 장수들의 술자리에서 황보가 벌떡 일어섰다. 그는 불콰해진 얼굴로 성큼성큼 삿갓 쓴 사내에게로 다가왔다.

"여보게 젊은이, 그 삿갓을 벗으면 내가 빈방을 만들어드리지."

그러자 삿갓 쓴 사내의 눈빛이 날카롭게 빛났다.

"어허! 그 얼굴 좀 보자니까."

황보는 겁도 없이 껑충한 키로 허리를 굽히며 상대의 삿갓을 벗기려고 팔을 뻗어왔다. 아니, 막 팔을 내밀려고 하다 말고 화급하게 손을 자신의 머리로 가져갔다. 눈 깜짝 할 사이에 뭔가 서늘한 것이 머리 위를 스치고 지나간 느낌이 드는 순간, 정수리에 묶은 머리 다발이 뭉텅 잘려 땅으로 툭 떨어졌다.

삿갓의 사내가 어느 사이 옆에 놔두었던 칼을 빼어 허리를 숙이던 황보의 머리털을 잘라버린 것이었다. 그의 두상에 붙어 있던 머리가 주르르 미끄러져 얼굴의 반을 가렸다.

"다음에 또 허튼수작을 부리면 이번에는 네 목이 떨어질 것이다!"

삿갓의 사내는 천천히 칼집에 칼을 꽂았다.

졸지에 머리털이 잘린 황보는 기겁을 해서 다시 술자리로 돌아왔고, 갑자기 왁자지껄하던 장사꾼들도 조용해졌다.

그때 등을 돌린 채 술을 마시던 중년 사내가 일어서서 천천히 삿갓의 사내에게로 걸어왔다.

"이보게 젊은이! 내가 빈방을 양보하지."

"네에?"

삿갓의 사내와 중년 사내의 눈이 허공에서 부딪쳤다.

"그렇게 하게."

"그러시면……?"

"나는 봉놋방에서 저들과 섞여 자도 되니 염려 말게나."

중년 사내는 더 이상 말도 하지 않고 성큼성큼 걸어서 제자리로 돌아갔다.

술판을 벌였던 장사꾼들은 두 사람의 눈치를 살피다 슬금슬금 봉노로 들었다. 황보의 머리털이 날아가자 또다시 무슨 봉변을 당할지 몰라 잔뜩 겁을 집어먹고 일찌감치 술자리를 걷어치운 것이었다.

삿갓의 사내는 중년 사내 덕분에 뒷방을 혼자 차지할 수 있었다. 그는 방에 들어가 삿갓부터 벗어 벽에 걸었다. 여자의 얼굴이 드러났는데, 다름 아닌 우신의 딸 소진이었다.

소진은 집을 나오면서부터 남장을 했고, 오래전부터 부여 지역을 이리저리 떠돌고 있었다. 무술사범 우적이 말해 준 대로 어느 깊은 산에 들어가 도를 닦고 있다는 무명선사를 찾아가는 길이었다.

한 달여 동안 부여 지역의 이 산 저 산을 헤매고 돌아다니는데, 무명선사의 행적은 묘연했다. 남장을 하고 다니지만 여자의 몸이므로 가장 불편한 것이 잠자리였다. 때로 봉놋방에서 두억시니 같은 사내들 틈에 끼어 잘 때도 있었으나, 그 달걀 썩은 내가 등천하는 발 냄새와 땀 냄새는 정말이지 질색이었다. 더구나 사내들이 자꾸만 의심스런 눈길로 바라볼 때나 치근대며 뭔가를 캐물을 적에는 도무지 견뎌내기가 어려웠다.

소진은 긴 한숨을 쉬었다. 고민 때문이 아니라 다행스러워서 나온 안도의 한숨이었다. 그 중년 사내가 아니었다면 봉놋방에서 장사꾼들과 같이 잠을 잘 수밖에 없는 처지였던 것이다.

소진은 고단한 몸으로 이불을 펴고 누웠다.

'아버님은 어찌하고 계실까?'

어둠이 낮게 내려앉은 천장을 올려다보며, 소진은 아버지의 얼굴을 떠올려 보았다.

아버지와 연나부 세력들이 궁궐을 습격하는 음모를 꾸미던 바로 그날 밤, 소진은 밤새 한숨도 자지 못했다. 그리고 다음 날 새벽에 그녀는 남장을 한 채 집을 나와 궁궐의 서문 문루에 종이쪽지를 매단 화살을 날린 후 곧바로 책성으로 무술사범 우적을 만나러 갔던 것이다.

소진은 아버지가 제발 권력에 대한 아집을 버리기만 간절히 바라는 마음으로 집을 떠나 왔다. 가출을 결심하면서 여자로서의 삶을 포기했고, 앞으로 새로운 삶을 살아가겠다고 굳게 마음먹었다. 막연했지만 무술사범 우적이 말한 바로 그 무명선사를 만나면 뭔가 자신이 가야 할 길이 열릴 수도 있다는 이상한 기대감에 부풀어 있었다.

'과연 나는 앞으로 어떤 길을 가야 할까?'

아마도 그 길을 험난한 여정일 것이라고, 소진은 생각했다. 그러나 우직스럽게 그 길을 혼자서 걸어가야만 하리라고 마음을 굳게 다지고, 또 다지고 있었다.

〈3권에 계속〉